MIRA®

Der Preis dieses Bandes versteht sich einschließlich
der gesetzlichen Mehrwertsteuer.

Umwelthinweis:
Dieses Buch wurde auf chlor- und säurefreiem Papier gedruckt.

Nora Roberts

Die MacKades 2
Dem Feuer zu nah

Roman

Aus dem Amerikanischen von
Patrick Hansen

MIRA®

MIRA® TASCHENBUCH
Band 25178
1. Auflage: Mai 2006

MIRA® TASCHENBÜCHER
erscheinen in der Cora Verlag GmbH & Co. KG,
Axel-Springer-Platz 1, 20350 Hamburg

Titel der nordamerikanischen Originalausgabe:
The Pride of Jared MacKade

erschienen bei: Silhouette Books, Toronto
Published by arrangement with
Harlequin Enterprises II B.V., Amsterdam

Konzeption/Reihengestaltung: fredeboldpartner.network, Köln
Umschlaggestaltung: pecher und soiron, Köln
Redaktion: Sarah Sporer
Titelabbildung: Getty Images, München
Illustration: Sándor Rósza, Köln
Autorenfoto: © by Harlequin Enterprises S.A., Schweiz
Satz: Buch-Werkstatt GmbH, Bad Aibling
Druck und Bindearbeiten: Ebner & Spiegel, Ulm
Printed in Germany
ISBN 3-89941-236-2

www.mira-taschenbuch.de

PROLOG

Die Wälder hallten wider vom Kriegsgeschrei. Zwischen den feindlichen Truppen war eine blutige Schlacht entbrannt, und in den Feldern hinter den Bäumen schlugen hin und wieder Geschosse ein, die den Lärm der Waffen und das Geschrei der Verwundeten übertönten. Der Kampf hatte bereits viele Opfer gefordert, und die Überlebenden dürsteten nach Rache.

Das Laub, noch dicht und grün am Ende des Sommers, bildete ein Dach, durch das der Sonnenschein in dünnen, staubigen Strahlen drang. Die Luft war schwül und schwer und roch nach frischer Erde und wilden Tieren.

Es gab keinen Ort, an dem Jared MacKade glücklicher war als in den unheimlichen Wäldern.

Er war Offizier der Union, ein Captain. Er war Captain geworden, weil er mit zwölf Jahren der Älteste war und dieser Rang ihm daher zustand. Seine Truppen bestanden aus Devin, der sich als Zehnjähriger mit dem Rang eines Korporals zufrieden geben musste. Ihr Auftrag war klar. Vernichtet die Rebellen.

Da der Krieg eine ernste Sache war, hatte Jared eine Strategie entwickelt. Er hatte Devin als seinen Soldaten gewählt, weil Devin Befehle befolgte. Außerdem war

Devin ein kluger Kopf. Und Devin war ein erfahrener Nahkämpfer und machte nie Gefangene.

Rafe und Shane, die anderen MacKade-Brüder, waren ebenfalls hervorragende Kämpfer, aber, wie Jared wusste, oft viel zu ungestüm. Auch jetzt rannten sie wieder laut schreiend durch den Wald, während Jared geduldig im Hinterhalt auf sie wartete.

„Sie werden sich trennen, du wirst sehen“, flüsterte Jared, als er und Devin sich im Unterholz versteckten. „Rafe will uns herauslocken und erledigen.“ Jared spuckte verächtlich aus, denn er war zwölf, und Spucken war cool. „Er hat keinen militärischen Verstand.“

„Shane hat überhaupt keinen Verstand“, erwiderte Devin, der wie alle Brüder nicht sehr viel von seinem Bruder hielt.

Die beiden grinsten, zwei Jungs mit zerzaustem schwarzem Haar und unbeschwerten Gesichtern, auf denen der Schweiß sich mit dem Schmutz vermischte. Jared sah sich um. Er kannte jeden Stein, jeden Baum, jeden ausgetretenen Pfad. Oft kam er allein her, um zu wandern oder einfach nur dazusitzen. Und um zu lauschen. Dem Wind in den Bäumen, dem Geraschel der Eichhörnchen und Hasen. Dem Murmeln der Gespenster.

Er wusste, dass andere hier gekämpft hatten und gestorben waren, und es faszinierte ihn. Er war auf dem

Bürgerkriegsschlachtfeld von Antietam, Maryland, aufgewachsen, und wie jeder Junge seines Alters wusste er, was für Triumphe und Tragödien sich an diesem Schicksalstag im September 1862 abgespielt hatten.

Eine Schlacht, die als der blutigste Tag in die Geschichte des Bürgerkriegs eingegangen war, musste die Phantasie eines Jungen anregen. Mit seinen Brüdern hatte er jeden Fußbreit des Schlachtfelds durchkämmt und war durch die Kornfelder gerannt, auf denen damals der Pulverqualm die Ähren schwarz gefärbt hatte.

So manche Nacht hatte er daran gedacht, dass einst Bruder gegen Bruder gekämpft hatte ... in Wirklichkeit, nicht nur als Spiel. Und er hatte sich immer wieder gefragt, wie es ihm ergangen wäre, wenn er in jener dramatischen Zeit geboren worden wäre.

Doch am meisten faszinierte ihn, dass Männer ihr Leben für eine Idee hingegeben hatten. Oft, wenn er allein im Wald saß, träumte er davon, für eine Idee zu kämpfen und stolz zu sterben.

Seine Mutter erklärte ihm häufig, dass ein Mann Ziele und Überzeugungen brauche und stolz darauf sein könne, wenn er für sie eintrat. Dann lachte sie, strich ihm übers Haar und sagte ihm, dass es ihm an Stolz gewiss niemals mangeln werde. Er besaß bereits jetzt zu viel davon.

Er wollte der Beste, der Schnellste, der Stärkste, der Klügste sein. Das war keine leichte Aufgabe, denn seine drei Brüder wollten genau dasselbe. Also quälte er sich. Er lernte mehr, kämpfte entschlossener und arbeitete härter. Verlieren kam für Jared MacKade einfach nicht in Frage.

„Sie kommen", flüsterte Jared.

Devin nickte. Er hatte auf das Knacken von Zweigen und das Rascheln von Blättern geachtet und gewartet. „Rafe ist dort vorn. Shane will uns von hinten überraschen."

Jared vertraute Devin. Sein Bruder besaß den Instinkt einer Raubkatze. „Ich übernehme Rafe. Du bleibst hier, bis wir kämpfen. Sobald Shane angerannt kommt, schnappst du ihn dir."

Jareds Augen leuchteten. Die Brüder gaben sich kurz die Hand. „Sieg oder Tod."

Etwas Hellblaues huschte von Baum zu Baum. Das verblichene Jeans-Shirt des Feindes. Jared wartete. Dann sprang er mit einem markerschütternden Schrei aus der Deckung. Er stürzte sich auf Rafe, warf ihn um, und zusammen landeten sie inmitten der wilden Brombeeren.

Es war ein gelungener Überraschungsangriff gewesen, aber Jared wusste, dass er noch lange nicht gewonnen hatte. Rafe war ein zäher Gegner, das konnte jeder seiner Mitschüler an der Grundschule von Antietam bezeugen. Er kämpfte mit einer Begeisterung, die Jared gut nachempfinden konnte.

Es gab nichts Herrlicheres, als sich an einem heißen Sommertag, wenn das Ende der Schulferien näher rückte und die morgendlichen Pflichten hinter einem lagen, mit jemandem zu rangeln.

Dornen bohrten sich in die Kleidung und zerkratzten die Haut. Die beiden Jungs kehrten kämpfend auf den Pfad zurück. Fäuste flogen, und Schuhe gruben sich Halt suchend in den Erdboden. Ganz in der Nähe fand eine zweite Schlacht statt. Auch sie war geprägt von Flüchen, Stöhnen und dem dumpfen Aufprall der Fäuste auf den schwitzenden Körpern.

Die MacKade-Brüder fühlten sich wie im Paradies.

„Du bist tot, elender Rebell!“ rief Jared, als es ihm gelang, Rafe am Haar zu packen.

„Aber dich nehme ich mit, Blaurock!“ schrie Rafe zurück.

Doch keiner war dem anderen überlegen, und so endete der Kampf schließlich unentschieden. Verdreckt, atemlos und lachend lösten sie sich voneinander.

Jared wischte sich das Blut von der aufgeplatzten Lippe und beobachtete, wie die beiden anderen Brüder miteinander kämpften. Devin würde ein blaues Auge davontragen, und Shane hatte in seiner Jeans einen Riss, der ihnen allen eine Menge Ärger einbringen würde.

Er stieß einen langen, zufriedenen Seufzer aus und blinzelte in den Sonnenschein.

„Sollen wir aufhören?“ fragte Rafe.

„Nein. Die beiden sind gleich fertig.“

„Ich gehe in die Stadt.“ Rafe sprang auf und klopfte sich den Staub von der Hose. „Ich will bei Ed’s etwas trinken.“

Devin ließ Shane los. „Hast du Geld?“

Lächelnd klimperte Rafe mit den Münzen in seiner Tasche. „Vielleicht.“ Dann strich er sich das Haar aus den Augen und rannte los.

Die Hoffnung, von ihrem Bruder etwas spendiert zu bekommen, war genug, um Devin und Shane sofort Frieden schließen zu lassen. Sie brachen den Kampf ab und jagten hinter ihm her.

„Komm schon, Jared“, rief Shane über die Schulter. „Auf zu Ed’s.“

„Lauft vor. Ich komme nach.“

Aber Jared blieb auf dem Rücken liegen und sah zum Himmel hinauf, der zwischen den Baumkronen zu erkennen war. Als die hämmernden Füße seiner Brüder verklungen waren, glaubte er, den alten Schlachtenlärm hören zu können. Das Getöse der Kanonen, die Schreie der Verwundeten. Dann das angstvolle Keuchen der zwischen den feindlichen Linien herumirrenden Soldaten.

Er schloss die Augen. Die Gespenster der Vergangenheit waren ihm viel zu vertraut, um sich vor ihnen zu fürchten. Er wünschte, er hätte die Männer gekannt, hätte sie fragen können, wie es war, sein Leben, seine Seele aufs Spiel zu setzen. Ein Ideal, eine Lebensweise so sehr zu lieben, dass man alles, was man war und besaß, dafür opfern würde.

Er war überzeugt, dass er es für seine Familie, seine Eltern, seine Brüder tun würde. Doch das war irgendwie anders.

Eines Tages, so nahm er sich vor, würde er ein Zeichen setzen. Die Leute würden ihn sehen und wissen, dass er Jared MacKade war, ein Mann, der für etwas einstand. Ein Mann, der tat, was getan werden musste, und keinen Kampf scheute.

1. KAPITEL

Jared wollte ein kühles Bier. Er konnte ihn schon schmecken, den ersten kräftigen Schluck, der den üblen Nachgeschmack fortspülen würde. Den Nachgeschmack eines harten Tages im Gericht, eines idiotischen Richters und einer Mandantin, die ihn langsam, aber sicher um den Verstand brachte.

Dass sie in die Einbruchsserie im Westen von Hagerstown verwickelt und alles andere als ein Unschuldslamm war, störte ihn nicht. Schuldige zu verteidigen war schließlich sein Beruf. Aber er war es leid, sich von seiner Mandantin wie Freiwild behandeln zu lassen.

Die Frau hatte eine ziemlich verquere Ansicht von der Beziehung zwischen Anwalt und Mandant. Wenn sie ihm noch einmal an den Hintern fasste, konnte sie sich einen neuen Verteidiger suchen. Unter anderen Umständen hätte er die ganze Sache vielleicht sogar amüsant gefunden. Aber im Moment hatte er für solche Spielchen zu viel im Kopf und im Terminkalender.

Mit einer gereizten Handbewegung schob er eine Klassik-CD in die Stereoanlage seines Wagens und ließ sich auf der Fahrt nach Hause von Mozart besänftigen.

Nur noch dieser Abstecher, sagte er sich. Ein kurzer Abstecher, dann nach Hause und ein kühles Bier.

Und dieser Abstecher wäre ihm auch erspart geblieben, hätte diese Savannah Morningstar sich die Mühe gemacht, seine Anrufe zu erwidern.

Er ließ die Schultern kreisen, um die Anspannung zu lindern, und trat in einer Kurve aufs Gaspedal, um sich den Reiz einer kleinen Geschwindigkeitsüberschreitung zu gönnen. In hohem Tempo fuhr er die vertraute Landstraße entlang, ohne auf die ersten Anzeichen des nahenden Frühlings zu achten.

Er bremste, um einem Kaninchen auszuweichen, und überholte einen Pick-up, der nach Antietam unterwegs war. Hoffentlich hat Shane das Abendessen fertig, dachte er, bis ihm plötzlich einfiel, dass er heute mit dem Kochen an der Reihe war.

Das Stirnrunzeln passte zu seinem Gesicht, das mit den harten Konturen, der zweimal gebrochenen Nase und dem energischen Kinn äußerst markant wirkte. Hinter der Sonnenbrille, unter den geschwungenen schwarzen Brauen blickten die grünen Augen kühl. Der Mund war vor Verärgerung schmal, aber noch immer attraktiv.

Frauen starrten oft auf seine Lippen und fragten sich, wie ... Wenn Jared lächelte und das Grübchen am Mundwinkel erschien, seufzten sie zumeist und begriffen nicht, warum seine Ehefrau ihn jemals hatte gehen lassen.

Im Gerichtssaal wirkte er höchst beeindruckend. Die breiten Schultern, die schmale Taille, die athletische, langgliedrige Gestalt erschienen durch den Maßanzug ein wenig gezähmt, aber die elegante Fassade verbarg nicht, welche Kraft in seinem Körper steckte.

Das schwarze Haar war wellig genug, um sich über dem Kragen der stets strahlend weißen Hemden auf attraktive Weise zu kräuseln.

Im Gerichtssaal war er nicht Jared MacKade, einer der MacKade-Brüder, die seit dem Tag ihrer Geburt den Süden des Landes unsicher gemacht hatten. Dort war Jared MacKade Anwalt des Rechts.

Er sah zu dem Haus hinauf, das auf dem Hügel am Stadtrand lag. Es hatte früher einmal den Barlows gehört, lange bevor sein Bruder Rafe heimgekehrt war, um es zu kaufen. Jared bemerkte Rafes Wagen am Ende der steilen Zufahrt und zögerte.

Er war versucht, den letzten Termin dieses Arbeitstages zu vergessen und sich mit Rafe das ersehnte Bier zu gönnen. Aber wenn sein Bruder nicht gerade hämmerte, sägte oder einen Teil des Hauses strich, das im Herbst als Hotel eröffnet werden sollte, wartete er darauf, dass seine ihm frisch angetraute Ehefrau nach Hause kam.

Dass ausgerechnet der Schlimmste der schlimmen MacKades ein verheirateter Mann war, erstaunte Jared noch immer. Also fuhr er vorbei und nahm an der Gabelung die Straße nach links, die sich um die Farm der MacKades und das kleine Stück Land, das an sie grenzte, schlängelte.

Soweit er wusste, hatte Savannah Morningstar das Haus am Waldrand erst vor zwei Monaten gekauft. Dort wohnte sie mit ihrem Sohn und lebte, da die Gerüchteküche über sie nur wenig vermeldete, offenbar sehr zurückgezogen.

Jared vermutete, dass die Frau entweder dumm oder unhöflich war. Er hatte die Erfahrung gemacht, dass die meisten Leute den Anruf eines Anwalts meistens sofort erwiderten. Obwohl die Stimme auf ihrem Anrufbeantworter sanft, dunkel und unglaublich erotisch geklungen hatte, freute er sich nicht auf die Begegnung. Im Gegenteil. Er war nur hier, um einem Kollegen einen Gefallen zu tun.

Zwischen den Bäumen tauchte das kleine Haus auf. Eigentlich war es eher eine Blockhütte, obwohl vor mehreren Jahren ein Obergeschoss angebaut worden war. Am Morningstar-Briefkasten bog Jared in den schmalen Weg ein und bremste scharf, um die zahlreichen Schlaglöcher und Querrinnen bewältigen zu können. Beim Näherkommen betrachtete er das Haus.

Aus dicken Baumstämmen errichtet, hatte es ursprünglich einem Arzt aus der Stadt als Wochenendhaus gedient. Aber nicht sehr lange. Städter fanden das Leben auf dem Land oft nur so lange romantisch, wie sie es nicht führen mussten.

Der steile Hang davor war steinig und im Sommer meist von hohem Unkraut überwuchert. Offenbar hatte jemand daran gearbeitet, denn der Boden war umgegraben und die wenigen verbliebenen Steine dienten als gestalterische Elemente inmitten der neu angepflanzten Blumen.

Erst jetzt sah Jared, dass jemand in dem kleinen Naturgarten arbeitete. Er hielt am Ende der Zufahrt, neben dem alten Kleinwagen. Dann nahm er den Aktenkoffer vom Sitz, stieg aus und ging über den frisch gemähten Rasen. Als Savannah Morningstar sich aufrichtete, war er froh, dass er eine dunkle Brille trug.

Sie hatte inmitten der Pflanzen und Gartengeräte gekniet, und als sie aufstand, sah Jared nicht nur, wie groß sie war, sondern auch, auf welch atemberaubende Weise sie das verblichene gelbe T-Shirt und die zerschlissenen Jeans ausfüllte. Ihre Beine waren endlos.

Sie war barfuß, die Hände waren schmutzig. Die Sonne ließ das schwarze Haar schimmern. Sie trug es zu einem langen, lockeren Zopf geflochten. Auch ihre Augen waren hinter einer Sonnenbrille verborgen. Aber was er von ihrem Gesicht erkennen konnte, war faszinierend. Wenn ein Mann es erst einmal schafft, diesen wahrhaft tollen Körper zu ignorieren, kann er sich ausgiebig dem Gesicht widmen, dachte Jared.

Die leicht gebräunte Gesichtshaut straffte sich über den hohen Wangenknochen. Der Mund war voll, die Nase gerade und anmutig, das Kinn ein wenig spitz.

„Savannah Morningstar?“

„Ja, die bin ich.“

Er erkannte die Stimme wieder. Noch nie hatte er es erlebt, dass eine Stimme so perfekt zu einem Körper passte. „Ich bin Jared MacKade.“

Sie legte den Kopf schief, und ihre Brillengläser glänzten in der Sonne. „Nun ja, Sie sehen aus wie ein Anwalt. Ich habe nichts verbrochen und brauche keinen Anwalt.“

„Ich werbe keine Mandanten an der Haustür. Ich habe Ihnen bereits mehrere Nachrichten auf Band gesprochen.“

„Ich weiß.“ Sie kniete sich wieder hin, um den Rest des dunkelroten Phlox einzupflanzen. „Das Praktische an solchen Geräten ist, dass man nicht mit Leuten reden muss, mit denen man nicht reden will.“ Vorsichtig drückte sie Erde um die zarten Wurzeln fest. „Und mit Ihnen wollte ich nicht reden, Mr. MacKade.“

„Sie sind also nicht dumm, sondern einfach nur unhöflich.“

Belustigt hob sie den Kopf. „Stimmt, das bin ich.

Aber nun, da Sie schon einmal hier sind, können Sie mir sagen, was Sie von mir wollen."

„Ein Kollege aus Oklahoma hat mich angerufen, nachdem er Ihre Adresse herausgefunden hatte."

Das mulmige Gefühl in Savannahs Bauch kam und verschwand sofort wieder. Ohne Hast nahm sie ein weiteres Büschel Phlox und grub mit der Hand ein Loch. „Ich bin seit fast zehn Jahren nicht mehr in Oklahoma gewesen. Und ich kann mich nicht erinnern, dort gegen irgendein Gesetz verstoßen zu haben."

„Ihr Vater hat meinen Kollegen beauftragt, Sie aufzuspüren."

„Pa interessiert mich nicht." Sie hatte plötzlich keine Lust mehr, Blumen zu pflanzen. Weil sie die unschuldigen Gewächse nicht mit dem Gift infizieren wollte, das sie in sich spürte, erhob sie sich und wischte die Hände an der Jeans ab. „Sagen Sie Ihrem Kollegen, er soll meinem Vater ausrichten, dass ich nicht interessiert sei."

„Ihr Vater ist tot."

Jared hatte nicht geplant, es ihr auf diese Weise mitzuteilen. Bisher hatte er weder ihren Vater noch dessen Tod erwähnt, weil er es herzlos fand, solche Nachrichten einem Anrufbeantworter anzuvertrauen. Jared konnte sich gut an den Schmerz erinnern, den der Tod seines Vaters in ihm ausgelöst hatte. Und der seiner Mutter.

Sie schwankte nicht, schrie nicht auf und begann

auch nicht zu schluchzen. Savannah stand aufrecht da, während sie den Schock verarbeitete und sich gegen die Trauer wehrte. Einst hatte sie Liebe empfunden. Das Bedürfnis nach Nähe. Jetzt, dachte sie, fühle ich gar nichts mehr. „Wann?"

„Vor sieben Monaten. Sie zu finden dauerte eine Weile. Es tut mir Leid …"

„Wie ist er gestorben?" unterbrach sie ihn.

„Ein Sturz. Soweit ich weiß, arbeitete er beim Rodeo, stürzte vom Pferd und prallte mit dem Kopf auf. Er blieb nicht lange bewusstlos und weigerte sich, sich röntgen zu lassen. Aber er rief meinen Kollegen an und erteilte ihm einen Auftrag. Eine Woche später brach Ihr Vater zusammen. Eine Embolie."

Stumm hörte sie zu und sah den Mann, den sie einst geliebt hatte, vor ihrem geistigen Auge … auf dem Rücken eines wild ausschlagenden Mustangs, mit einer Hand nach den Sternen greifend.

Sie sah ihn vor sich, lachend, betrunken. Sie hörte, wie er einer alten Stute Koseworte ins Ohr flüsterte und wie er vor Zorn und Scham rot anlief, als er seine Tochter, sein einziges Kind, verstieß.

Nur tot konnte sie ihn sich nicht vorstellen.

„Nun, jetzt haben Sie es mir erzählt", sagte sie und ging zum Haus.

„Miss Morningstar." Hätte er Trauer in ihrer Stimme

gehört, hätte er sie in Ruhe gelassen. Aber ihre Stimme war vollkommen ausdruckslos gewesen.

„Ich habe Durst.“ Sie eilte den Pfad entlang, stieg die Stufen zur Veranda hinauf und ließ die Fliegengittertür hinter sich zufallen.

Jared war wütend. Durstig war er auch. Und er würde das hier hinter sich bringen und sich endlich ein kühles Bier gönnen. Ohne anzuklopfen, betrat er das Haus.

Das kleine Wohnzimmer enthielt bequeme Möbel, alte Sessel, stabile Tische, auf die man die Füße legen konnte. Das Braun der Wände passte zum Pinienholz des Dielenbodens. Farbkleckse setzten auffallende Akzente – Bilder, Kissen, auf den hellen Teppichen verstreute Spielsachen, die ihn daran erinnerten, dass sie ein Kind hatte.

Er folgte ihr in eine Küche mit strahlend weißen Schränken und demselben glänzenden Pinienboden wie im Wohnzimmer. Sie stand an der Spüle und wusch sich die Erde von den Händen. Sie sagte nichts, sondern trocknete sie ab, bevor sie einen Krug mit Limonade aus dem Kühlschrank nahm.

„Ich möchte das hier ebenso schnell hinter mich bringen wie Sie“, sagte Jared.

Savannah atmete tief durch, nahm die Sonnenbrille ab und warf sie auf die Arbeitsplatte. Es ist nicht seine

Schuld, sagte sie sich. Jedenfalls nicht ganz. Im Grunde war niemand schuld.

„Sie sehen erhitzt aus.“ Sie goss Limonade in ein hohes Glas und reichte es ihm. Dabei warf sie ihm einen kurzen Blick aus schokoladenbraunen Mandelaugen zu und wandte sich ab, um ein zweites Glas herauszunehmen.

„Danke.“

„Wollen Sie mir etwa sagen, dass er Schulden hatte, die ich jetzt begleichen muss? Falls ja, so kann ich Ihnen darauf sofort antworten, dass ich gar nicht daran denke.“ Sie lehnte sich gegen die Arbeitsplatte. Was ich besitze, habe ich mir selbst erarbeitet, und ich werde es behalten.“

„Ihr Vater hat Ihnen siebentausendachthundertfünfundzwanzig Dollar und ein paar Cents hinterlassen.“

Jared sah, wie sie das Glas vom Mund nahm, zögerte, es dann wieder an die Lippen hob und langsam, nachdenklich trank. „Woher hatte er siebentausend Dollar?“

„Ich habe keine Ahnung. Aber das Geld liegt auf einem Sparbuch in Tulsa.“ Jared stellte den Aktenkoffer auf den Tisch und öffnete ihn. „Sie brauchen sich nur auszuweisen und diese Papiere zu unterschreiben, dann wird das Erbe umgehend an Sie überwiesen.“

„Ich will es nicht.“ Der Knall, mit dem sie das Glas

abstellte, war die erste Gefühlsregung, die sie sich anmerken ließ. „Ich will sein Geld nicht."

Jared legte die Papiere auf den Tisch. „Es ist Ihr Geld."

„Ich sagte, ich will es nicht."

Er nahm die Brille ab und steckte sie in die Brusttasche. „Wenn ich recht verstehe, standen Sie und Ihr Vater sich nicht sehr nah."

„Sie verstehen überhaupt nichts", entgegnete sie. „Alles, was Sie wissen müssen, ist, dass ich das verdammte Geld nicht will. Also stecken Sie bitte Ihre Unterlagen wieder in Ihren schicken Aktenkoffer und verschwinden Sie."

Jared war Widerspruch gewöhnt und blieb ruhig. „Das Testament Ihres Vaters sieht vor, dass das Geld an Ihr Kind geht, wenn Sie selbst es nicht wollen."

Ihre Augen blitzten. „Lassen Sie meinen Sohn aus dem Spiel."

„Die Vorschriften ..."

„Ihre Vorschriften sind mir egal. Er ist mein Sohn. Und es ist meine Entscheidung. Wir wollen das Geld nicht, wir brauchen es nicht."

„Miss Morningstar, Sie können die Annahme des Erbes verweigern, aber das würde bedeuten, dass die Gerichte damit befasst werden und aus einer eigentlich ganz einfachen Sache ein sehr komplizierter Vorgang wird. Tun Sie sich einen Gefallen, ja? Nehmen Sie das Geld, verbraten Sie es an einem Wochenende in Reno, spenden Sie es für einen wohltätigen Zweck oder vergraben Sie es in einer Blechdose im Garten."

„Die Sache ist ganz einfach", erwiderte sie gelassen. „Ich nehme sein Geld nicht an." Sie starrte über Jareds Schulter, als die Haustür laut ins Schloss fiel. „Mein Sohn", sagte sie und warf ihrem Besucher einen warnenden Blick zu. „Kein Wort zu ihm, ist das klar?"

„He, Mom! Connor und ich …" Wie angewurzelt blieb er stehen. Er war ein großer, sehr schlanker Junge, der die Augen seiner Mutter besaß und auf dem zerzausten schwarzen Haar eine Baseball-Kappe mit dem Schirm nach hinten trug. Mit einer Mischung aus Misstrauen und Neugier musterte er Jared. „Wer ist das?"

Ganz die Mutter, dachte Jared. Genau die gleichen schlechten Manieren. „Ich bin Jared MacKade, ein Nachbar."

„Sie sind Shanes Bruder." Der Junge trat an den Tisch, nahm das Glas seiner Mutter und leerte es geräuschvoll. „Er ist cool. Wir waren bei ihm, ich und Connor", berichtete er. „Drüben auf der MacKade-Farm. Die große orangefarbene Katze hat Junge bekommen."

„Schon wieder?" murmelte Jared. „Diesmal bringe ich sie persönlich zum Tierarzt und lasse sie sterilisieren. Du warst mit Connor dort, ja? Connor Dolin?"

„Ja." Der Junge betrachtete ihn über das Glas hinweg.

„Seine Mutter ist eine Freundin von mir", erklärte Jared.

Savannahs Hand lag locker auf der Schulter ihres Sohns. „Bryan, geh nach oben und wasch dir die Hände. Ich mache gleich Essen."

„Okay."

„Freut mich, dich kennen zu lernen, Bryan."

Der Junge warf dem Besucher einen erstaunten Blick zu, dann lächelte er. „Ja, cool. Bis dann."

„Er sieht Ihnen ähnlich", bemerkte Jared.

„Ja, das tut er." Ihr Gesichtsausdruck wurde ein wenig sanfter, als sie ihren Sohn die Treppe hinaufrennen hörte. „Ich überlege, ob ich einen Schallschutz installieren lasse."

„Ich versuche mir gerade vorzustellen, wie er und Connor miteinander auskommen."

Ihr eben noch belustigter Blick wurde abweisend. „Und das fällt Ihnen schwer?"

„Ich versuche es mir vorzustellen", wiederholte Jared. „Ein solcher Wildfang und der ruhige, schüchterne Connor Dolin. So selbstbewusste Kinder wie Ihr Sohn suchen sich meistens andere Freunde."

„Die beiden haben sich auf Anhieb verstanden. Bryan hat bisher kaum die Chance gehabt, Freundschaften zu schließen. Wir sind oft umgezogen. Das soll sich ändern."

„Was hat Sie hergebracht?"

„Ich war ..." Sie verstummte und verzog den Mund. „Jetzt spielen Sie den freundlichen Nachbarn, damit ich nachgebe und Ihnen Ihr Problem abnehme, was? Vergessen Sie es." Sie nahm ein Paket mit Hähnchenbrust aus dem Kühlschrank.

„Siebentausend Dollar sind eine Menge Geld. Wenn Sie es gut anlegen, könnte es Ihrem Sohn den Start auf dem College erleichtern", schlug er vor.

„Wenn und falls Bryan aufs College geht, werde ich es selbst finanzieren."

„Ich habe großes Verständnis für Ihren Stolz, Miss Morningstar. Deshalb sehe ich auch, wenn er fehl am Platz ist."

Sie kehrte ihm den Rücken zu und warf den Zopf über die Schulter. „Ihre Geduld und Höflichkeit sind vorbildlich, Mr. MacKade."

„Sie kommen nicht oft in die Stadt, nicht wahr?" murmelte Jared. „Da würde man Ihnen etwas anderes über mich erzählen. Erkundigen Sie sich gelegentlich bei Connors Mutter über die MacKades, Miss Morningstar. Ich lasse die Papiere hier." Er setzte die Sonnenbrille wieder auf. „Überlegen Sie es sich und rufen Sie mich an. Ich stehe im Telefonbuch."

Sie blieb, wo sie war, mit finsterem Gesichtsausdruck und dem gefrorenen Hähnchenfleisch in der Hand. Sie stand noch da, als sie hörte, wie er den Wagen startete und ihr Sohn die Treppe herunterkam.

Hastig nahm sie die Unterlagen vom Tisch und steckte sie in eine Schublade.

„Was wollte er?“ fragte Bryan. „Wieso hatte er denn einen Anzug an?“

„Viele Männer tragen Anzüge.“ Sie wich seiner Frage aus, aber sie würde Bryan nicht anlügen. „Und bleib vom Kühlschrank weg. Es gibt gleich Essen.“

Bryan hatte die Hand bereits am Türgriff und verdrehte die Augen. „Ich bin am Verhungern.“

Savannah nahm einen Apfel aus der Obstschale, warf ihn über die Schulter und lächelte zufrieden, als Bryan ihn auffing.

„Shane meint, es ist okay, wenn ich morgen nach der Schule noch mal vorbeikomme und mir die Kätzchen ansehe. Die Farm ist richtig cool, Mom. Du solltest sie sehen.“

„Ich habe schon einmal eine Farm gesehen.“

„Ja, aber die hier ist stark. Er hat sogar zwei Hunde. Fred und Ethel.“

„Fred und …“ Sie musste lachen. „Die sollte ich mir ansehen.“

„Und vom Heuboden aus kann man bis in die

Stadt sehen. Connor hat mir erzählt, dass ein Teil der Schlacht auf den Feldern ausgetragen wurde. Bestimmt liegen überall tote Soldaten herum."

„Also das klingt wirklich verlockend."

„Und ich dachte mir", Bryan biss in den Apfel, „ich dachte mir, du würdest dir vielleicht auch die Kätzchen ansehen wollen."

„Würde ich das?"

„Ja, klar. Connor meint, vielleicht will Shane welche weggeben, wenn sie stubenrein sind. Vielleicht möchtest du ja eins."

Savannah deckte den Topf mit dem Hähnchenfleisch zu. „So?"

„Warum nicht? Ich meine, dann hättest du Gesellschaft, wenn ich in der Schule bin." Er strahlte sie an. „Damit du nicht mehr so einsam bist."

Savannah lächelte. „Sehr geschickt, Bry. Wirklich raffiniert."

„Also kriege ich eins?" fragte er hoffnungsvoll.

Sie hätte ihm alles gegeben, nicht nur ein kleines Haustier. „Natürlich." Sie lachte glücklich, als er sich ihr in die Arme warf und sie drückte.

Nachdem sie gegessen, abgewaschen, auch die gefürchteten Hausaufgaben erledigt hatten und das Kind, das Savannahs Ein und Alles war, im Bett lag, setzte sie sich in die Hollywoodschaukel auf der vorderen Veranda und sah zum Wald hinüber.

Sie fand es schön, wie die Dunkelheit dort stets zuerst hereinbrach, als hätte der Wald das Recht, früher als der Rest der Natur schlafen zu gehen. Später hörte sie dann den Ruf einer Eule oder das leise Muhen von Shane MacKades Kühen. Manchmal, wenn der Abend sehr still war oder es geregnet hatte, drang das Plätschern des Bachs herüber.

Der Frühling war noch zu jung für das Aufflackern der Leuchtkäfer. Savannah freute sich auf sie und hoffte, dass Bryan nicht zu alt war, um ihnen nachzujagen. Sie wollte sehen, wie ihr Sohn durch seinen eigenen Garten rannte. In einer warmen Sommernacht, unter dem Sternenhimmel, wenn die Blumen blühten, die Luft nach ihnen duftete und der Wald sie wie ein dichter Vorhang von allem und jedem trennte.

Sie wollte, dass Bryan ein Kätzchen zum Spielen, gute Freunde und eine Kindheit voller schöner Erinnerungen hatte. Eine Kindheit, die all das war, was ihre nie gewesen war.

Sie stieß sich mit den Füßen ab, schaukelte sacht und lehnte sich zurück, um die vollkommene Stille des Abends zu genießen.

Sie hatte zehn lange, harte Jahre gebraucht, um hierher zu gelangen, auf diese Schaukel, auf diese Veranda, in dieses Haus. Sie bereute keinen Moment dieser zehn Jahre, nicht die Opfer und Schmerzen, nicht die Sorgen und Wagnisse. Denn würde sie eins davon bereuen, so würde sie alles bereuen. Eins davon zu bereuen hieße zu bereuen, dass sie Bryan bekommen hatte. Und das war undenkbar.

Sie hatte genau das erreicht, wonach sie gestrebt hatte, und sie hatte es sich verdient, gegen alle Widerstände. Sie befand sich genau dort, wo sie hatte sein wollen. Sie war die Frau, die sie sein wollte, und kein Gespenst aus der Vergangenheit würde ihr Glück trüben.

Wie konnte er es wagen, ihr sein Geld anzubieten, wenn sie doch nie etwas anderes als seine Liebe gewollt hatte?

Jim Morningstar war also tot. Ihr Vater hatte sein letztes Wildpferd geritten und seinen letzten Stier mit dem Lasso gefangen. Jetzt müsste sie eigentlich um ihn trauern und dankbar dafür sein, dass er am Ende seines Lebens an sie gedacht hatte. Und an das Enkelkind, das er nie gewollt und nicht einmal gesehen hatte.

Er hatte sich für seinen Stolz entschieden, gegen seine Tochter und das neue Leben, das in ihr heranwuchs. Und dann, nach all der Zeit, hatte er geglaubt, es mit siebentausend Dollar wieder gutmachen zu können.

Zur Hölle mit ihm, dachte Savannah müde und

schloss die Augen. Selbst sieben Millionen hätten sie nicht vergessen lassen, und ihre Vergebung konnte er damit erst recht nicht erkaufen. Und kein noch so redegewandter Anwalt in einem eleganten Anzug würde sie jemals dazu bringen, ihre Meinung zu ändern. Jared MacKade konnte gemeinsam mit Jim Morningstar zur Hölle fahren.

Er hatte kein Recht, ihr Land zu betreten, als wäre er darauf zu Hause, in ihrer Küche Limonade zu trinken, von Bryans College-Studium zu reden und ihren Jungen anzulächeln, als wäre er sein Freund. Vor allem hatte er kein Recht, sie so anzusehen, wie er es getan hatte, und damit all die Empfindungen zu wecken, die sie bewusst verdrängt hatte.

Also ist mein Verlangen doch noch nicht abgestorben, dachte sie wehmütig. Manche Männer schienen förmlich dazu geschaffen zu sein, es in einer Frau hervorzurufen.

Sie wollte nicht an diesem schönen Frühlingsabend auf ihrer Veranda sitzen und daran denken, wie lange es her war, dass sie in den Armen eines Mannes gelegen hatte. Eigentlich wollte sie gar nicht mehr denken, aber er war einfach über den Rasen geschlendert und hatte ihre so mühsam errichtete Welt in den Grundfesten erschüttert.

Ihr Vater war tot, und sie selbst war sehr lebendig.

An diesen beiden Tatsachen hatte der Rechtsanwalt MacKade bei seinem kurzen Besuch keinen Zweifel gelassen.

So gern sie auch die Augen davor verschlossen hätte, beides war nicht zu ändern, und sie musste sich damit abfinden. Irgendwann würde sie mit Jared reden müssen. Wenn sie nicht zu ihm ging, würde er wiederkommen, davon war sie überzeugt. Er war zäh und hartnäckig, das hatte sie gespürt, trotz des Maßanzuges und der Krawatte.

Sie musste sich entscheiden, was sie jetzt tun wollte. Und sie musste es Bryan erzählen. Er hatte ein Recht zu erfahren, dass sein Großvater tot war. Er hatte ein Recht, von dem Erbe zu erfahren. Aber heute Abend, nur heute Abend, wollte sie nicht mehr nachdenken, sich keine Sorgen mehr machen und keine Fragen mehr stellen.

Erst nach einer ganzen Weile wurde ihr bewusst, dass ihre Wangen feucht waren, dass ihre Schultern zitterten und ein Schluchzen in ihr aufstieg. Sie kauerte sich zusammen und legte den Kopf auf die Knie. „Oh, Daddy …“

2. KAPITEL

Jared hatte nichts gegen Farmarbeit. Er hatte keine Lust, sich damit seinen Lebensunterhalt zu verdienen, aber er scheute sich nicht, hin und wieder ein paar Stunden mitzuarbeiten. Seit er sein Haus in der Stadt zum Verkauf angeboten hatte und wieder auf die Farm gezogen war, sprang er ein, wann immer seine Zeit es erlaubte. Es waren Tätigkeiten, die man nie verlernte und mühelos wieder aufnahm, wenn auch mit Muskelkater. Das Melken, das Füttern, das Pflügen, das Aussähen.

Mit einem verschwitzten T-Shirt und alten Jeans bekleidet, versorgte Jared das Milchvieh mit Heu. Die schwarzbunten Kühe drängten sich um den Futterplatz. Ihre runden Flanken rieben sich aneinander, während sie mit wedelnden Schwänzen die Fliegen verjagten. Ihr Geruch erinnerte Jared an seine Jugend, vor allem an seinen Vater.

Buck MacKade hatte sich stets gut um sein Vieh gekümmert und seinen Söhnen beigebracht, in den Tieren nicht nur eine Einnahmequelle zu sehen, sondern sich auch für sie verantwortlich zu fühlen. Für ihn war die Farm sein Leben gewesen, und Jared wusste, dass auch Shane mit Leib und Seele Farmer war. Er fragte sich, was sein Vater wohl davon gehalten hätte, dass sein ältester Sohn sich für den Beruf des Rechtsanwalts entschieden hatte.

Wahrscheinlich hätte es ihn erstaunt, dass sein Junge jetzt Anzüge und Krawatten trug, Schriftsätze verfertigte, einen Terminkalender führte und vor Gericht auftrat. Aber Jared hoffte, dass Buck MacKade stolz gewesen wäre. Nach einer langen Woche am Schreibtisch und im Gerichtssaal ist dies keine schlechte Art, den Samstag zu verbringen, dachte er.

Shane pfiff eine Melodie vor sich hin und trieb die Nachzügler von der Weide zum Futterplatz. Jared ging plötzlich auf, dass sein Bruder so aussah, wie ihr Vater ausgesehen hatte. Staubige Jeans, staubiges Hemd, locker an einem Körper, der Jahre harter Arbeit erkennen ließ, und Haare, denen ein Besuch beim Friseur nicht schaden würde.

„Was hältst du von unserer neuen Nachbarin?“ rief Jared.

„Wie?“

„Die neue Nachbarin – wie findest du sie?“ wiederholte Jared und zeigte mit dem Daumen auf das Morningstar-Land.

„Ach, du meinst die schönste Frau der Welt.“ Mit verträumtem Blick ging Shane zum Zaun. „Ich brauche einen Moment der Stille“, murmelte er und faltete die Hände auf dem Herzen.

Belustigt fuhr Jared sich mit den Fingern durchs Haar. „Sie ist eindrucksvoll."

„Sie ist ... Mir fehlen die Worte." Shane verpasste einer Kuh einen liebevollen Klaps auf die Flanke. „Ich habe sie erst einmal gesehen. Bin ihr und ihrem Jungen auf dem Weg zum Markt begegnet. Ich habe mich etwa zwei Minuten mit ihr unterhalten, und seitdem träume ich von ihr."

„Wie findest du sie?"

„Absolut hinreißend."

„Könntest du mal für eine Minute zur Vernunft kommen, Bruder?"

„Ich kann es versuchen." Shane half ihm, die Heuballen zu zerteilen. „Sie ist eine Frau, die allein zurechtkommt und nicht nach einem Mann sucht. Sie kann gut mit ihrem Sohn umgehen, das habe ich sofort bemerkt."

„Ja, ich auch."

„Wann?" fragte Shane neugierig.

„Vor ein paar Tagen. Ich musste in einer rechtlichen Angelegenheit zu ihr."

„So?" Shane grinste. „Und jetzt bist du zur Verschwiegenheit verpflichtet, habe ich Recht?"

„Ja." Jared holte den nächsten Ballen und zerschnitt das Band. „Was redet man so über sie?"

„Nicht viel. Wie ich gehört habe, war sie in der

Gegend von Frederick und sah in der dortigen Zeitung die Anzeige für das Blockhaus. Kurz darauf kam sie hier an, kaufte das Land, meldete ihren Sohn in der Schule an und zog sich auf ihren Hügel zurück. Mrs. Metz platzt vor Neugier."

„Das kann ich mir vorstellen. Wenn Mrs. Metz, die Superklatschtante, schon nichts über sie weiß, weiß niemand etwas."

„Wenn du für sie etwas Rechtliches erledigst, müsstest du doch eigentlich etwas über sie erfahren können", sagte Shane.

„Sie ist keine Mandantin", erwiderte Jared und beließ es dabei. „Kommt der Junge oft her?"

„Hin und wieder. Zusammen mit Connor."

„Erstaunlich, nicht wahr?"

„Ich freue mich, dass die beiden sich so gut verstehen. Bry redet unaufhörlich, fragt mir Löcher in den Bauch und gibt zu allem seinen Senf dazu." Shane zog eine Augenbraue hoch. „Er erinnert mich an jemanden."

„Wirklich?"

„Dad meinte immer, wenn es zu einem Thema zwei Ansichten gäbe, würdest du beide vertreten. Der Junge ist genauso. Und er bringt Connor zum Lachen. Es tut gut, ihn lachen zu hören."

„Mit einem Vater wie Joe Dolin hat er nicht viel zu lachen gehabt", sagte Jared.

Shane knurrte zustimmend, während er die zerschnittenen Schnüre einsammelte. „Nun ja, Dolin ist hinter Gittern und kann keinen Schaden mehr anrichten.“ Er warf einen prüfenden Blick auf seine Herde und das Land dahinter. „Nie wieder wird dieser Kerl die arme Cassie verprügeln und die Kinder terrorisieren. Ist die Scheidung bald durch?“

„In spätestens sechzig Tagen müssten wir ein rechtskräftiges Urteil haben.“

„Je früher, desto besser. Ich muss nach den Schweinen sehen. Holst du mehr Heu aus der Scheune?“

„Natürlich.“

Shane ging zum Pferch, um das Futter für die Borstentiere zu mischen. Als die fetten Schweine ihn sahen, fingen sie an zu grunzen. „Ja, Daddy ist hier, Kinder.“

„Er redet dauernd mit ihnen“, verkündete Bryan, der sich ihnen unbemerkt von hinten genähert hatte.

„Sie antworten mir.“ Mit einem Lächeln drehte Shane sich um.

Der Junge war nicht allein. Savannah stand neben ihrem Sohn, eine Hand auf seiner Schulter, ein unbeschwertes Lächeln auf dem Gesicht. Sie trug das Haar offen, und es fiel wie ein schwarzer Wasserfall auf die zerschlissene Denimjacke. Shane beschloss, die Schweine warten zu lassen, und lehnte sich an den Zaun.

„Guten Morgen.“

„Guten Morgen.“ Savannah warf einen Blick in den Pferch. „Sie sehen hungrig aus.“

„Sie sind immer hungrig. Deshalb heißen sie ja auch Schweine.“

Lachend stellte sie einen Fuß auf die unterste Zaunlatte. Sie war es gewöhnt, Tiere um sich zu haben. „Die Sau dort drüben sieht äußerst wohlgenährt aus.“

Er machte ein paar Schritte auf Savannah zu, um den Duft ihres Haars einatmen zu können. „Sie ist voller Ferkel. Ich werde sie bald von den anderen trennen müssen.“

„Frühling auf der Farm“, murmelte sie. „Und wer ist der Daddy?“

„Der extrem selbstzufrieden dreinschauende Eber dort hinten.“

„Aha.“ Noch immer lächelnd, warf Savannah das Haar über die Schultern. „Wir haben eine Bitte, Mr. MacKade.“

„Shane.“

„Shane. Wie ich hörte, haben Sie Kätzchen.“

Shane lächelte Bryan zu. „Du hast deine Mom überredet, was?“

Bryan setzte eine Unschuldsmiene auf, doch die leuchtenden Augen verrieten ihn. „Mom braucht Gesellschaft, während ich in der Schule bin.“

„Gute Idee.“ Shane wandte sich vom Pferch ab.

„Sie sind drüben in der Scheune. Ich zeige sie Ihnen, kommen Sie mit."

„Nein." Savannah legte eine Hand auf seinen Arm. Ihr Blick ließ erkennen, dass sie genau wusste, warum er so zuvorkommend war. „Wir wollen Sie nicht bei der Arbeit stören. Ihre Schweine warten, und Bryan weiß bestimmt, wo wir die Kätzchen finden."

„Klar weiß ich das. Komm schon, Mom." Bryan nahm ihre Hand und zog sie hinter sich her. „Sie sind echt cool. Shane hat ganz viele tolle Tiere."

„So?" Als sie ihrem Sohn folgte, sah sie das beeindruckendste Lebewesen auf der ganzen Farm aus der Scheune kommen. Es trug einen Heuballen über der Schulter.

Jared blieb stehen, warf den Ballen hin und ihre Blicke trafen sich. Savannah wurde bewusst, dass sie sich durch den teuren Anzug hatte täuschen lassen. In dem edlen Tuch hatte er elegant ausgesehen. Jetzt hatte er nichts Elegantes an sich. Das T-Shirt und die Jeans betonten seine athletische, ungemein männliche Gestalt.

Viele andere Frauen hätten wahrscheinlich unwillkürlich den Atem angehalten, sie jedoch nickte ihm nur kühl zu. „Mr. MacKade."

„Miss Morningstar." Er klang ebenso distanziert, aber es kostete ihn Mühe, sich nicht anmerken zu lassen, was ihr Anblick in ihm auslöste. „Hi, Bryan."

„Ich wusste gar nicht, dass Sie hier arbeiten", sagte der Junge. „Ich habe Sie hier noch nie gesehen."

„Hin und wieder bin ich hier."

„Wieso haben Sie denn bei uns einen Anzug getragen?" fragte Bryan. „Shane trägt nie einen."

„Den müsste man in einen Anzug prügeln." Der Junge lächelte, und Jared bemerkte eine Zahnlücke, die am Tag zuvor noch nicht da gewesen war. „Hast du da etwas verloren?"

Stolz schob Bryan die Zungenspitze in die Lücke. „Der ist heute Morgen herausgefallen. Ich kann jetzt viel weiter spucken."

„Ich habe mal den Rekord in dieser Gegend gehalten. Zwei Meter achtzig. Ohne Rückenwind."

Bryan war sichtlich beeindruckt. Er sammelte Spucke, konzentrierte sich und zeigte, was er konnte. Jared spitzte die Lippen und nickte anerkennend. „Nicht schlecht."

„Ich komme noch weiter."

„Du gehörst zu den Besten in deiner Altersklasse, Bryan", sagte seine Mutter trocken. Sie wandte sich zur Scheune. „Aber Mr. MacKade hat zu tun, und wir sollten uns die Kätzchen ansehen."

„Ja. Sie sind gleich dort vorn." Bryan rannte in die Scheune, und Savannah folgte ihm in gemächlicherem Tempo.

„Zwei Meter achtzig?" murmelte sie und warf einen Blick über die Schulter.

„Zwei Meter dreiundachtzig, um genau zu sein."

„Sie erstaunen mich, Mr. MacKade."

Sie hat eine Art, mit diesen langen Beinen zu schlendern, bei der es einem Mann schwer fällt, nicht hinzustarren, dachte Jared. Er wehrte sich nur kurz gegen die Versuchung, gab auf und folgte Savannah Morningstar in die Scheune.

„Sind sie nicht süß?" Bryan legte sich neben dem Wurf schlafender Kätzchen und ihrer gelangweilt wirkenden Mutter ins Heu. „Sie müssen noch ganz viele Wochen hier bleiben." Ganz behutsam streichelte er den Kopf eines grauen Kätzchens. „Aber dann dürfen wir uns eins mitnehmen."

Savannah wurde beim Anblick der niedlichen Geschöpfe ganz warm ums Herz. „Oh, sie sind noch so winzig." Sie hockte sich neben ihren Sohn und nahm vorsichtig eins der Jungen in die Hand. „Sieh mal, Bryan, es passt genau hinein. Oh, sind sie nicht süß?" Sie rieb mit der Nasenspitze über das weiche Fell. „Du bist aber niedlich", flüsterte sie.

„Mir gefällt das hier am besten." Bryan streichelte noch immer das kleine graue Wollknäuel. „Ich werde es Cal nennen."

„Oh." Das orangefarbene Kätzchen in ihrer Hand

bewegte sich und miaute leise. Savannah zögerte. „Na gut. Wir nehmen das Graue“, entschied sie schweren Herzens.

„Sie könnten zwei nehmen“, schlug Jared vor. Ihr Gesicht ist wie ein offenes Buch, dachte er. „Kätzchen freuen sich über Gesellschaft.“

„Zwei?“ wiederholte Bryan begeistert. „Genau, Mom, wir nehmen zwei! Eins allein wäre viel zu einsam. Und es würde auch nicht mehr Mühe machen. Wir haben doch jetzt genug Platz. Cal braucht jemanden, mit dem er spielen kann.“

„Danke, MacKade“, sagte Savannah ein wenig spöttisch.

„Gern geschehen“, erwiderte Jared ungerührt.

„Außerdem“, fuhr Bryan fort, der längst bemerkt hatte, wie liebevoll seine Mutter Cals orangefarbenes Brüderchen hielt. „Wenn wir zwei nehmen, kann jeder sich eins aussuchen. Das ist doch fair, oder?“ Lächelnd strich Bryan mit der Fingerspitze über das zarte Fell des Kätzchens in Savannahs Hand. „Er mag dich. Siehst du, er versucht dir die Hand zu lecken.“

„Er hat Hunger“, antwortete sie, wusste jedoch bereits, dass sie dem kleinen Kater, der sich in ihrer Hand sehr wohl zu fühlen schien, nicht widerstehen konnte. „Vermutlich hast du Recht, Bryan. Die beiden könnten einander Gesellschaft leisten.“

„Super, Mom!“ Bryan sprang auf und küsste sie ohne die typische Verlegenheit, die viele neunjährige Jungen daran hinderte, ihre Gefühle zu zeigen. „Ich sage Shane, welche wir uns ausgesucht haben.“ Aufgeregt rannte er aus der Scheune.

„Sie wissen, dass Sie dieses Kätzchen haben wollten“, sagte Jared.

„Ich bin alt genug, um zu wissen, dass ich nicht alles bekommen kann, was ich haben will.“ Aber sie seufzte und setzte das Kätzchen ab, damit es mit seinen Geschwistern weiter frühstücken konnte. „Aber zwei Katzen machen bestimmt nicht viel mehr Arbeit als eine.“

Sie wollte aufstehen und sah Jared erstaunt an, als er die Hand unter ihren Ellbogen legte und ihr aufhalf. „Danke.“ Sie ging um ihn herum, bis sie wieder im Hellen stand. „Sind Sie ein Farmerjunge, der nebenbei als Anwalt arbeitet, oder ein Anwalt, der auf der Farm aushilft?“

„Im Moment komme ich mir vor wie beides. Die letzten paar Jahre habe ich in Hagerstown gelebt.“ Er passte seine Schritte ihren an. „Vor einigen Monaten bin ich wieder hergezogen. Ich habe allerdings häufig in der Stadt zu tun und kann deshalb Shane und Devin nicht so zur Hand gehen, wie ich es möchte.“

„Devin?“ Sie blieb vor der Scheune stehen, wo die

Sonne hell und warm schien. „Ach ja, der Sheriff. Bryan hat ihn bereits erwähnt. Er lebt auch hier auf der Farm, nicht wahr?“

„Er übernachtet hin und wieder hier“, antwortete Jared. „Er lebt in seinem Büro.“

„Der Kampf gegen das Verbrechen? In einer Stadt mit zwei Ampeln?“

„Devin nimmt seinen Beruf ernst.“ Jared sah dorthin, wo Bryan um Shane herumtanzte, während dieser die Kühe zurück auf die Weide trieb. „Haben Sie noch einmal über den Nachlass Ihres Vaters nachgedacht?“

„Nachlass. Was für ein ernstes Wort. Ja, ich habe darüber nachgedacht. Ich muss zuerst einmal mit Bryan darüber sprechen.“ Jared zog eine Augenbraue hoch, und sie fuhr mit leiser Stimme fort: „Wir sind ein Team, Mr. MacKade. Er hat ein Mitspracherecht. Heute Nachmittag haben wir ein Baseball-Match, und ich will ihn vorher nicht damit belasten. Sie werden meine Antwort am Montag erhalten.“

„Fein.“ Jared schaute über ihre Schulter, und das verärgerte Glitzern in seinen Augen lockte bei Savannah ein Lächeln hervor.

„Lassen Sie mich raten. Ihr Bruder starrt wieder auf meinen Po.“

Verblüfft sah Jared sie an. „Das merken Sie?“

Ihr Lachen klang sehr ungekünstelt und ansteckend.

„Frauen merken so etwas immer. Manchmal lassen wir es euch Männern durchgehen, das ist alles.“ Sie rief ihren Sohn herbei. „Komm, Bryan. Du hast vor dem Spiel noch eine Menge zu tun.“

Auf dem Weg durch den Wald schwärmte Bryan ihr unaufhörlich von den Kätzchen, dem bevorstehenden Match und den Tieren auf der MacKade-Farm vor.

Er ist glücklich, dachte Savannah. Und er war in Sicherheit. Sie hatte es geschafft. Ganz allein. Fast hätte sie laut geseufzt und ihrem Sohn verraten, dass sie sich Sorgen machte. Manchmal war es so schwer, die richtige Entscheidung zu treffen.

„Warum läufst du nicht vor, Bry? Erledige deine Aufgaben und zieh dich für das Spiel um. Ich glaube, ich setze mich hier noch für eine Weile hin.“

Er blieb stehen, kickte einen Kieselstein fort. „Warum sitzt du so oft hier draußen?“

„Weil ich gern hier bin.“

Er sah ihr aufmerksam ins Gesicht. „Wir ziehen also nicht wieder um?“

Sie bückte sich und drückte ihm einen Kuss auf die Stirn. „Nein, wir bleiben hier.“

Er strahlte. „Cool.“

Dann rannte er davon. Savannah setzte sich auf einen umgestürzten Baumstamm, schloss die Augen und versuchte an gar nichts zu denken. Aber so viele

Dinge beschäftigten sie – Erinnerungen, Fehler, Zweifel. Sie verdrängte sie und konzentrierte sich auf die Stille und den Ort in ihrem Inneren, an dem es keine Sorgen gab.

Das war ein Trick, den sie als Kind gelernt hatte. Damals, als das Leben zu verwirrend gewesen war, um sich ihm zu stellen. Die langen Fahrten im klappernden Pick-up, die endlosen Stunden in übel riechenden Ställen, die lauten Stimmen, der Hunger, das Babygeschrei, die Kälte in den schlecht geheizten Zimmern, all das war nur zu ertragen gewesen, wenn sie sich für einige Minuten in ihr Inneres zurückzog. Entscheidungen fielen plötzlich leichter, neue Zuversicht stellte sich ein.

Fasziniert, so als wäre er einem rätselhaften Geschöpf des Waldes begegnet, beobachtete Jared Savannah. Sie saß vollkommen reglos, das exotische Gesicht absolut entspannt. Es hätte ihn nicht gewundert, wenn ein Schmetterling oder ein Vogel auf ihrer Schulter gelandet wäre.

Diese Wälder hatten immer ihm gehört, waren sein geheimer Zufluchtsort gewesen. Dass sie hier saß, kam ihm nicht wie ein unerlaubtes Eindringen vor. Es störte ihn nicht. Es überraschte ihn auch nicht, denn irgendwie schien er geahnt zu haben, dass er sie hier finden würde, wenn er zum richtigen Zeitpunkt nach ihr suchte.

Plötzlich wurde ihm bewusst, dass er den Atem

anhielt und nicht einmal zu blinzeln wagte, aus Furcht, sie könnte sich in Luft auflösen und niemals wieder hierher zurückkehren.

Langsam schlug sie die Augen auf und blickte geradewegs in seine. Einen Moment brachte keiner von ihnen ein Wort heraus. Savannah war es gewöhnt, dass Männer sie anstarrten. Das hatten sie schon getan, als sie noch halbwegs ein Kind gewesen war. Manchmal hatte es sie geärgert, manchmal hatte sie es lustig oder interessant gefunden. Aber noch nie hatte es ihr die Stimme geraubt, wie es dieser offene Blick aus Augen tat, die sie an Sommergras erinnerten.

Jared bewegte sich zuerst, ging auf sie zu. „Bestimmt verrate ich Ihnen nichts Neues …“, begann er. Weil er das Bedürfnis danach verspürte und weil seine Knie ein wenig weich geworden waren, setzte er sich neben sie auf den Baumstamm. „… wenn ich Ihnen sage, dass Sie eine hinreißend schöne Frau sind.“

Sie senkte den Kopf. „Sollten Sie jetzt nicht ein Feld pflügen oder so etwas?“

„Shane fand, dass ich für heute genug getan habe.

Steht bei Ihnen nicht ein Baseball-Match auf dem Programm?“

„Das findet erst in zwei Stunden statt.“ Savannah atmete tief durch. „Wer von uns beiden ist unbefugt, hier zu sitzen?“

„Eigentlich sind wir das beide." Jared holte ein Zigarillo heraus und suchte nach einem Streichholz. „Dieses Land gehört meinem Bruder."

„Ich dachte, die Farm gehört Ihnen allen."

„Das tut sie." Er steckte das Zigarillo an und sah dem Rauch nach, der in den Sonnenschein driftete. „Das Stück hier gehört Rafe."

„Rafe?" Fragend sah sie ihn an. „Sagen Sie bloß, es gibt noch mehr Brüder?"

„Insgesamt vier."

„Vier MacKades", sagte sie halb erstaunt, halb amüsiert. „Ein Wunder, dass die Stadt das überlebt hat. Und keine Frau hat es geschafft, einen von Ihnen vor den Altar zu bringen?"

„Rafe ist verheiratet. Ich war es mal."

„Oh." Sie war überrascht. „Und jetzt sind Sie wieder auf der Farm."

„Richtig. Nun, wenn ich schneller gewesen wäre, würde ich jetzt in Ihrer Blockhütte leben."

„Tatsächlich?"

„Ja. Mein Haus in der Stadt steht zum Verkauf, und ich brauche etwas Neues hier in der Gegend. Aber als ich ernsthaft zu suchen anfing, hatten Sie den Vertrag für das Blockhaus bereits unterschrieben." Er nahm einen Zweig und zeichnete einen Lageplan in den Sand. „Die Farm … Rafes Haus … die Blockhütte."

Mit gespitzten Lippen betrachtete Savannah das Dreieck. „Hmm … Dann hätte den MacKades ein beträchtlicher Teil des Bergs gehört. Zu spät gekommen, Rechtsanwalt MacKade."

„Scheint so, Miss Morningstar."

„Ich schätze, Sie können mich Savannah nennen. Schließlich sind wir Nachbarn." Sie nahm ihm den Zweig ab und tippte auf die Spitze des Dreiecks. „Das hier … Ist das das Steinhaus, das man von der Straße auf dem Hügel sehen kann?"

„Richtig. Das alte Barlow-Haus."

„Es ist verhext."

„Sie haben die Geschichten gehört?"

„Nein." Interessiert sah sie ihn an. „Gibt es Geschichten über das Haus?"

Jared brauchte nur einen Moment, um zu erkennen, dass sie sich nicht über ihn lustig machte. „Warum haben Sie gesagt, dass es verhext sei?"

„Das spürt man", antwortete Savannah. „Genau wie diese Wälder … sie sind rastlos." Als er ihr einen erstaunten Blick zuwarf, lächelte sie. „Indianisches Blut. Ich bin halb Apache. Mein Vater hat immer behauptet, er sei ein Vollblut, aber …" Sie verstummte.

„Aber?"

„Italienisch, mexikanisch, sogar ein wenig französisch – eine spezielle Mischung."

„Und Ihre Mutter?"

„Angelsächsisch und mexikanisch. Sie arbeitete beim Rodeo, war sogar Champion. Sie hatte einen Autounfall, als ich fünf war. Ich kann mich kaum noch an sie erinnern."

„Meine Eltern sind auch beide tot." Er hielt ihr die Zigarilloschachtel hin. Sie nahm eines davon, und er reichte ihr Feuer. „Es ist hart."

Sie rauchte eine Weile schweigend, dann sagte sie: „Ich habe meinen Vater vor zehn Jahren verloren, als er mich hinauswarf. Ich war sechzehn und mit Bryan schwanger."

„Das tut mir Leid, Savannah."

„Nun, ich habe es überlebt." Sie wusste nicht, warum sie es ihm erzählt hatte. Vielleicht weil es hier so friedlich und er ein guter Zuhörer war. „Wissen Sie was, Jared? Ich habe gestern so viel an meinen Vater gedacht wie seit Jahren nicht mehr. Sie glauben nicht, was vor zehn Jahren siebentausend Dollar für mich gewesen wären. Fünftausend. Was sage ich, es gab Zeiten, da hätten acht Dollar … Na ja, das alles spielt keine Rolle mehr."

Ohne zu überlegen, umschloss er mit seiner Hand die ihre. „Doch, das tut es."

Stirnrunzelnd starrte sie auf ihre beiden Hände, bevor sie langsam ihre unter seiner hervorzog und aufstand. „Ich muss an Bryan denken. Also werde ich es mit ihm besprechen."

„Was ich Ihnen jetzt sage, dürfte für Sie ebenfalls nicht neu sein. Ich finde, Ihren Sohn allein aufzuziehen war eine großartige Leistung."

Sie lächelte. „Wir haben uns gegenseitig aufgezogen. Trotzdem danke. Ich melde mich bei Ihnen."

„Savannah." Sie drehte sich noch einmal zu ihm um. „Dies ist eine gute Stadt, mit Menschen, die meistens freundlich sind. Hier muss niemand allein bleiben, wenn er es nicht will."

„Auch darüber werde ich nachdenken müssen. Wir sehen uns, Anwalt MacKade."

Jared hatte seit Jahren kein Baseball-Match der Little League besucht. Als er vor dem Stadion am Stadtrand hielt und die Düfte und Geräusche wahrnahm, fragte er sich, warum er so lange gewartet hatte. Die hölzerne Tribüne war voll besetzt. Die Kids, die nicht auf dem Spielfeld waren, tobten hinter dem niedrigen Zaun oder rangelten im Schatten der Tribüne. Einige drängten sich vor dem Stand, von dem der Duft von Hot Dogs und anderen Snacks herüberwehte.

Jared parkte seinen Wagen neben all den anderen Autos am Rand der schmalen Straße und ging über die holprige Rasenfläche zum Spielfeld hinüber. Er hielt ringsum nach Savannah Ausschau, doch als Erster fiel ihm Connor Dolin auf.

Der blonde Junge stand still in der Schlange vor dem Imbissstand und starrte auf seine Füße, während zwei größere Kinder ihn ärgerten.

„He, da ist ja der Schwachkopf Dolin. Wie gefällt es denn deinem Vater in seiner Zelle?“

Connor hob auch dann nicht den Kopf, als sie ihm einen Schubs gaben. Die Frau vor ihnen drehte sich um und schnalzte tadelnd mit der Zunge, was die beiden jedoch nicht beeindruckte.

„Warum backst du ihm nicht einen Kuchen mit einer Feile drin, du Trottel? Ich wette, ein Weichling wie du kann toll Kuchen backen.“

„Hallo, Connor.“ Jared trat vor und warf den beiden Quälgeistern einen Blick zu, der sie davonrennen ließ. „Wie geht es dir?“

„Ganz gut.“ Die Scham hatte Connors Wangen gerötet. Und vor Angst, nicht nur erniedrigt, sondern auch verprügelt zu werden, waren die Hände, die das Geld hielten, schweißnass. „Ich soll Hot Dogs holen.“

„Hm.“ Jared war so klug, dass er das, was er soeben gesehen hatte, nicht erwähnte. „Wieso spielst du denn nicht mit?“

„Ich bin nicht gut genug.“ Es klang ganz nüchtern, denn er war es gewöhnt, gesagt zu bekommen, dass er nicht gut genug sei. „Aber Bryan spielt mit. Bryan Morningstar. Er ist der Beste im Team."

„Ist er das?" Gerührt von dem plötzlichen Aufleuchten der schüchtern dreinblickenden grauen Augen des Jungen klappte Jared spielerisch den Schirm von Connors Baseball-Kappe hoch. Der Junge zuckte instinktiv zurück und erinnerte Jared daran, dass das Leben dieses Neunjährigen nicht immer aus Baseball und Hot Dogs bestanden hatte. „Ich freue mich darauf, ihm zuzusehen", fuhr Jared fort, als hätte er auch das nicht bemerkt. „Auf welcher Position spielt er denn?"

Beschämt wegen seiner feigen Reaktion blickte Connor wieder zu Boden. „Shortstop."

„Ach ja? Das habe ich auch einmal gespielt."

„Wirklich?" Erstaunt hob Connor den Kopf.

„Ja. Devin war an der dritten Base, und …"

„Sheriff MacKade hat Baseball gespielt?" Jetzt mischte sich in die Verblüffung so etwas wie Heldenverehrung. „Ich wette, er war echt gut."

„Er war okay." Jared erinnerte sich nur ungern daran, dass es ihm nicht ein einziges Mal gelungen war, Devin zu besiegen. „Wie viele Hot Dogs willst du, Connor?"

„Ich habe Geld. Mom hat mir Geld gegeben. Und Miss Morningstar auch." Er zupfte die zerknüllten

Scheine auseinander. „Ich soll ihr auch einen mitbringen. Mit Senf."

„Ich lade euch ein." Jared nickte dem Verkäufer zu und hielt drei Finger hoch, während der Junge an seiner Lippe nagte und besorgt sein Geld betrachtete. „Auf die Weise kann ich mich zu dir und Miss Morningstar setzen."

Jared reichte dem Jungen den ersten Hot Dog, den er ganz vorsichtig mit einem Streifen Senf versah. „Sind deine Mutter und deine Schwester auch hier?"

„Nein, Sir. Mom arbeitet, und Emma ist bei ihr im Lokal. Aber sie hat mir erlaubt, allein herzukommen."

Jared bestellte auch noch Getränke und verstaute alles in einen Pappkarton. „Kannst du das tragen?"

„Ja, Sir, natürlich." Froh, damit beauftragt worden zu sein, ging Connor auf die Tribüne zu und hielt den Karton, als wären die Hot Dogs Sprengstoff und die Getränke ein brennendes Streichholz. „Wir sitzen ziemlich weit oben, weil Miss Morningstar findet, dass man von dort alles viel besser sehen kann."

Und ich kann sie sehen, dachte Jared, während sie sich der Tribüne näherten. Savannah hatte die Arme auf die Knie gestützt und das Kinn auf die gefalteten Hände. Ihr Blick war auf das Spielfeld gerichtet. Jedenfalls nahm Jared das an, denn ihre Augen waren hinter einer Sonnenbrille verborgen.

Doch er irrte sich. Sie beobachtete ihn, wie er neben dem Jungen herging und lächelnd zurückwinkte, wenn der eine oder andere auf der Tribüne ihn begrüßte. Und ihr blieb auch nicht verborgen, wie mehrere Frauen unterschiedlichen Alters sich in Positur setzten, sobald er an ihnen vorbeikam.

Nun, ein Mann, der so aussah wie Jared, musste genau diese Wirkung haben, nahm Savannah an. Er weckte in einer Frau instinktiv das Bewusstsein, dass sie eine Frau war mit den nur ihr eigenen Gefühlen und Bedürfnissen. Erotischen Bedürfnissen.

Mit seinen langen Beinen stieg er hinter dem kleinen Jungen die Tribüne hinauf. Hin und wieder klopfte er auf die Schulter eines Bekannten oder schüttelte jemandem die Hand. Savannah nahm die Jacke, die sie auf Connors Platz gelegt hatte, und rutschte ans Geländer.

„Heute ist wirklich ein schöner Tag für ein Baseball-Match", sagte Jared, als er sich neben sie setzte. Er ließ sich von Connor den Karton geben und rückte an seine Banknachbarin noch enger heran, um Platz für den Jungen zu machen. „Es ist ganz schön voll, nicht wahr?"

„Jetzt ja. Danke, Con."

„Mr. MacKade hat bezahlt", sagte Connor und gab ihr das Geld zurück.

Sie wollte ihm sagen, dass er es behalten könne,

fürchtete jedoch, ihn damit zu kränken. „Danke, Mr. MacKade."

„Wie steht es denn?"

„Wir liegen einen Punkt zurück. Das dritte Inning hat gerade begonnen." Sie biss in ihren Hot Dog. „Aber unsere besten Schlagmänner kommen erst noch."

„Bryan schlägt als Dritter." Connor schluckte seinen Bissen herunter, um nicht mit vollem Mund zu sprechen. „Er führt."

Jared sah, wie der erste Junge in dem orangefarbenen Teamshirt, das Ed's Café gestiftet hatte, das Spielfeld betrat. „Sind Sie Edwina Crump bereits begegnet?" fragte Jared Savannah leise.

„Bis jetzt noch nicht. Sie ist die Eigentümerin des Schnellrestaurants, wo Connors Mutter Cassandra arbeitet, nicht wahr?"

Savannah wollte noch etwas hinzufügen, doch in diesem Moment traf der Schlagmann den Ball mit voller Wucht. Er ließ die Keule fallen und rannte zur ersten Base. „Toll gemacht!" rief sie und stimmte in den Jubel der anderen mit ein. „Jetzt müssten wir sie einholen, nicht wahr, Con?"

„Ja, Ma'am. Das da ist J. D. Bristol. Er ist ein guter Läufer."

Savannah vergaß den Hot Dog in ihrer Hand, als der zweite Schlagmann den Ball verfehlte. Jemand beschimpfte lauthals den Schiedsrichter, und auf der Tribüne wurde heftig diskutiert.

„Offenbar werden diese Spiele noch immer sehr ernst genommen“, bemerkte Jared lächelnd.

„Baseball ist eben eine ernste Sache“, murmelte Savannah geistesabwesend und hielt den Atem an, als Bryan das Spielfeld betrat.

Um sie herum wurde getuschelt. „Das ist der Morningstar-Junge“, verkündete jemand. „Er ist ein guter Schlagmann.“

„Bei dem Werfer muss er verdammt gut sein. Dessen Bälle erwischt heute kaum jemand.“

Savannah hob das Kinn und stieß den Mann vor ihr mit dem Knie an. „Warten Sie nur ab“, sagte sie, als er sich umdrehte. „Er erwischt ihn.“

Jared lehnte sich lächelnd zurück. „Ja, eine ernste Sache.“

Sie verzog das Gesicht, als Bryan den ersten Ball verfehlte. „Einen Dollar darauf, dass er den Ausgleich schafft.“

„Ich wette ja nur ungern gegen Ihren Jungen oder die Heimmannschaft“, erwiderte Jared. „Aber wir MacKades haben immer gern gewettet. Abgemacht, um einen Dollar.“

Savannah beobachtete gebannt, wie ihr Sohn sein übliches Ritual vollzog. Er verließ die Box, trat erst mit dem linken, dann mit dem rechten Fuß in den Staub, schnallte den Helm fester und schwang die Keule.

„Sieh auf den Ball, Bryan", flüsterte sie eindringlich, als er das Schlagmal wieder betrat. „Behalt immer den Ball im Auge."

Genau das tat er – als der Ball an ihm vorbeisauste, direkt in den Handschuh des Fängers.

„Strike zwei."

„Was soll das denn?" rief sie. „Der Ball war niedrig und außerhalb. Jeder konnte sehen, dass der zu niedrig und außerhalb war!"

Ihr Vordermann drehte sich um und nickte. „Sie haben völlig Recht. Bo Perkins hat Augen wie meine Großmutter, und die brauchte eine Brille, um das Essen auf ihrem Teller zu sehen."

„Also, ich finde, jemand sollte Bo Perkins einen Tritt in den …" Sie verstummte, als sie bemerkte, dass Connor sie mit großen Augen ansah. „Jetzt wird es knapp", fügte sie leise hinzu.

„Na los, Bryan", sagte Jared, während Savannahs Sohn erneut das Schlagmal betrat.

Der Werfer holte aus und warf, Bryan traf den Ball mit der breitesten Stelle seiner Keule, so dass er hoch über die gereckten Arme der gegnerischen Spieler hinweg und aus dem Spielfeld flog.

„Er ist draußen!" rief Savannah begeistert und sprang

zusammen mit den anderen Zuschauern auf. „Super, Bry, weiter so!“ Bei ihrem Siegestanz bewegte sie die Hüften auf eine Weise, die Jared dazu brachte, den Blick vom Spielfeld zu nehmen. Sie jubelte aus vollem Hals, die Hände wie zum Schallrohr an den Mund gelegt, während Bryan seine Runde drehte und die Home-Base erreichte.

Savannah umarmte ihren neuen Freund auf der Bank unter ihr und küsste ihn auf die Wange. „Den Ball hat er voll erwischt, was?“

Der Mann, der etwa dreißig Jahre älter als sie war, errötete wie ein Schuljunge. „Ja, Ma’am, das kann man wohl sagen.“

„Sie sind nicht gerade schüchtern und zurückhaltend, was?“ bemerkte Jared, als sie sich wieder neben ihn setzte.

„Zahlen Sie Ihre Schulden.“ Sie hielt ihm die Handfläche hin.

Jared holte den Eindollarschein heraus und gab ihn ihr. „Das war es mir wert.“

„Das war noch gar nichts, Anwalt MacKade.“

Jared dachte an ihre wohlgeformten Hüften und hoffte inständig, dass sie Recht behalten würde.

3. KAPITEL

Wahrscheinlich ist es ein Fehler, sich mit Jared MacKade in Ed's Café zu setzen und ein Eis zu essen, dachte Savannah. Aber er hatte sie überredet. Außerdem hatten Bryan und Connor sich riesig gefreut, als er ihnen anbot, den Sieg der Antietam Cannons mit einem Fruchtbecher zu feiern.

Und sie wollte mit eigenen Augen sehen, wie er mit Cassandra Dolin umging.

Connors Mutter ist ein zerbrechliches Geschöpf, dachte Savannah. Blond und hübsch wie eine Porzellanpuppe, mit Augen, die so traurig blicken, dass es einem fast das Herz bricht.

Jared war sehr sanft und freundlich zu Cassandra und entlockte ihr ab und zu sogar ein Lächeln. Offenbar mochte er scheue, verletzliche Frauen.

„Kommen Sie, Cassie, essen Sie ein Eis mit uns."

„Geht leider nicht." Cassie blieb lange genug am Tisch stehen, um ihrer Tochter über den Kopf zu streicheln, während die kleine Emma sich das Eis schmecken ließ. „Der Laden ist voll. Aber ich bin Ihnen sehr dankbar, dass Sie die Kinder eingeladen haben, Jared."

Sie ist so mager, dass ein Frühlingshauch sie umwehen könnte, dachte Jared und hielt ihr den Löffel hin. „Nur ein Bissen, ja?“

Cassandra errötete, öffnete aber gehorsam den Mund. „Schmeckt herrlich.“

„He, Cass, die Burger sind fertig.“

„Komme schon.“ Cassie eilte zum Tresen, hinter dem Edwina Crump das Regiment führte.

Die Eigentümerin des Schnellrestaurants zwinkerte Jared zu. Die Tatsache, dass sie zwanzig Jahre älter als er war, hinderte sie nicht daran, den Anblick eines attraktiven Mannes zu genießen. „He, großer Bursche, warum lässt du dich so selten hier blicken?“ Sie zupfte ihr rotes, dauergewelltes Haar über den Ohren zurecht. „Wann gehst du mit mir tanzen?“

„Wann immer du willst, Ed.“

Sie lachte fröhlich. „Drüben im Legion spielt heute Abend eine richtig heiße Band. Ich werde auf dich warten“, rief sie, bevor sie in der Küche verschwand.

Belustigt stützte Savannah die Arme auf den Tisch. „Das Legion, was? Ich wette, dort geht es ziemlich hoch her.“

„Sie würden sich wundern.“ Er zog eine Augenbraue hoch. „Möchten Sie hingehen?“

„Nein, danke. Bry, meinst du, du könntest das Eis so essen, dass das meiste davon in deinem Mund und nicht auf dem Tisch landet?“

Er leckte ungerührt seinen Löffel ab. „Schmeckt toll", sagte er dabei. „Wie ist denn deins, Con?" Er wartete die Antwort nicht ab, sondern tauchte den Löffel gleich in Connors Becher. „Erdbeer ist okay. Aber Toffee ist am besten", sagte er, den Blick schon auf Emmas Schokoladenbecher gerichtet.

„Nein, Bry", sagte Savannah lächelnd und nickte Emma zu, als die Fünfjährige die Hand schützend um ihr Eis legte. Die Kleine ist still, dachte sie, aber sie weiß, was ihr gehört. „Lass es dir ruhig schmecken, Honey. Ich wette, du kannst die Jungs unter den Tisch essen."

„Ich mag Eiscreme", erwiderte Emma mit einem scheuen Lächeln.

„Ich auch." Mit einem Grinsen schob Savannah sich den nächsten Bissen in den Mund. „Und Schokolade ist am besten, nicht?"

„Ja, und die Schlagsahne. Miss Ed gibt einem immer ganz viel davon." Vorsichtig legte Emma den Löffel ab. „Ich darf jetzt zu Regan gehen, meine Mama hat es erlaubt."

„Wer ist Regan?" fragte Bryan.

„Sie ist mit meiner Mom befreundet", erklärte Connor. „Sie hat ein Geschäft ganz in der Nähe. Da gibt es viele tolle Sachen."

„Wollen wir uns die ansehen?" schlug Bryan vor.

Bevor er aufspringen konnte, legte Savannah ihm eine Hand auf den Arm. „Bryan."

Er brauchte eine Minute. „Ach ja. Danke, Mr. MacKade. Das Eis war toll. Komm schon, Con."

„Danke, Mr. MacKade." Da Emma schon seine Hand hielt und daran zog, glitt Connor von der Sitzbank. Mit gerunzelter Stirn sah er seine Schwester an.

„Danke", sagte sie, ohne ihren Bruder loszulassen.

„Gern geschehen. Grüß Regan von mir."

„Machen wir, Mama", rief Connor, „wir gehen jetzt zu Regan."

„Aber fasst nichts an", warnte Cassie, während sie einen Teller servierte und zwei weitere auf dem Arm balancierte. „Und kommt sofort wieder, falls sie beschäftigt ist."

„Ja."

Bryan war schon draußen. Connor folgte ihm, so schnell seine kleine Schwester es zuließ.

„Ich würde sagen, Ihre Einladung war ein Volltreffer", sagte Savannah und legte einen Arm auf die Rückenlehne.

„Sie haben auch einen gelandet. Emma ist richtig aufgetaut."

„Es muss hart sein, wenn man so scheu ist. Sie sieht aus wie ein Engel. Ganz wie ihre Mutter."

Wie Engel, die schon durch die Hölle gegangen sind,

dachte Jared. „Cassie ist großartig. Sie muss die beiden allein erziehen. Sie wissen doch, wie schwer das ist."

„Ja, das weiß ich." Savannah sah zu Cassie hinüber, die gerade einen Tisch abwischte. „Sie und Cassie ... stehen Sie einander nah?"

„Ich kenne sie fast mein ganzes Leben, aber nein, nicht so, wie Sie meinen. Sie ist eine gute Freundin." Er war erfreut darüber, dass es sie interessierte. „Und eine Mandantin. Alles, was über eine gute Freundschaft hinausginge, wäre nicht ethisch, wenn ich sie anwaltlich vertrete."

„Und Sie nehmen Ihren Beruf sehr ernst, nicht wahr, Anwalt MacKade?"

„Das stimmt. Wissen Sie, Sie haben noch nicht erwähnt, was Sie tun."

„In welcher Hinsicht?" fragte sie.

„Womit verdienen Sie Ihren Lebensunterhalt?"

„Ich habe alles Mögliche getan." Savannah zuckte mit den Schultern. „Im Augenblick illustriere ich vor allem Kinderbücher." Sie lachte, ehe sie fortfuhr. „Passt nicht so ganz zu meinem Image, was?"

„Ich weiß nicht. Um das zu beantworten, müsste ich erst einmal ein paar Ihrer Illustrationen sehen." Er hatte jemanden entdeckt, denn er lächelte über ihre Schulter hinweg. „Hallo, Dev."

Savannah drehte sich zur Tür um, durch die gerade

ein Mann hereingekommen war. Sein Gesicht war so markant wie das von Jared. Er war genauso groß und athletisch gebaut wie Jared, und seine Ausstrahlung war ebenso selbstsicher. Nur die grünen Augen hatten einen anderen Ausdruck.

Sie kannte die Art, wie der Mann sich im Raum umsah und jedes Detail in sich aufnahm, wie er wachsam, aufmerksam seine Umgebung beobachtete. Instinktiv spannten sich ihre Muskeln an. Sie brauchte den Stern an seiner Brust nicht zu sehen, um zu wissen, dass er der Sheriff war. Polizisten erkannte sie aus einer halben Meile Entfernung. Und sie roch sie, wenn sie noch zwanzig Schritte entfernt waren.

„Ich habe deinen Wagen gesehen." Devin nickte Cassie kurz zu und setzte sich neben seinen Bruder.

„Savannah Morningstar, Devin MacKade."

„Freue mich, Sie kennen zu lernen." Eine hübsche Frau, dachte Devin zunächst, doch dann spürte er die Kälte und fragte sich, warum sie so abweisend war. „Sie haben das Blockhaus gekauft? Das vom Doktor?"

„Ja. Es gehört jetzt mir."

Das war nicht nur Kälte. Es wurde immer eisiger. „Das Kind, dem ich draußen auf der Farm begegnet bin, muss Ihres sein. Bryan, nicht wahr?"

„Ja, Bryan ist mein Sohn. Er ist wohlgenährt, er geht zur Schule und hat alle vorgeschriebenen Impfungen bekommen. Entschuldigen Sie mich, ich möchte nach den Kids sehen."

So eisig, dass man Frostbeulen bekommt, ergänzte Devin insgeheim, als sie aufstand. Sekunden später fiel die Tür hinter ihr zu. Devin verzog das Gesicht. „Aua. Was war das denn?"

„Ich weiß es nicht", murmelte Jared. „Aber ich werde es herausfinden." Er holte Geld aus seiner Jackentasche.

„Soll ich raten?" Devin rückte zur Seite, damit Jared aus der Nische schlüpfen konnte. „Die Lady ist mit dem Gesetz in Konflikt geraten."

Verdammt, verdammt, verdammt. Auf dem Bürgersteig rang Savannah um Fassung. Das war dumm von dir, tadelte sie sich. Sie hatte einen Fehler begangen. Wenn man nicht aufpasste und zu sorglos wurde, konnte man unschöne Überraschungen erleben.

Jetzt, da sie vor dem Restaurant stand, die Hände in die engen Jeanstaschen gesteckt, ging ihr auf, dass sie nicht wusste, was für ein Geschäft diese Regan hatte. Und schon gar nicht, wo es sich befand. Alles, was sie wollte, war, ihren Sohn zu holen und nach Hause zu fahren.

„Würden Sie mir erklären, was gerade los war?" Jared trat hinter sie und legte eine Hand auf ihre Schulter.

Savannah zwang sich, tief durchzuatmen, bevor

sie sich zu ihm umdrehte. „Ich hatte mein Eis aufgegessen.“

„Dann sollten Sie jetzt vielleicht einen kleinen Spaziergang machen, um die Kalorien abzuarbeiten.“ Er legte seine Hand um ihren Arm, doch Savannah riss sich los.

„Fassen Sie mich nicht an. Es sei denn, ich bitte Sie darum“, sagte sie scharf.

Er musste sich beherrschen, um ruhig zu bleiben. „Na schön. Warum erzählen Sie mir nicht, warum Sie eben so unfreundlich waren?“

„Ich bin oft unfreundlich“, erwiderte sie. „Vor allem zu Polizisten. Ich mag Polizisten nicht. Sie rangieren gleich hinter Rechtsanwälten, und ich möchte weder mit den einen noch mit den anderen zu tun haben. Wo finde ich die Kinder?“

„Mir scheint, wir haben vorhin eine ganze Menge miteinander zu tun gehabt.“

„Jetzt nicht mehr. Gehen Sie wieder hinein und plaudern Sie mit Ihrem Bruder über Recht und Gesetz.“ Sie hatte den alten Zorn, die alte Angst noch nicht ganz abgeschüttelt. „Sagen Sie ihm, er soll mich überprüfen lassen. Ich bin sauber. Ich habe einen ehrlichen Job und Geld auf der Bank.“

„Gut für Sie. Warum sollte Devin Sie überprüfen lassen?“ fragte er.

„Weil Polizisten und Anwälte ihre Nase nur zu gern in anderer Leute Angelegenheiten stecken. Das tun Sie doch, seit Sie bei mir aufgetaucht sind. Wie ich lebe und wie ich meinen Sohn großziehe, geht niemanden etwas an. Also, lassen Sie mich in Ruhe."

Es war faszinierend. Obwohl Jared sich nur mühsam beherrschen konnte, war es faszinierend, sie so wütend zu erleben. „Ich bin Ihnen noch nicht zu nahe getreten, Savannah. Wenn ich das tue, werden Sie es merken, glauben Sie mir. Im Moment bitte ich Sie lediglich um eine Erklärung für Ihr eigenartiges Verhalten."

Sie wusste nicht, wie er es schaffte. Wie konnte er sie mit Blicken durchbohren und zugleich so ruhig und gelassen mit ihr reden? Sie konnte Menschen nicht ausstehen, die das schafften. „Sie haben gerade die einzige Erklärung bekommen, die ich Ihnen geben werde. Und jetzt sagen Sie mir endlich, wo mein Sohn ist."

Jared sah ihr fest in die Augen. „Das Geschäft heißt ‚Past Times', und es liegt zwei Schritte hinter Ihnen." Doch als sie sich zum Gehen umdrehen wollte, hielt er sie am Arm fest.

„Ich habe Ihnen doch gesagt ..."

„Hören Sie mir einmal zu. Sie werden nicht wie eine Feuer speiende Amazone in den Laden stürmen."

Wenn Blicke töten könnten, wäre er jetzt eine Leiche gewesen. „Nehmen Sie jetzt sofort Ihre Hand von meinem Arm, bevor ich Ihnen das Gesicht zerkratze.", fauchte sie.

Er festigte seinen Griff. Unter anderen Umständen hätte er es vielleicht genossen, mit ihr zu streiten. „In dem Laden sind zwei Kinder, denen Sie einen solchen Auftritt ersparen sollten. Die beiden haben schon genug durchgemacht", sagte er und sah, wie ihr Gesichtsausdruck sich veränderte. Aus Wut wurde Verblüffung, aus Verblüffung Mitgefühl.

„Connor und Emma. Ich hätte es mir denken sollen." Sie warf einen Blick durch das große Schaufenster in Ed's Schnellrestaurant. „Cassandra."

„Die Kinder mussten mit ansehen, wie ihr Vater ihre Mutter verprügelt hat, und das ist mehr als genug Gewalt für ihr kurzes Leben. Wenn Sie in den Laden stürmen, werden Sie …"

„Es ist nicht meine Art, Kinder zu erschrecken", fauchte Savannah. „Was immer Spießer wie Sie von mir halten mögen, ich bin eine gute Mutter. Bryan hat es nie an Liebe gefehlt. Er hat alles bekommen, was ich ihm geben konnte, und …" Sie schloss die Augen und wehrte sich gegen die ohnmächtige Wut, die in ihr aufstieg. Jared hatte das Gefühl, einem Vulkan zuzusehen, der seinen Krater verschloss.

„Lassen Sie meinen Arm los", sagte sie ruhig. „Ich möchte meinen Sohn nach Hause bringen."

Jared betrachtete ihr Gesicht, sah das Temperament, das sich hinter dem scheinbar ruhigen Blick der braunen Augen verbarg. Er ließ sie los und schaute ihr nach, als sie zu Regans Laden ging. Dort blieb sie kurz stehen, atmete dann noch einmal tief ein und verschwand schließlich durch die Tür.

Devin kam aus dem Restaurant, blieb neben Jared stehen und kratzte sich den Kopf. „Das war ein recht interessanter Auftritt."

„Ich habe das Gefühl, das war erst der Auftakt." Jared schob die Hände in die Taschen. „Die Frau hält noch einige Überraschungen bereit."

„Eine solche Frau kann einen Mann dazu bringen, seinen eigenen Namen zu vergessen." Devin lächelte seinen Bruder an. „Kennst du deinen noch?"

„Ja, ich kann mich schwach erinnern. Ich glaube, du hattest Recht mit deinem Verdacht, dass sie mit dem Gesetz in Konflikt geraten ist."

Devin kniff die Augen zusammen. Er war für diese Stadt und ihre Bewohner verantwortlich. Und dafür, dass sie sich an die Gesetze hielten. „Ich könnte sie überprüfen lassen."

„Nein, tu das nicht. Genau damit rechnet sie." Nachdenklich ging Jared zu seinem Wagen. „Ich würde die Frau lieber überraschen. Dann werden wir ja sehen, was passiert."

„Wie du meinst“, knurrte Devin, als sein Bruder einstieg. Ich werde mich nicht einmischen, dachte er. So lange die Lady mir keinen Ärger macht.

Bryan starrte aus dem Wagenfenster und zeigte seiner Mutter die kalte Schulter. Er sah nicht ein, warum Connor nicht bei ihm übernachten durfte. Heute war Samstag, und bis am Montagmorgen die dämliche Schulglocke läutete, war es noch lang.

Was sollte ein Junge ohne seinen besten Freund mit all der freien Zeit anfangen? Hausarbeit, dachte er, und verdrehte die Augen. Schulaufgaben. Ebenso gut könnte er im Gefängnis sitzen.

„Ich könnte ebenso gut im Gefängnis sitzen“, sagte er laut und sah seine Mutter herausfordernd an.

„Ja, hinter Gittern spielen sie oft Baseball und essen jede Menge Eiscreme.“

„Aber zu Hause ist es so langweilig“, beschwerte sich der Neunjährige.

„Ich werde dich schon beschäftigen“, entgegnete sie und ärgerte sich über ihre mürrische Antwort. „Tut mir Leid, Bry. Mir geht im Moment viel im Kopf herum. Connor kann doch ein anderes Mal bei uns übernachten.“

„Ich hätte bei Con bleiben können. Seine Mutter hätte bestimmt nichts dagegen.“

Volltreffer, dachte sie grimmig, als sie in ihre Einfahrt einbog. „Aber deine hat etwas dagegen, mein Freund, und eine andere hast du nun einmal nicht. Als Erstes kannst du den Müll hinausbringen, den du heute Morgen vergessen hast. Danach kannst du das Chaos in deinem Zimmer beseitigen, und außerdem solltest du dich mit deinem Mathematikbuch befassen, wenn du die Ferien nicht in der Sommerschule verbringen willst."

„Toll." Kaum hielt der Wagen, stieg er aus und knallte die Tür hinter sich zu. Das Seitenfenster war offen, und so konnte Savannah ihn etwas davon murmeln hören, dass es zu Hause sogar noch schlimmer sei als im Gefängnis.

„Bryan Morningstar!"

Als er sich umdrehte, starrten sie einander an, sie wütend, er trotzig, beide mit geröteten Gesichtern. „Warum zum Teufel bist du mir so ähnlich?" fragte sie schließlich und warf einen Hilfe suchenden Blick zum Himmel hinauf. „Ich hätte ein nettes, ruhiges, wohlerzogenes kleines Mädchen haben können, wenn ich mir richtig Mühe gegeben hätte. Aber nein, ich musste ja unbedingt einen frechen, übel gelaunten Jungen mit großen Füßen bekommen!"

Seine Mundwinkel zuckten. „Sei froh, sonst müsstest du den Müll nämlich selbst hinausbringen. Ein

Mädchen würde wahrscheinlich jammern, dass es sich dabei schmutzig macht."

„Ich kann den Mülleimer selbst hinaustragen", sagte sie. „Ich glaube, das werde ich sogar tun, aber erst, nachdem ich dich hineingesteckt habe." Sie wollte ihn packen, doch er wich ihr lachend aus.

„Du bist zu alt, um mich zu fangen."

„Ach ja?" Sie rannte los und verfolgte ihn den Hügel hinauf. Er blieb stehen und lachte triumphierend. Das war ein Fehler. Sie machte einen Satz, warf ihn um und fiel mit ihm ins Gras.

„So, wer ist hier alt, du Angeber?"

„Du." Er kreischte laut, als sie ihn kitzelte. „Du bist fast dreißig."

„Bin ich nicht. Nimm das sofort zurück." Sie nahm ihn in den Schwitzkasten. „Nimm das zurück und rechne, Einstein. Wie viel ist dreißig weniger sechsundzwanzig?"

„Nichts", rief er. „Null." Und dann, weil er Angst hatte, sich vor Lachen in die Hose zu machen, wenn sie ihn weiter kitzelte, gab er endlich auf. „Vier, okay! Vier."

„Denk daran, ja? Und vergiss nicht, wer von uns stärker ist." Sie zog ihn an sich und umarmte ihn so heftig, dass er nach Luft schnappte. „Ich liebe dich, Bryan. Ich liebe dich so sehr."

„Mensch, Mom.“ Er entwand sich ihren Armen. „Das weiß ich.“

„Tut mir Leid, dass ich dich angeschnauzt habe.“

Er verdrehte die Augen, aber ihr entging nicht, dass sie feucht wurden. „Ich schätze, mir tut es auch Leid.“

„Du und Connor könnt am nächsten Wochenende zusammen übernachten, bei ihm oder bei uns. Versprochen.“

„Okay, das ist cool.“ Als sie ihn nicht losließ, runzelte er die Stirn. Aber eigentlich machte es nichts, dass seine Mom ihn festhielt, schließlich sah es keiner. Sie duftete gut, und ihre Arme waren so weich. Eine vage Erinnerung daran, wie sie ihn früher gewiegt und getröstet hatte, stieg in ihm auf.

Er war einfach noch zu jung, um dies alles nicht für selbstverständlich zu halten. Seine Mutter war immer da gewesen. Sie würde immer da sein.

„Könnten wir vielleicht nachher etwas grillen?“ fragte er.

„Natürlich. Möchtest du Superburger?“

„Oh, ja. Und Pommes.“

„Was wäre ein Superburger ohne Pommes?“ flüsterte sie und seufzte. „Bryan, hat Con dir etwas über seinen Vater erzählt?“ Sie spürte, wie ihr Sohn erstarrte, und küsste ihn liebevoll aufs Haar. „Ist es ein Geheimnis?“

„So ungefähr."

„Ich will nicht, dass du dein Wort brichst. Aber ich habe heute erfahren, dass Connors Vater früher seine Mutter geschlagen hat. Ich dachte, wenn Connor mit dir darüber gesprochen hat, möchtest du vielleicht mit mir darüber reden."

Das wollte er, seit Connor es ihm erzählt hatte. Aber Connor hatte geweint. Bryan hatte natürlich so getan, als würde er es nicht merken. Und so etwas erzählte ein Junge seiner Mutter natürlich nicht.

„Con meinte, dass er im Gefängnis sitzt, weil er sie geschlagen hat. Con meinte, dass er ihr richtig wehgetan hat … und dass er viel getrunken und ihr blaue Flecken verpasst hat und all das. Sie lassen sich scheiden."

„Ich verstehe." Savannah war in ihrem Leben vielen Männern wie Joe Dolin begegnet, und sie konnte sie nur verachten. „Hat er Con auch geschlagen? Und Emma?"

„Emma nicht." Auch das war etwas, worüber Bryan eigentlich nicht sprechen wollte. Aber bevor er es zurückhalten konnte, sprudelte es wie von selbst aus ihm heraus. „Aber er hat Con verprügelt. Nicht, wenn seine Mom da war. Er beschimpfte ihn und schubste ihn herum. Er meinte, dass Con ein Waschlappen sei, weil er gern Bücher liest und Geschichten schreibt. Con ist kein Waschlappen."

„Natürlich ist er das nicht."

„Er ist einfach nur echt klug. Er muss kaum lernen, um in der Schule die richtigen Antworten zu geben. Und er braucht sich gar nicht zu melden, weil die Lehrerin ihn auch so aufruft." Bryan starrte vor sich hin, und sein Gesicht verfinsterte sich. „Einige der Kids ärgern ihn immer. Mit seinem Vater und weil er der Liebling der Lehrerin ist und weil er den Baseball nicht sehr weit werfen kann. Aber wenn ich bei ihm bin, lassen sie ihn in Ruhe."

Savannah schloss die Augen und legte die Wange an seinen Kopf. „Du bist ein guter Junge."

„Bin ich nicht." Hastig verbesserte er sich. „Wer andere einschüchtert, ist meistens selbst ein Feigling, habe ich Recht?"

„Das hast du." Wieder seufzte sie. „Bryan, ich muss mit dir reden. Weißt du noch, als du nach Hause kamst und Mr. MacKade da war?"

„Klar."

„Er ist Rechtsanwalt und war beruflich da."

„Haben wir Ärger?"

„Nein." Sie drehte ihn zu sich, um ihm ins Gesicht schauen zu können. „Wir haben keinen Ärger. Uns geht es gut. Er kam wegen ... Mein Vater ist gestorben, Bryan."

„Oh." Er empfand nichts als ein mildes Erstaunen.

Er hatte seinen Großvater nie kennen gelernt und wusste nur, dass Jim Morningstar ein Rodeo-Reiter und daher viel unterwegs gewesen war. Das hatte seine Mutter ihm irgendwann einmal erzählt. „Er war wohl ziemlich alt, was?"

„Ja." Fünfzig? Sechzig? Savannah hatte keine Ahnung. „Ich habe dir das mit ihm nie richtig erklärt. Dein Großvater und ich haben uns vor langer Zeit einmal sehr gestritten, und da bin ich von zu Hause weggegangen." Wie konnte sie diesem Kind, ihrem über alles geliebten Kind, erzählen, dass es die Ursache gewesen war? Nein, das würde sie nicht. Sie würde es niemals tun. „Jedenfalls bin ich weggegangen und wir haben irgendwie den Kontakt zueinander verloren."

„Woher wusste Mr. MacKade denn, dass er tot ist? Hat er ihn gekannt?" fragte Bryan.

„Nein, das wusste er nur, weil er Rechtsanwalt ist. Dein Großvater hat sich verletzt, und das hat ihn vermutlich nachdenklich gestimmt. Er beauftragte einen Anwalt in Oklahoma damit, uns zu suchen, und der Anwalt rief Mr. MacKade an. Das alles dauerte eine Weile, aber dann kam Mr. MacKade sofort her und erzählte es mir. Und dass dein Großvater etwas Geld hinterlassen hat."

„Wow, wirklich?"

„Es sind mehr als siebentausend ..."

„Dollar?“ unterbrach Bryan sie mit großen Augen. Siebentausend Dollar waren ein Vermögen. Genug für ein neues Fahrrad, einen neuen Baseball-Handschuh und die Sammelkarte von Cal Ripkin, die er sich schon so lange wünschte. „Und wir dürfen das Geld behalten? Einfach so?“

„Ich muss erst einige Papiere unterschreiben.“

Das dicke Bündel Banknoten verschwand lange genug aus seiner Vorstellung, um den Gesichtsausdruck seiner Mutter richtig deuten zu können. „Warum willst du das Geld nicht?“

„Ich ... Oh, Bryan.“ Verzweifelt zog sie die Knie an. „Ich weiß nicht, wie ich es dir erklären soll. Ich war all die Jahre lang so böse auf ihn. Und jetzt bin ich wütend, weil er gewartet hat, bis er tot ist.“

Bryan überlegte. „Ist das so, als würde er damit sagen, dass ihm alles Leid tut? Und wenn du das Geld annimmst, sagst du, dass es dir auch Leid tut?“

Er ließ es so einfach klingen, dass sie lachen musste. „Warum bin ich nicht selbst darauf gekommen?“ Müde sah sie ihren Sohn an. „Du findest, wir sollten es annehmen, nicht wahr?“

„Wir brauchen es wahrscheinlich nicht unbedingt. Ich meine, du hast deinen Job, und wir haben ja jetzt ein eigenes Haus.“

„Nein“, flüsterte Savannah. „Wir brauchen es nicht

unbedingt.“ Sie spürte, wie ihr eine Last von den Schultern genommen wurde. Sie brauchten es nicht zu nehmen, und genau deshalb konnten sie es nehmen. „Gleich am Montag werde ich zu Mr. MacKade gehen und ihm sagen, dass er uns das Geld überweisen soll.“

„Cool.“ Bryan sprang auf. „Ich muss Con anrufen und ihm erzählen, dass wir jetzt reich sind.“

„Nein.“

Er blieb so abrupt stehen, dass er fast gestolpert wäre. „Aber, Mom …“

„Nein. Mit seinem Geld zu prahlen ist sehr uncool. Und eins sollte ich dir jetzt gleich sagen, mein Freund. Das Geld macht uns nicht reich, und ich werde es für deine College-Ausbildung festlegen.“

Mit offenem Mund starrte er sie an. „College? Das kommt doch erst in hundert Jahren. Vielleicht gehe ich auch gar nicht hin.“

„Das liegt ganz bei dir, aber wenn du dich dazu entschließt, werden wir es bezahlen können.“

„Oh, Mann.“ Bryan war erst neun und erlebte gerade, wie es war, ein Vermögen zu gewinnen und sofort wieder zu verlieren. „Das ganze Geld?“

„Das ganze.“ Sein zutiefst betrübtes Gesicht stimmte sie um. „Bis auf einen Teil. Du darfst dir etwas wünschen. Als würdest du ein Geschenk von deinem Großvater bekommen.“

Voller Hoffnung strahlte er sie an. „Darf ich mir wünschen, was ich will?“

„Nun ja, innerhalb gewisser Grenzen. Ein vergoldeter Sportwagen zum Beispiel ist nicht drin“, sagte sie lächelnd.

Er stieß einen Jubelschrei aus und umarmte sie. „Ich muss sofort etwas in meinem Baseballkarten-Katalog nachsehen.“

Sie schaute ihm nach, als er ins Haus rannte. So schnell hatte sie ihren Sohn noch nie laufen sehen.

Während Savannah auf der Veranda die Hamburger grillte und Bryan sich in seinen Katalog vertiefte, saß Jared auf der anderen Seite des verwunschenen Waldes und dachte an sie.

Er war versucht, sehr versucht sogar, durch den Wald zu eilen und den Streit beizulegen, den sie am Nachmittag auf dem Bürgersteig vor Ed's begonnen hatte.

Zickige Frauen konnte ich noch nie ausstehen, dachte Jared und setzte den Schaukelstuhl in Bewegung. Zickige Frauen mit unberechenbaren Launen und undurchschaubarer Vergangenheit noch viel weniger.

Nicht, dass Savannah Morningstar ihn nicht interessierte oder es ihn nicht reizte, alles über sie zu erfahren. Aber im Moment verlief sein Leben in sehr ruhigen Bahnen. Er hätte sie gern näher kennen gelernt, natürlich nur bis zu einem gewissen Punkt. Ein paar Verabredungen, die möglichst bald zu einem intimeren Kontakt führten. Schließlich war er kein Kostverächter. Und welcher normale Mann würde nicht davon träumen, sich mit einer so hinreißenden Frau zu amüsieren?

Und Jared MacKade war in dieser Hinsicht äußerst normal. Aber er war nicht dumm. Die Frau, die ihn am Nachmittag angefaucht hatte, bedeutete nichts als Ärger. Das Letzte, was ein so hitziges Temperament brauchte, war, sich mit einem ebenso hitzigen Temperament anzulegen. Deshalb zog er kühle, beherrschte und vernünftige Frauen vor.

Wie meine Exfrau zum Beispiel, dachte er und verzog das Gesicht. Die war so kühl gewesen, dass er ihr manchmal am liebsten einen Spiegel vor den Mund gehalten hätte, um festzustellen, ob sie noch atmete. Doch das war eine andere Geschichte.

Gleich Montag früh würde er einen offiziellen Brief aufsetzen, in dem er Savannah Morningstar über ihr Erbe in Kenntnis setzte und ihr mitteilte, welche Schritte sie unternehmen müsse, um es anzunehmen oder abzulehnen.

Es machte ihm nichts aus, sich für einen Mandanten die Hände schmutzig zu machen, Schweiß zu vergießen oder sogar eine schlaflose Nacht zu verbringen.

Aber sie war nicht seine verdammte Mandantin, und der Gefallen, den er dem Kollegen aus dem Westen zu tun bereit war, hatte seine Grenzen. Jared hatte genug von Savannah Morningstar.

Verdammt, die Frau hatte ein Kind. Ein äußerst liebenswertes Kind, aber darauf kam es nicht an. Eine private Beziehung zwischen ihm und ihr musste immer auch ihren Sohn mit einschließen. Daran führte kein Weg vorbei. Und Jared fand das auch richtig so.

Außerdem war da noch die Tatsache, dass sie nicht nur wunderschön, sondern auch zäh wie eine Schuhsohle war. Zweifellos war sie weit herumgekommen und hatte dabei viel erlebt. Eine Frau, die einen Mann so ansehen konnte, hatte ihr Leben bestimmt nicht damit verbracht, Kekse zu backen. Eine solche Frau konnte einen Mann um den Verstand bringen.

Nun, vielleicht die meisten Männer, aber ganz gewiss nicht Jared MacKade. Er würde mit ihr fertig werden. Wenn er wollte.

Dieses exotische, unglaublich faszinierende Gesicht ging ihm unter die Haut und ließ ihn nicht mehr los. Es war lange her, dass er eine Frau so begehrt hatte.

Wütend auf sich selbst sprang Jared auf und eilte in den Wald. Er brauchte frische Luft. Ein Spaziergang würde ihm gut tun. Die Geister der Vergangenheit waren ihm willkommener als seine eigenen Gedanken.

4. KAPITEL

Sissy Bleaker, Jareds Sekretärin, riss den Hörer von der Gabel, noch bevor das erste Läuten verklungen war. „Anwaltskanzlei MacKade, guten Tag." Es war Viertel vor fünf. In genau einer Stunde war sie mit einem tollen Mann verabredet, und ihr Chef war den ganzen Tag hindurch unausstehlich gewesen. „O ja, hallo, Mr. Brill … Nein, Mr. MacKade ist in einer Besprechung."

Sissy unterdrückte einen wenig damenhaften Ausdruck, als die Kanzleitür aufging. Wie zum Teufel sollte sie in einer Stunde unwiderstehlich sexy aussehen, wenn sie nicht aus dem Büro wegkam?

„Ich richte ihm gern etwas aus." Als sie nach dem Notizblock griff, hob sie den Kopf. Und kam zu dem Ergebnis, dass, selbst wenn sie eine ganze Woche Zeit hätte, sie nicht annähernd so erotisch aussehen würde wie die Frau, die gerade die Kanzlei betreten hatte.

Savannah fühlte sich äußerst unwohl. Sie hatte sich nur widerwillig umgezogen und trug statt der üblichen Jeans mit T-Shirt eine Bundfaltenhose und über einer Bluse eine Jacke. Bei Behördengängen und ähnlich unangenehmen Anlässen hatte sie stets das Gefühl, sich verkleiden zu müssen.

Und das hier war ein höchst unangenehmer Anlass.

Das Büro, in dem sie jetzt stand, war alles andere als einladend. Die hübschen Pflanzen und pastellfarbenen Bilder an den mattweißen Wänden täuschten nicht darüber hinweg, dass an diesem Ort Paragraphen regierten. Der Teppichboden war grau, und die darauf abgestimmten Stühle im Wartebereich wirkten äußerst unbequem.

Ob im Sozialamt, im Direktorat einer Schule oder vor dem Schalter im Arbeitsamt, noch nie hatte sie eine Behörde erlebt, in der die Besucher sich willkommen fühlen konnten. Trotzdem hatte sie nicht erwartet, dass Jared MacKade seine Anwaltskanzlei so kalt und unpersönlich einrichten würde.

Die Sekretärin hinter dem eleganten Empfangstresen war jung, dynamisch und, da war Savannah sicher, schrecklich fleißig. Das kurze Lächeln, mit dem sie begrüßt worden war, verriet keinerlei Neugier und war nicht zu kühl und nicht zu warm.

Savannah konnte nicht wissen, dass Sissy vor Neid fast erblasst wäre.

„Ja, Mr. Brill, ich werde dafür sorgen, dass er Ihre Nachricht erhält. Gern geschehen. Auf Wiederhören.“ Während Sissy auflegte und sich ihr professionellstes Lächeln abrang, fragte sie sich, woher die rätselhafte Besucherin diese todschicke Jacke mit dem lockeren Schnitt und den verwegenen Farben haben mochte. „Guten Tag. Kann ich Ihnen helfen?“

„Ich möchte Mr. MacKade sprechen."

„Haben Sie einen Termin?" Sissy wusste natürlich, dass die Frau keinen hatte. Jareds Terminkalender war in ihrem Gedächtnis gleich neben ihrem eigenen abgespeichert.

„Nein, ich …" Oh, wie Savannah das hier hasste. „Ich war in der Stadt und da dachte ich mir, ich versuche es einfach mal."

„Ich fürchte, Mr. MacKade ist in einer Besprechung, Miss …"

„Morningstar." Natürlich ist er in einer Besprechung, dachte Savannah. Ein Anwalt war entweder auf dem Golfplatz oder in einer Besprechung. „Dann möchte ich eine Nachricht hinterlassen."

Der Name Morningstar ließ in Sissys Kopf alle möglichen Sirenen ertönen. Sie hatte ihn am Vormittag oft genug schreiben müssen, während Jared mit finsterem Gesicht einen betont förmlichen Brief diktierte.

„Aber gern. Falls es persönlich ist, können Sie es aufschreiben, und ich werde … Oh." Sissy strahlte ihr Telefon an. „Mr. MacKade hat gerade seine Konferenzschaltung beendet, wie ich sehe. Ich frage nach, ob er Sie außer der Reihe empfangen kann."

„Gut." Savannah drehte sich um und ging vor dem Tresen rastlos auf und ab.

Sissy fand sich damit ab, dass sie mindestens zehn

Zentimeter wachsen und an den richtigen Stellen rundlicher werden müsste, wenn sie sich einen so beeindruckenden Gang zulegen wollte.

„Mr. MacKade, hier ist eine Miss Morningstar, die Sie sprechen möchte, falls Sie einen Moment erübrigen könnten ... Ja, Sir, sie ist hier bei mir ... Ja, Sir." Ohne die Lippen auch nur zur Andeutung eines Lächelns zu verziehen, legte Sissy auf. „Er wird Sie jetzt empfangen, Miss Morningstar. Dort die Treppe hinauf und dann nach links. Die erste Tür."

„Danke." Savannah ging zur Treppe, legte eine Hand auf das makellos weiße Geländer und stieg die schmalen Stufen hinauf.

Bestimmt ist das hier einmal ein Stadthaus gewesen, dachte sie. Oder eine Wohnung über zwei Etagen. Es war zwar nicht gemütlich, aber Savannah musste zugeben, dass es eine gewisse Klasse besaß – vorausgesetzt, man mochte diesen snobistischen, nichts sagenden Stil.

Am Ende der Treppe begann ein kurzer Korridor, in dem ein Bild hing. Es war ein Druck und zeigte weiße Orchideen in einer weißen Vase. Savannah fand es langweilig und ausdruckslos, geradezu eine Beleidigung für ihren Künstlerblick. Zwei Türen lagen einander gegenüber. Sie entschied sich für die linke, klopfte kurz an und trat ein.

Natürlich, sie hätte sich denken können, dass grauer

Flanell ihm stand. Jedenfalls besser als das in verschiedenen Weißtönen gehaltene Büro, in dem er residierte. Irgendjemand sollte ihm sagen, dass die Arbeit in einer farbenfrohen und lebendigen Umgebung viel mehr Spaß machte.

Irgendjemand. Sie nicht.

Er stand auf, sehr elegant im dreiteiligen Anzug mit sorgfältig geknoteter Krawatte. Eine Krawatte, die er bestimmt gerade eben noch zugezogen und glatt gestrichen hatte. Er sieht mehr denn je aus wie ein Anwalt, dachte sie.

„Miss Morningstar." Er neigte den Kopf. Ihr Auftritt in seinem Büro kam ihm vor wie der Einschlag eines Blitzes in einen stillen Teich. „Nehmen Sie doch bitte Platz."

„Es wird nicht lange dauern." Sie blieb stehen. „Danke, dass Sie sich Zeit für mich nehmen."

„Sehr gern sogar." Um seine Worte zu unterstreichen, schob er eine Akte zur Seite und setzte sich. „Was kann ich für Sie tun?"

Sie holte Papiere aus der Handtasche und warf sie auf den Schreibtisch. „Ich habe sie unterschrieben, in dreifacher Ausfertigung, und die Unterschriften von einem Notar beglaubigen lassen." Ihr Führerschein landete nun ebenfalls auf den Papieren. „Das ist mein Ausweis." Vorsichtshalber ließ sie noch ihre Sozialversicherungskarte folgen. „Eine Geburtsurkunde habe ich nicht."

„Hm ..." Jared ließ sich Zeit. Er holte eine braune Hornbrille aus der Jackentasche und setzte sie auf, bevor er die Unterlagen vor sich auf dem Tisch eingehend studierte.

Savannah starrte ihn an und musste plötzlich schlucken. Sich zu sagen, dass es kindisch war, änderte nichts. Sie hatte tatsächlich Herzklopfen bekommen. Er sah mit dieser verdammten Brille einfach großartig aus, sexy und klug zugleich. Und sie kam sich vor wie ein alberner Teenager.

„Es ist alles in Ordnung", versicherte sie.

„Leider nicht." Nachdenklich nahm er ihren Führerschein und klappte ihn auf. „Der ist ungültig."

„Unsinn. Ich habe ihn erst vor zwei Monaten verlängern lassen", protestierte sie.

„Das kann sein", erwiderte er und sah sie endlich an. „Doch da das Foto Ihnen wahrhaftig ähnlich ist und Sie darauf auch noch sehr gut aussehen, kann es sich nur um eine Fälschung handeln. Damit ist dieser Führerschein ungültig."

Sie starrte ihn eine Weile an und steckte dann die Hände in die Taschen. „Soll das ein Scherz sein? Ist so etwas in diesen heiligen Hallen überhaupt gestattet?"

„Setzen Sie sich, Savannah, bitte."

Mit einem verärgerten Schulterzucken tat sie es. „Haben Sie schon einmal etwas von Farbe gehört?“ fragte sie. „Dieser Laden ist ja so langweilig wie ein Schulbuch, und die Kunst an den Wänden ist himmelschreiend ordinär.“

„Das finden Sie auch, nicht wahr?“ sagte er lächelnd. „Meine Exfrau hat die Kanzlei eingerichtet. Sie ist Steuerberaterin und hatte das Büro auf der anderen Seite des Flurs.“ Er lehnte sich zurück und ließ den Blick durch den Raum wandern. „Ich habe mich schon so daran gewöhnt, dass ich es überhaupt nicht mehr wahrnehme. Aber Sie haben vollkommen Recht, hier fehlt etwas.“

„Was hier fehlt, ist ein Nachruf.“ Ungeduldig fuhr sie sich durchs Haar. „Ich halte es hier kaum aus.“

„Das sehe ich.“ Er griff wieder nach den Papieren und überflog sie. „Ihnen ist klar, womit Sie sich einverstanden erklären? Sie erhalten einen Scheck in Höhe des gesamten Barvermögens Ihres verstorbenen Vaters.“

„Ja.“

„Und seine Habe.“

„Ich dachte … ich dachte, es handle sich nur um Geld. Was hat er denn sonst noch hinterlassen?“

„Offenbar gibt es ein paar persönliche Dinge. Wenn Sie möchten, besorge ich Ihnen eine genaue Aufstellung, damit Sie entscheiden können, ob Sie sie ablehnen oder zugeschickt bekommen wollen. Die

Frachtkosten werden natürlich aus der Erbmasse beglichen."

Ablehnen, dachte sie. Wie er sie damals abgelehnt hatte. „Nein, lassen Sie sie mir schicken."

„Nun gut." Jared notierte sich alles auf einem gelben Block. „Ich werde meine Sekretärin gleich morgen ein Schreiben aufsetzen lassen. Darin wird Ihr Anrecht auf das Erbe bestätigt und Ihnen mitgeteilt, dass das Geld innerhalb der nächsten fünfundvierzig Tage an Sie ausgezahlt wird."

„Wozu wollen Sie mich einen Brief schreiben lassen, wenn Sie es mir gerade gesagt haben?" fragte sie erstaunt.

Er hob den Blick und musterte sie belustigt. „Wir Juristen sichern uns immer gern mit möglichst viel Papierkram ab." Stellvertretend für seinen Kollegen unterzeichnete er die Papiere und gab Savannah den Führerschein und die Sozialversicherungskarte zurück.

„Das war alles?"

„Das war alles", bestätigte er.

„Gut." Verlegen und erleichtert zugleich stand Savannah auf. „Es war nicht so unangenehm, wie ich erwartet hatte. Ich nehme an, falls ich jemals einen Rechtsanwalt benötigen sollte, werde ich Sie anrufen."

„Ich würde Sie aber nicht als Mandantin nehmen, Savannah", antwortete er.

Ihre Augen blitzten ihn an, als er die Brille abnahm und um den Schreibtisch herumkam. „Ist das gut nachbarlich, Mr. MacKade?“

„Ich würde Sie nicht als Mandantin nehmen, weil das hier dann mit meiner Berufsehre unvereinbar wäre“, erklärte er und stellte sich hinter sie.

Er überraschte sie. Sie hatte nicht geahnt, dass es jemals wieder einem Mann gelingen würde, sie zu überraschen. Aber bevor sie die Chance hatte, ihm auszuweichen, hielt Jared sie schon in den Armen und küsste sie.

Hatte sie ihm überhaupt ausweichen wollen?

Natürlich spürte sie die Wärme. Damit rechnete sie, und diese Wärme genoss sie auch. Aber was sie daran verblüffte, war die Wucht, mit der die Wärme sich in ihrem ganzen Körper ausbreitete, als seine Lippen die ihren berührten.

Jared zog sie an sich, selbstsicher und ohne Verlegenheit, behutsam, aber entschlossen. Er gab Savannah den Raum, sich gegen ihn zu wehren, aber als sie fühlte, wie seine Hand über ihren Rücken glitt, kam sie gar nicht auf die Idee, sich von ihm, von seinem Mund, von seiner Zärtlichkeit zu lösen. Also schmiegte sie sich an ihn und ließ die Hände über seinen Rücken wandern, bis sie seine Schultern umklammerten.

Er war gespannt gewesen, was er in ihr spüren würde.

Seit jenem ersten Mal, als sie sich umgedreht und ihn angesehen hatte, Blumen zu ihren Füßen, hatte er sich gefragt, was er finden würde. Jetzt wusste er, welches Feuer in dem perfekten weiblichen Körper loderte. Sie öffnete sich ihm, als hätte er sie schon tausendmal berührt, und was er schmeckte, erschien ihm auf eine erregende Weise vertraut. Der Druck ihrer weichen Brüste gegen seine muskulöse Brust, jede üppige Kurve war wie eine erotische Heimkehr.

Er schob die Finger in ihr Haar und drückte vorsichtig ihren Kopf nach hinten, um sie noch leidenschaftlicher zu küssen. Und als ihre Wärme mit seiner verschmolz, wusste er, wie es war, nicht nur zu nehmen, sondern auch zu geben.

Ohne störende Hast beendete er den Kuss, um Savannah dann ins Gesicht zu sehen. Ihr Blick war klar und ruhig, aber die Augen hatten sich ein wenig verdunkelt. An ihrem schnellen Herzschlag hatte er gemerkt, dass das, was ihn durchströmte, auch sie durchströmte. Aber erbebt war sie nicht.

Was bedurfte es, um eine Frau wie sie erbeben zu lassen?

Ihm war klar, dass er dieses Geheimnis lüften musste. Dieses Geheimnis und all die anderen, die sich hinter ihren dunklen, nicht zu entschlüsselnden Augen noch verbergen mochten.

„Aber falls du mal einen Anwalt brauchen solltest, kann ich dir natürlich einen guten Kollegen empfehlen“, murmelte er.

Savannah zog eine Braue hoch. Dass er das unterbrochene Gespräch einfach fortführte, als wäre in ihnen nichts aufgelodert, beeindruckte sie. Sie lächelte anerkennend. „Danke.“

„Entschuldige mich eine Minute“, bat er sie, als das Telefon läutete. „Ja, Sissy.“ Er nahm den Blick nicht länger von Savannah, als nötig war, um auf die Uhr zu sehen. „Stimmt“, murmelte er. Es war kurz nach fünf. „Gehen Sie ruhig, ich schließe hinter mir ab. Der erste Brief. Ja. Schicken Sie ihn nicht ab. Ich muss ein paar Änderungen vornehmen.“

Nachdenklich betrachtete Savannah ihn. Er hatte gerade seine Sekretärin nach Hause geschickt, und gleich würden sie beide allein sein. Sie wusste nur zu gut, was es bedeutete, wenn ein Mann eine Frau so ansah, wie Jared sie ansah. Sie wusste, was zwischen einem Mann und einer Frau geschah, wenn sie sich so leidenschaftlich wie eben geküsst hatten.

In all den Jahren hatte sie gelernt, sehr vorsichtig, sehr … wählerisch zu sein. Die Verantwortung für ein Kind, noch dazu, wenn man es allein aufzog, war nicht gering. Männer konnten kommen und gehen, aber ihr Sohn gehörte für immer zu ihr. Sie war keine Frau, die sich blind auf eine Affäre einließ, die jedes Verlangen befriedigte und sich jedem hingab, der sie begehrte. Aber sie war auch realistisch. Der Mann, der seine Sekretärin fortschickte, der in seinem Terminplan blätterte, würde ihr Liebhaber werden.

„Meine Sekretärin hat eine Verabredung", verkündete Jared, als er den Hörer auflegte. „Wie es aussieht, werde ich die Kanzlei endlich einmal pünktlich schließen können." Er musterte Savannah. „Ich soll dich fragen, woher du deine Jacke hast."

„Meine Jacke?" Belustigt sah Savannah nun an sich hinab. „Die habe ich selbst genäht."

„Das soll wohl ein Scherz sein."

Sie schob die Unterlippe vor und hob das Kinn, was, wie er inzwischen wusste, Verärgerung signalisierte. „Wie bitte? Ich sehe nicht aus wie eine Frau, die nähen kann? Ich passe wohl nicht in dein Bild der treu sorgenden Ehefrau?"

Er lehnte sich mit der Hüfte an den Schreibtisch und streckte den Arm aus, um den in prächtigem Farbenspiel schimmernden Kragen ihrer Jacke zwischen den Fingern zu reiben. Sein unergründlicher Blick sorgte dafür, dass ihr Herz schneller schlug. „Schöne Arbeit. Was kannst du sonst noch?"

„Was immer erforderlich ist." Sie protestierte nicht, als er sie ruckartig an sich zog. Stattdessen legte sie die

Hände auf seine Schultern und senkte dann den Kopf zum Kuss.

„Es ist noch früh", murmelte er.

„Das ist Ansichtssache."

„Wo ist Bryan?"

„Bei Cassie." Ein wenig erstaunt darüber, dass er danach fragte, vertiefte sie den Kuss. „Ich hole ihn um sechs ab. Also in einer halben Stunde."

„Es wird länger dauern." Er umfasste ihre Hüften und zog sie zwischen seine Beine. „Ruf sie doch an und frag, ob er bis sieben bleiben kann." Zärtlich knabberte er an ihrer Lippe. „Halb acht."

Ich werde es genießen, ihm die Krawatte abzunehmen, dachte Savannah. „Ja, das könnte ich wohl."

„Gut. Du klärst das, dann gehen wir über die Straße."

„Über die Straße?"

„Um zu Abend zu essen."

Sie legte den Kopf in den Nacken und sah ihn erstaunt an. „Um zu Abend zu essen?"

„Ja." Fast sicher, dass seine Beine ihn inzwischen wieder trugen, stieß Jared sich vom Schreibtisch ab ... bevor er der Versuchung nachgab, Savannah auszuziehen, auf den Boden zu legen und hier und jetzt zu nehmen. „Ich möchte dich gern zum Essen einladen."

„Warum?"

„Weil ich gern noch eine Stunde oder auch zwei mit dir verbringen möchte." Auf dir, dachte er. In dir. Hör auf, Jared. Äußerlich ruhig umrundete er den Schreibtisch und blätterte im Adressenverzeichnis. „Hier ist Cassies Nummer."

„Ich kenne Cassies Nummer." Sie fand es schlimm, dass sie tief durchatmen musste, um ruhiger zu werden, während er vollkommen gelassen vor ihr stand. „Was geht hier vor, Jared? Wir wissen beide, dass wir uns das Abendessen sparen können."

Die Erregung traf ihn wie ein Schlag. Er konnte sie besitzen. Hier, in seinem Büro, jetzt sofort. Es wäre ganz einfach. Zu einfach, und das gefiel ihm nicht.

„Ich würde gern mit dir essen gehen, Savannah. Und mich mit dir unterhalten." Jared nahm den Hörer ab, wählte Cassies Nummer und hielt ihn ihr hin. „Einverstanden?"

Savannah misstraute ihm und zögerte, bevor sie mit einem Schulterzucken den Hörer nahm. „Na gut. Einverstanden."

Das Restaurant war gemütlich, das Essen typisch amerikanisch. Savannah nippte an ihrem Drink und war gespannt darauf, was Jared als Nächstes tun würde.

„Du nähst also deine Kleider?"

„Manchmal."

Lächelnd lehnte er sich auf der Holzbank zurück. „Manchmal?“ wiederholte er und sah sie erwartungsvoll an.

Er schien sich tatsächlich mit ihr unterhalten zu wollen. Kein Problem. „Ich habe es gelernt, weil es preiswerter ist, Sachen selber zu nähen, als sie im Laden zu kaufen, und weil ich nicht nackt herumlaufen will. Jetzt nähe ich hin und wieder etwas, weil es mir Spaß macht.“

„Aber du verdienst doch deinen Lebensunterhalt als Illustratorin, nicht als Schneiderin.“

„Ich arbeite gern mit Farben und mache meine eigenen Entwürfe. Ich hatte Glück.“

„Glück?“ fragte er.

Sie hatte keine Lust mehr, sich aushorchen zu lassen. „Du willst doch nicht etwa meine Lebensgeschichte hören, Jared?“

„Doch, das will ich.“ Er lächelte der Kellnerin zu, die ihnen das Essen servierte. „Fang einfach irgendwo an“, forderte er Savannah auf.

Kopfschüttelnd schnitt sie einen Bissen von dem kräftig gewürzten Hühnchen ab, das er ihr empfohlen hatte. „Du hast dein ganzes Leben hier verbracht, nicht wahr?“

„Das ist richtig.“

„Große Familie, alte Freunde und Nachbarn. Fest gefügte Wurzeln.“

„Ja."

„Ich werde meinem Sohn Wurzeln geben. Nicht nur ein Dach über dem Kopf, sondern eine Heimat."

Er schwieg einen Moment. In ihrer Stimme lag eine eiserne Entschlossenheit, die er bewunderte, die ihn jedoch auch neugierig machte. „Warum ausgerechnet hier?"

„Weil dies nicht der Westen ist. Das war mir am wichtigsten. Ich wollte weg vom Staub, dem flachen Land und all den in der Sonne schmorenden Kleinstädten. Ich bin in den letzten zehn Jahren immer ostwärts gezogen. Das hier ist weit genug."

Als er nichts sagte, entspannte sie sich ein wenig. Es war schwer, ihn zu verstehen. Seine Art, ihr ruhig zuzuhören, weckte Vertrauen. „Ich habe diese Stadt nicht Bryans wegen ausgesucht. Aber ich möchte, dass er sich irgendwie … zugehörig fühlt. Als Teil einer …"

„Gemeinschaft?"

„Ja. Kleinstadt, Kinder, Leute, die seinen Namen kennen. Ich selbst brauche auch etwas Abstand. Und …"

„Und?"

„Dieser Ort hat mich irgendwie angezogen", gestand sie nach einer Weile. „Vielleicht hat es mit meiner Herkunft zu tun, aber ich fühlte … nein, ich wusste, dass das hier mein Zuhause sein wird. Das Land, die Berge. Und die Wälder. Es war, als hätten deine Wälder mich gerufen.“ Sie lächelte ein wenig über sich selbst. „Hältst du mich jetzt für verrückt?“

„Diese Wälder haben mich mein ganzes Leben lang gerufen“, sagte Jared einfach nur, und sie wurde wieder ernst. „Woanders könnte ich niemals glücklich werden. Ich bin in die Stadt gezogen, weil ich es praktisch fand. Und Kleinstädte und lange Spaziergänge im Wald waren nichts für meine Exfrau.“

Wenn er sie aushorchte, konnte sie es doch auch bei ihm versuchen. „Warum hast du sie geheiratet?“

„Auch das war irgendwie praktisch.“ Er verzog das Gesicht. „Was für keinen von uns spricht, ich weiß. Wir fanden einander attraktiv, respektierten einander und begannen eine sehr zivilisierte, intelligente und absolut leidenschaftslose Ehe. Zwei Jahre später gab es eine sehr zivilisierte, intelligente und absolut leidenschaftslose Scheidung.“

Es war schwer, wenn auch keineswegs unmöglich, sich den Mann, der sie gerade geküsst hatte, leidenschaftslos vorzustellen. „Ohne Blutvergießen?“ fragte sie nur halb im Scherz.

„Nicht das geringste. Wir waren beide viel zu vernünftig, um uns zu bekriegen. Kinder hatten wir nicht.“ Sie wollte keine, dachte er, verbittert und erleichtert zugleich. „Sie hatte ihren eigenen Namen beibehalten.“

„Eine moderne Ehe.“

„Genau. Wir haben alles geteilt, und jeder ging seines Wegs. Keine Wunden, keine Narben."

„Störte es dich, dass sie deinen Namen nicht annahm?" fragte Savannah interessiert.

Jared wollte widersprechen, zuckte dann jedoch nur mit den Schultern. „Ja, es störte mich", gestand er. „Nicht sehr modern von mir, ich weiß. Das mit dem Namen gehörte zu den Dingen, die aus einer Vernunftehe eine echte Beziehung gemacht hätten. Und natürlich spielte auch mein Stolz eine Rolle."

„Das verstehe ich", sagte sie. „Aber ich glaube, du wolltest ihr mit deinem Namen etwas von dem geben, das dir am meisten bedeutet, das du selbst geerbt hast und an deine Kinder vererben wolltest."

„Nicht schlecht", bemerkte er beeindruckt.

„Nicht nur Anwälte verfügen über Menschenkenntnis. Und ich weiß, wie wichtig Namen sind. Als Bryan geboren war, starrte ich auf das Formular, das man bekommt. Das für die Namen. Und ich fragte mich, was ich in die Spalte ‚Vater' eintragen sollte. Wenn ich den Namen eintrage, dann gebe ich meinem Sohn den Namen des Vaters. Meinem Sohn", wiederholte sie mit Nachdruck.

„Was hast du eingetragen?"

Sie kehrte in die Gegenwart zurück. Aus einer Vergangenheit, in der sie gerade erst siebzehn Jahre alt und allein gewesen war. Vollkommen allein. „Unbekannt", antwortete sie. „Er war mir nicht mehr wichtig. Mein Name war genug."

„Er hat Bryan nie gesehen?"

„Nein. An dem Tag, als ich ihm erzählte, dass ich schwanger sei, packte er seinen Koffer und verschwand wie der Blitz aus meinem Leben. Sag jetzt bitte nicht, dass es dir Leid tut", kam sie ihm zuvor. „Er hat mir damit einen Gefallen getan. Für ein sechzehnjähriges Mädchen ist es einfach, sich in einen gut aussehenden Cowboy zu verlieben, aber mit ihm zusammenzuleben ist etwas anderes."

„Was hast du Bryan erzählt?"

„Die Wahrheit. Ich sage ihm immer die Wahrheit. Manchmal lasse ich etwas weg, um ihm nicht wehzutun, aber ich bemühe mich, ehrlich zu sein. Ich schäme mich nicht dafür, dass ich einmal ein naives Mädchen war und glaubte, mich verliebt zu haben. Und ich bin dem Schicksal dankbar dafür, dass es diese Naivität manchmal mit etwas so Großartigem wie Bryan belohnt."

„Du bist eine bemerkenswerte Frau", sagte Jared und meinte es.

Dass er das dachte, rührte Savannah und machte sie zugleich verlegen. „Nein, ich bin eine Frau, die Glück gehabt hat."

„Es war bestimmt nicht leicht für dich."

„Es muss nicht immer leicht sein."

Er dachte über ihre Antwort nach. Wahrscheinlich gehörte sie zu den Menschen, die die Dinge, um die sie kämpfen mussten, mehr schätzten als das, was ihnen in den Schoß fiel. Er konnte das gut verstehen. „Was hast du getan, nachdem du von zu Hause weggegangen warst?"

„Nachdem ich fortgejagt worden war", verbesserte sie ihn. „Du brauchst es nicht zu beschönigen. Mein Vater ohrfeigte mich, nannte mich ... alles Mögliche. Ich will es nicht wiederholen, wenn ich mit einem Mann in einem so schönen Anzug am Tisch sitze. Jedenfalls warf er mich aus dem Haus. Nun ja, ein richtiges Haus war es nicht." Erstaunt stellte sie fest, dass Jared seine Finger zwischen ihre geschoben hatte. „Wir lebten in einem Wohnwagen."

Jared war entsetzt. Warum eigentlich? Er hatte von seinen Mandanten ähnliche, manchmal sogar schlimmere Geschichten gehört. Aber dass Savannah mit sechzehn und einem Kind unter dem Herzen mutterseelenallein auf der Straße gestanden hatte, schockierte ihn zutiefst. „Hattest du denn niemanden, zu dem du gehen konntest?"

„Nein, es gab niemanden. Die Familie meiner Mutter kannte ich nicht. Mein Vater hätte mich nach einem oder zwei Tagen vermutlich wieder aufgenommen. So war er. Aber das, was er mir an den Kopf geworfen hatte, schmerzte mehr als die Ohrfeige. Also packte ich meinen Rucksack, fuhr per Anhalter nach Oklahoma City und arbeitete als Kellnerin." Sie nahm ihr Glas. „Deshalb haben Cassie und ich uns wahrscheinlich auch gleich so gut verstanden. Wir wissen beide, wie es ist, den ganzen Tag auf den Beinen zu sein und Leute zu bedienen. Nur hat sie mehr daraus gemacht."

Sie lässt eine ganze Menge aus, dachte Jared. Ihr Weg hierher war mit Sicherheit viel länger und beschwerlicher gewesen, als sie es klingen ließ. „Und wie bist du vom Kellnern in Oklahoma City dazu gekommen, Kinderbücher zu illustrieren?"

„Über ein paar Umwege." Sie lehnte sich zurück und lächelte. „Du würdest dich wundern, was ich so alles gemacht habe." Ihr Lächeln wurde noch strahlender, als er eine skeptische Miene aufsetzte. „Oh doch, das würdest du."

„Zum Beispiel?"

„Ich habe irgendwelchen Säufern in einer Kneipe in Wichita ihre Drinks serviert."

„Wenn du mich schockieren willst, musst du mehr als das bieten", sagte er.

„Dann habe ich in einer Striptease-Bar in Abilene gejobbt." Schmunzelnd nahm sie ihm das Zigarillo ab, das er sich gerade anstecken wollte. „Das macht dich nachdenklich, was?“

Jared riss das Streichholz an und gab ihr Feuer. „Du warst Striptease-Tänzerin?“

„Erotik-Tänzerin.“ Sie blies den Rauch aus. „Du bist schockiert.“

„Ich bin … fasziniert.“

„Hm … Nun ja, zügle deine Phantasie. Ich habe mich nie ganz ausgezogen. Manche Frauen tragen am Strand weniger, als ich damals auf der Bühne getragen habe, aber ich bin dafür bezahlt worden. Nicht sehr gut allerdings.“ Sie gab ihm das Zigarillo zurück. „Ich verdiente mehr Geld damit, für die anderen Mädchen Kostüme zu entwerfen und zu nähen, als damit, meine eigenen auszuziehen. Also gab ich meine Bühnenkarriere auf.“

„Ich glaube, du lässt eine Menge aus, Savannah.“

„Stimmt.“ Er brauchte nicht alles zu wissen. „Sagen wir, mir gefiel die Arbeitszeit nicht. Danach habe ich kurz bei einer Show mit Hunden und Ponys gearbeitet.“

„Mit Hunden und Ponys?“

„Bei einem kleinen Wanderzirkus. In New Orleans habe ich Bilder von den Bayous und Straßenszenen verkauft und Touristen porträtiert. Das war schön. Tolles Essen, tolle Musik.“

„Aber du bist nicht in New Orleans geblieben.“

„Ich bin nirgends lange geblieben. Aus Gewohnheit. Als ich gerade mal wieder rastlos wurde und weiterziehen wollte, hatte ich Glück. Eine Touristin, die sich von mir zeichnen ließ, war Schriftstellerin. Sie schrieb Kinderbücher und hatte gerade ihre Illustratorin gefeuert. Künstlerische Meinungsverschiedenheiten, sagte sie. Meine Arbeit gefiel ihr, und sie machte mir ein Angebot. Ich sollte ihr Manuskript lesen und ein paar Bilder dazu entwerfen. Wenn ihr Verleger meine Bilder mochte, würde ich den Job bekommen. Ich hatte also nichts zu verlieren."

„Du hast den Job bekommen."

„Ich habe ein vollkommen neues Leben bekommen", erwiderte Savannah mit leuchtenden Augen. „Ich brauchte Bryan nicht mehr einem Babysitter zu überlassen, brauchte mich nicht mehr zu fragen, ob ich meine Miete bezahlen konnte oder ob eine Sozialarbeiterin auftaucht und überprüft, ob ich meine Mutterpflichten auch erfülle. Ich brauchte nicht mehr zu befürchten, dass ein Polizist mich fragt, ob ich nur meine Bilder oder auch meinen Körper verkaufe. Nach einer Weile hatte ich genug Geld gespart, um meinem Sohn einen Garten, eine gute Schule und Baseball-Spiele zu verschaffen. Eine Heimat für mich und Bryan." Sie trank einen Schluck. „Und jetzt sind wir hier."

„Und jetzt seid ihr hier“, wiederholte Jared. „Und was kommt jetzt?“

„Das sollte ich dich fragen. Warum essen wir zusammen und unterhalten uns, anstatt ins Bett zu gehen?“

Er schluckte nicht, sondern blies nur den Rauch aus. „Du bist ganz schön direkt, was?“

„Anwälte brauchen zwanzig Worte, obwohl eins ausreicht“, entgegnete sie. „Ich nicht.“

„Sagen wir einfach, du hast damit gerechnet, dass ich mit dir schlafen werde. Aber ich bin nicht gern berechenbar.“ Sein Blick drang durch den Rauch und fand ihre Augen mit einer Eindringlichkeit, die ihr unter die Haut ging. „Ich kann noch nicht sagen, wann es geschehen wird. Aber wenn wir so weit sind, Savannah, wirst du wissen, mit wem du es zu tun hast, und du wirst es nicht vergessen.“

Er hatte Recht, sie würde es bestimmt niemals vergessen, und vielleicht war es das, was sie beunruhigte. „Sie bestimmen, Anwalt MacKade? Ort und Zeit?“

„Ganz genau.“ Sein Blick veränderte sich, und er lachte. „Ich bin ein altmodischer Mann.“

5. KAPITEL

Ein altmodischer Mann, dachte Savannah. Einen Tag nach dem Abendessen mit Jared stand sie in der Küche, stemmte die Hände in die Seiten und starrte auf den Karton, den der Florist geliefert hatte.

Jared hatte ihr Rosen geschickt. Ein Dutzend langstieliger, roter Schönheiten.

Altmodisch, gewiss, das war er. Und auf seine Art wohl doch berechenbar. Es sei denn, sie zog in Betracht, dass ihr in ihrem ganzen Leben noch niemand einen langen, glänzend weißen Geschenkkarton voller roter Rosen geschickt hatte.

Sie war sicher, dass Jared das wusste.

Und dann war da noch die beigefügte Karte. „Bis es in deinem Garten blüht."

Woher wusste er, dass sie Blumen über alles liebte? Dass sie sich in all den Jahren, die sie in winzigen Zimmern in lauten Städten verbracht hatte, immer nach farbenprächtigen, herrlich duftenden Blüten gesehnt hatte? Dass sie sich damals geschworen hatte, eines Tages einen Garten zu besitzen, den sie mit eigenen Händen anlegte und pflegte?

Er weiß es, weil er zu viel sieht, dachte sie und umkreiste die Blumen wie ein Hund einen Fremden. Sie war so versunken in ihren Anblick, dass sie erschrak, als das Telefon läutete. Wütend auf sich selbst, riss sie den Hörer von der Gabel.

„Ja? Hallo?"

„Ungünstiger Zeitpunkt?" fragte Jared.

Stirnrunzelnd sah sie zu den Blumen hinüber, die wunderhübsch auf dem grünen Seidenpapier lagen. „Ich bin beschäftigt, falls du das meinst."

„Dann will ich dich nicht lange aufhalten. Ich dachte nur, du würdest vielleicht gerne mit Bryan zum Abendessen auf die Farm kommen."

Sie nahm eine Rose aus dem Karton. „Warum?"

„Warum nicht?"

„Nun ja, erst einmal habe ich schon die Sauce für die Spaghetti aufgesetzt." Sie schwieg. Er auch. „Ich nehme an, du erwartest jetzt, dass ich dich zum Abendessen hierher einlade."

„Genau."

Sie drehte die Rose zwischen den Fingern und versuchte sich eine geeignete Ausrede einfallen zu lassen. „Na schön. Aber Bryan hat nach der Schule Baseball-Training. Ich muss ihn um sechs abholen, also …"

„Ich werde ihn abholen. Es liegt auf meinem Weg. Also bis heute Abend."

Sie hatte das Gefühl, als würde ihr etwas aus den Händen genommen. „Ich habe dir schon gesagt, dass dies alles wirklich nicht nötig ist“, sagte sie fast zu leise. „Die Blumen.“

„Gefallen sie dir?“

„Natürlich. Sie sind wunderschön.“

„Das freut mich“, erwiderte er zufrieden. „Wir sehen uns kurz nach sechs.“

Verwirrt legte sie auf. Nach einem weiteren langen, nachdenklichen Blick auf die Rosen beschloss sie, nach einer Vase zu suchen.

Um Viertel nach sechs hörte Savannah einen Wagen die Einfahrt heraufkommen. Sorgfältig beendete sie ein Detail ihrer bösen Königin für die Neuausgabe alter Märchen und stand vom Zeichentisch auf. Bryan stürmte bereits die Treppe herauf, als sie aus dem kleinen Atelier in die Küche ging.

„... und dann fiel er wie ein Stein vom Himmel, und dieser dämliche Tommy bekam den Handschuh nicht rechtzeitig hoch. Seine Mom ist fast durchgedreht, als der Ball ihn mitten im Gesicht traf. Seine Nase fing an zu bluten. Es war so cool. Hi, Mom.“

„Bryan.“ Mit hochgezogener Augenbraue betrachtete sie seine Kleidung, die voller rotem Staub war. „Ihr habt heute Gleiten geübt, was?“

„Ja.“ Er ging an den Kühlschrank, um den Saftkrug herauszuholen.

„Tommy Mardson hat eine blutige Nase“, warf Jared

ein. Savannah hatte große Mühe, sich ein Lächeln zu verkneifen.

„Ja, das habe ich gehört."

„Seine Mom schrie ganz laut." Aufgeregt, wie er war, hätte Bryan fast auf ein Glas verzichtet, bis er das strenge Gesicht seiner Mutter sah. „Sie war nicht zerbrochen, einfach nur Matsch."

„Gebrochen", verbesserte Savannah ihren Sohn. „Ich glaube, wir werden heute Abend ein wenig an deiner Ausdrucksweise arbeiten müssen, mein Freund."

Bryan verdrehte die Augen. „Niemand redet so, wie es in den Schulbüchern steht. Außerdem habe ich im Rechtschreibtest eine Zwei geschrieben."

„Toll, und wie sieht es mit Mathe aus?"

Hastig leerte Bryan sein Glas und entschied sich für einen strategischen Rückzug. „He, ich muss noch mein Zimmer aufräumen", verkündete er und rannte eilig zur Treppe.

Savannah lächelte. „Wir hassen das lange Teilen."

„Wer nicht?" Jared reichte ihr eine Flasche Wein. „Aber eine Zwei im Diktat ist doch nicht zu verachten."

Und das elegante französische Etikett auf der Flasche auch nicht, dachte sie. „Der hier ist viel zu edel für meine bescheidenen Spaghetti."

Jared schnupperte. Die Küche duftete herrlich nach

Gewürzen und der auf dem Herd köchelnden roten Sauce. „Das finde ich nicht."

„Nimm wenigstens die Krawatte ab." Sie zog eine Schublade auf und wühlte nach dem Korkenzieher. „Du siehst so seriös damit aus. Du kannst …"

Er legte die Hände auf ihre Schultern, drehte sie zu sich um und küsste sie.

„… küssen", sagte sie ein wenig atemlos, als er den Kopf hob. „Du kannst verdammt gut küssen." Sie nahm den Flaschenöffner, der klappernd auf der Arbeitsplatte gelandet war, und öffnete die Flasche so gekonnt wie ein erfahrener Barkeeper. „Schöner Wein und schöne Blumen, alles an einem Tag. Du wirst mir noch den Kopf verdrehen."

„Genau das habe ich vor."

Sie reckte sich nach den Weingläsern im obersten Regal. „Eigentlich dachte ich, du hättest verstanden, dass ich keine Frau für Wein und Blumen bin … nach der Kurzfassung meiner Lebensgeschichte."

Er strich mit der Fingerspitze über die Rosenblüten, die in einer Vase mitten auf dem Tisch standen. „Irgendwie passen sie zu dir."

Während Jared die Krawatte faltete, sie einsteckte und den Hemdkragen lockerte, goss Savannah den Wein ein. „Es war unhöflich von mir, mich nicht dafür zu bedanken. Also …" Sie reichte ihm ein Glas. „Danke."

„Es ist mir ein Vergnügen."

„Bryan wird in Deckung bleiben, bis er glaubt, ich hätte das mit Mathe vergessen. Da kann er lange warten. Wenn du hungrig bist, kann ich ihn rufen."

„Keine Eile." Am Wein nippend schlenderte Jared ins Wohnzimmer. Er wollte sich die Bilder genauer anschauen.

Die Farben waren kräftig, aber nicht grell. Die Pinselstriche wirkten ähnlich. Kühn, temperamentvoll. Die Motive waren vielfältig. Von Stillleben mit prächtig blühenden Blumen über Porträts von ausdrucksstarken Gesichtern bis hin zu Landschaften mit knorrigen Bäumen, zerklüfteten Felsen und stürmischem Himmel.

Nichts für ein biederes Wohnzimmer, dachte er. Und nichts, von dem man sich rasch wieder abwenden konnte. Wie die Künstlerin selbst, so war auch ihre Arbeit äußerst eindrucksvoll.

„Kein Wunder, dass du über die Bilder in meinem Büro die Nase gerümpft hast", murmelte er.

„Ich fand noch nie, dass Kunst kühl sein muss", erwiderte sie. „Aber das ist nur meine persönliche Meinung."

„Was sollte Kunst denn sein? Deiner Meinung nach?"

„Lebendig."

„Nun, das ist dir gelungen.“ Jared drehte sich zu ihr um. „Verkaufst du deine Bilder?“

„Wenn der Preis stimmt.“

„Ich habe ohnehin daran gedacht, meine Kanzlei von Regan umgestalten zu lassen. Regan ist meine Schwägerin“, erinnerte er sie. „Das Landgasthaus, das sie und mein Bruder gerade zusammen renovieren, hat sie toll eingerichtet. Hättest du vielleicht Lust, die künstlerische Gestaltung zu übernehmen?“

Savannah ließ sich mit der Antwort Zeit, musterte ihn und nippte gleichzeitig am Wein. Sein Vorschlag weckte alte, tief vergrabene Wünsche. Aber die Malerei war nur ein Hobby. Was sollte sie auch sonst sein, für eine Frau ohne künstlerische Ausbildung? „Ich habe dir doch schon gesagt, dass ich mit dir schlafen werde.“

Jared rang sich ein Lachen ab, und es blieb ihm fast im Hals stecken. „Ja, das hast du. Aber im Moment reden wir über deine Malerei. Bist du daran interessiert, einige Bilder zu verkaufen?“

„Du willst meine Bilder in dein Büro hängen?“

„Ja, das sagte ich doch bereits.“

Einen Schritt nach dem anderen, ermahnte Savannah sich. Jared durfte nicht merken, wie viel ihr das bedeuten würde. „Würdest du dich mit einigen hübschen Aquarellen nicht wohler fühlen?“

„Du willst mich provozieren, was? Mir gefallen deine Bilder.“

Sie lachte. „Warten wir doch erst einmal ab, was deine Schwägerin sich einfallen lässt. Danach reden wir weiter.“ Sie kehrte in die Küche zurück, um Wasser für die Nudeln aufzusetzen.

„Einverstanden. Komm doch einfach mal im Gasthaus vorbei und sieh dir an, was sie und Rafe daraus gemacht haben“, schlug er vor.

„Ich würde es mir wirklich gern ansehen“, gab sie freimütig zu.

„Ich könnte nach dem Essen mit dir hinfahren.“

„Die Hausaufgaben.“ Bedauernd schüttelte sie den Kopf. „Ich fürchte, ich werde den Rest des Abends mit Rechenaufgaben verbringen müssen.“

„Wenn das so ist“, er nahm die Flasche und füllte ihre Gläser auf, „solltest du dir vielleicht etwas Mut antrinken.“

Savannah hatte nicht erwartet, dass Jared nach dem Abendessen blieb. Erst recht nicht, dass er jetzt neben ihrem Sohn am Küchentisch saß und ihm bei den Aufgaben aus dem aufgeschlagen, vor ihnen liegenden Mathematikbuch half.

Sie servierte Jared Kaffee, während er die Probleme auf die Baseball-Statistik anwandte, um sie interessanter zu machen. Bryan war begeistert bei der Sache. Warum hatte sie nicht selbst daran gedacht?

Weil, so gestand sie sich ein, Zahlen ihr Angst einflößten. Jede Form von Schule ängstigte sie. Der Gedanke, dass ihr Sohn eines Tages viel mehr lernen würde, als man ihr beigebracht hatte, erfüllte sie mit Scham und Stolz zugleich. Nicht einmal Bryan selbst wusste, dass sie nachts, wenn er schlief, oft über seinen Schulbüchern saß, um sicher zu sein, ihm helfen zu können, wann immer er Hilfe brauchte.

„Also, du teilst das Gesamtergebnis durch die Anzahl der Schläge“, schlug Jared vor und rückte seine Hornbrille auf eine Weise zurecht, die Savannah Herzklopfen verursachte.

„Ja, genau!“ Bryan kam die Erleuchtung. „Das ist wirklich cool.“

Mit der Zunge zwischen den Zähnen schrieb er die Zahlen auf und betrachtete sie fast andächtig. Schließlich handelte es sich jetzt um Baseball-Spieler. „Sieh dir das an, Mom.“

Sie beugte sich über das Heft und vollzog mühsam nach, was er gerechnet hatte. „Gut gemacht.“ Sie küsste ihren Sohn auf das zerzauste Haar. „Das habt ihr beide gut gemacht.“

„Wieso bekomme ich keinen Kuss?“ fragte Jared.

Sie gab ihm einen, ganz züchtig, aber Bryan verzog

trotzdem das Gesicht. „Mom, musst du das unbedingt hier machen?“

„Schließ einfach die Augen“, schlug Jared ihm vor und küsste Savannah noch einmal.

„Ich verschwinde.“ Bryan klappte sein Buch zu.

„Ab in die Badewanne“, befahl seine Mutter.

„Muss das sein?“ Der Junge warf Jared einen flehentlichen Blick zu.

„Ehrlich gesagt“, begann Jared, „ich finde, mein Mandant hat eine Erholungspause verdient.“

„Ach, wirklich?“ Savannahs trockener Kommentar ging in Bryans Freudenschrei unter.

„Ja, eine Pause. Zum Beispiel eine Stunde Fernsehen“, rief er.

„Mit Erlaubnis des Gerichts.“ Jared warf Bryan einen warnenden Blick zu und legte ihm eine Hand auf die Schulter. „Was mein Mandant meint, ist, dass er dreißig Minuten Fernsehunterhaltung für angemessen hält. Er hat seine Strafe verbüßt und gelobt Besserung. Nach dem Fernsehen wird er freiwillig und ohne Protest die Entscheidung des Gerichts akzeptieren.“

Savannah seufzte. „Um halb zehn machst du das Licht aus, klar?“

„Klar!“ Bryan ballte triumphierend die Faust. „Sie hätten eine Stunde beantragen sollen“, sagte er zu Jared und grinste dabei spitzbübisch.

„Mehr lag nicht drin. Glaub mir, ich bin dein Anwalt."

Bryan grinste. „Cool. Danke, Mr. MacKade. Gute Nacht, Mom."

„Ganz schön raffiniert", sagte Savannah leise, als ihr Sohn nach oben rannte, um sich vor den kleinen Fernseher in ihrem Schlafzimmer zu setzen.

„Ich konnte nicht anders." Verlegen schob Jared die Hände in die Taschen. „Er hat mich einfach zu sehr daran erinnert, wie ich mit neun Jahren war. Ich wollte auch nie ins Bett. Bestrafst du mich jetzt wegen Missachtung des Gerichts?"

Sie stellte die leeren Kaffeetassen ins Spülbecken. „Nein. Es war nett von dir, dich für ihn einzusetzen. Außerdem hätte er mir die halbe Stunde ohnehin abgeluchst."

„Er hat sie sich verdient." Jared lächelte, als sie über die Schulter schaute. „Und ich auch. Schließlich haben wir die ganzen Mathehausaufgaben erledigt."

„Du möchtest eine halbe Stunde – wie war das noch? Fernsehunterhaltung?"

„Nein." Er nahm die Brille ab und schob sie in die Hemdtasche. „Ich möchte mit dir einen Spaziergang durch den Wald unternehmen." Als Savannah besorgt zur Treppe sah, nahm er ihre Hand. „Wir werden nicht weit gehen. He, Bryan!" rief er dann nach oben.

„Deine Mom und ich machen einen kurzen Spaziergang."

„Cool", kam die nicht sonderlich interessierte Antwort aus der ersten Etage.

Jared nahm ihre Denimjacke vom Haken neben der Küchentür. „Es ist kühl draußen."

„Aber nur in den Wald am Haus", beharrte Savannah, während sie die Jacke anzog. Dort würde sie Bryan hören können, falls er nach ihr rufen sollte.

„Nur in den Wald am Haus", erwiderte Jared. „Fühlst du dich tagsüber nicht einsam, so ganz allein hier draußen?"

„Nein, ich bin sehr gern allein." Sie ging mit ihm hinaus ins Freie, wo die Luft frisch und der Himmel so klar war, dass die Sterne heller als sonst glitzerten. „Ich mag die Stille hier."

Sie stiegen die Stufen hinab, die in den Hang gegraben waren, überquerten die schmale Zufahrt und erreichten den dunklen Waldrand.

„Hier habe ich zum allerersten Mal ein Mädchen geküsst."

Die gerade erst ergrünten Bäume schienen sie willkommen zu heißen. „So?"

„Ja. Meine Cousine Joanie."

„Deine Cousine?"

„Cousine dritten Grades", ergänzte Jared. „Mütterlicherseits. Sie hatte lange, goldblonde Locken, Augen so blau wie der Himmel im Juni … und mein Herz erobert. Ich war elf."

Savannah fühlte sich wohl im Halbdunkel unter den Sternen. Sie lachte. „Ein Spätentwickler, was?"

„Sie war zwölf."

„Also magst du ältere Frauen."

„Jetzt, da du es erwähnst … vielleicht hat auch das mich gereizt, ja. An einem lauen Sommerabend lockte ich sie in den Wald, als die Sonne wie ein roter Ball hinter den Bergen verschwand und die Grillen zu zirpen begannen."

„Sehr romantisch."

„Es war traumhaft. Ich nahm all meinen jugendlichen Mut zusammen und küsste sie an der ersten Biegung des Flussbetts. Die Luft und das Licht waren berauschend."

„Wie süß."

„Das wäre es wohl gewesen", sagte er, „wenn meine Brüder, diese Halunken, uns nicht nachgeschlichen wären, um uns zu beobachten. Sie heulten gespenstisch, was natürlich zur Folge hatte, dass Cousine Joanie in panischer Angst zur Farm zurückrannte. Natürlich haben meine Brüder sich noch Wochen später über mich lustig gemacht, also musste ich sie mir einen nach dem anderen vorknöpfen, um meine Ehre zu retten.

Devin brach mir einen Finger, und ich verlor das Interesse an Cousine Joanie."

„Das finde ich auch süß. So wird man also ein Mann, was?"

„Ich habe seitdem ein paar Dinge dazugelernt, wenn es darum geht, hübsche Mädchen im Wald zu küssen."

Als er Savannah in die Arme zog und sie seinen Mund auf ihrem fühlte, musste sie zugeben, dass er Recht hatte. Er hatte eine ganze Menge dazugelernt.

„Wo ist Cousine Joanie jetzt?"

„In einem schönen Einfamilienhaus am Stadtrand von Virginia, mit drei Kindern und einem Teilzeitjob als Immobilienmaklerin." Seufzend küsste er Savannahs Augenbraue. „Sie hat noch immer goldblonde Locken und sommerhimmelblaue Augen."

„Noch ein Geist in den MacKade-Wäldern." Sie warf einen Blick über die Schulter. Zwischen den Bäumen war das Licht zu sehen, das sie im Blockhaus angelassen hatte. Ihrem Sohn konnte nichts passieren. „Erzähl mir von den anderen Geistern", bat sie.

„Die beiden Korporale sind die berühmtesten. Einer trug Blau, der andere Grau. Während der Schlacht von Antietam wurden sie von ihren Kompanien getrennt." Jared legte einen Arm um ihre Schultern und sie schlenderten weiter. „Sie begegneten einander hier, in diesem

Wald, zwei Jungs, kaum alt genug, um sich zu rasieren. Aus Angst oder Pflichtgefühl oder beidem kämpften sie miteinander. Beide wurden verwundet. Jeder von ihnen schleppte sich anschließend in eine andere Richtung. Einer bis auf die Farm."

„Eure Farm?"

„Ja. Ein Soldat der Union, mit einer tiefen Wunde, die das feindliche Bajonett ihm gerissen hatte. Mein Urgroßvater, der kein Freund der Nordstaaten war, fand ihn am Räucherschuppen. Es wird berichtet, dass er in dem sterbenden Jungen plötzlich seinen eigenen Sohn sah, den er am Bull Run verloren hatte. Also trug er ihn ins Haus und tat für ihn, was er konnte, aber es war zu spät. Der Junge starb am Tag darauf, und aus Angst vor Rache begruben sie ihn auf einem der Felder, ohne das Grab zu markieren."

„Also findet er keine Ruhe", flüsterte Savannah. „Und streift seitdem durch die Wälder, weil er den Weg nach Hause sucht."

„So ungefähr."

„Und der andere Korporal?"

„Der schaffte es bis zum Haus der Barlows. Ein Dienstmädchen ließ ihn ein. Mrs. Barlow wollte sich gerade um ihn kümmern, da erschoss ihr Ehemann den fremden Soldat."

Savannah blieb ganz ruhig, denn sie war Grausamkeiten gewöhnt, kleine und große. „Weil er nicht den Jungen sah, sondern die Uniform in der falschen Farbe."

„Richtig. Seine Frau, Abigail Barlow, wandte sich von ihm ab und zog sich vollkommen vom Leben zurück. Zwei Jahre später starb sie."

„Eine traurige Geschichte. Sinnlose Tode hinterlassen rastlose Geister. Trotzdem ..." Sie schloss die Augen. „Irgendwie wirkt der Wald einladend auf mich. Als ob diejenigen, die hier starben, nicht vergessen werden wollen. Willst du wissen, wo die beiden gekämpft haben?" fragte sie leise.

Erstaunt sah er sie an. „Weißt du das etwa?"

Sie öffnete die Augen, die jetzt noch dunkler, noch rätselhafter wirkten als zuvor. „Fünfzig Yards von hier, in westlicher Richtung steht neben einem Haufen Felsbrocken ein uralter, knorriger Baum. Dort war es."

Jared spürte, wie kalte Finger seinen Nacken streiften. Aber ihre Hände waren in seinen. „Ja, das stimmt. Ich habe oft auf den Felsen gesessen und das Klirren der Bajonette gehört."

„Ich auch. Und ich fragte mich, wessen Bajonette es waren. Und warum sie gekämpft haben."

„Passiert dir so etwas häufiger?" fragte Jared mit heiserer Stimme. Vielleicht lag es an dem Thema, über das sie sich hier im nächtlichen Wald unterhielten. Oder an ihren Augen, die so dunkel und unergründlich waren, dass jeder Mann nur zu gern in ihnen ertrinken würde.

„Dein Urgroßvater war ein Farmer, der einen sterbenden Jungen sah und ihn zu retten versuchte. Mein Urgroßvater war ein Schamane, der im Feuer Visionen sah und sie zu verstehen versuchte. Du versuchst noch immer, Menschen zu retten, nicht wahr, Jared? Und ich versuche noch immer, die Visionen zu verstehen."

„Bist du …?"

„Übersinnlich begabt?" Sie lachte herzhaft. „Nein. Ich fühle Dinge. Das tun wir alle. Wegen meiner Herkunft akzeptiere ich diese Gefühle. Ich respektiere und ehre sie. Ich folgte meinen Gefühlen, als ich Oklahoma verließ. Ich wusste, dass ich einen Ort finden würde, an den ich gehöre. Ich brauchte nur einen Blick auf das Blockhaus, die Felsen, den Wald zu werfen, und ich wusste, ich bin zu Hause. Ich sah dich an jenem ersten Tag über den Rasen auf mich zukommen und wusste, dass du mich früher oder später begehren würdest." Sie beugte sich vor und küsste ihn. „Und jetzt weiß ich, dass ich zurückmuss, um meinen Sohn ins Bett zu stecken, bevor er den Kühlschrank plündert."

„Savannah." Jared hielt sie fest, als sie sich umdrehen wollte, und sah sie eindringlich an. „Was fühlst du über uns beide?"

Sie spürte die Hitze, dann die Kälte, danach wieder

die Hitze, aber ihre Stimme verriet nichts davon. „Ich glaube, wenn man zu weit in die Zukunft schaut, bewältigt man die Gegenwart nicht. Lass uns einfach nur an das Jetzt denken, Jared."

Als er ihre Hand an die Lippen presste, wurde Savannah schlagartig klar, dass das Jetzt schon schwierig genug war.

Savannah wartete bis zum Ende der Woche, bevor sie Jareds Vorschlag aufgriff und zum Haus der Barlows fuhr. Nein, verbesserte sie sich, zum Haus der MacKades.

Die Leute in der Stadt nannten das alte Gemäuer auf dem Hügel auch heute noch nach den Barlows, obwohl die Erbauer es schon vor über fünfzig Jahren verlassen hatten. Die letzten Bewohner, ein Ehepaar aus dem Norden, hatten nur kurz darin gelebt und waren vor zwanzig Jahren fortgezogen. In den Jahrzehnten seitdem hatte es immer mal wieder zum Verkauf gestanden, doch niemand hatte es haben wollen.

Erst Rafe MacKade hatte es gekauft.

Darüber dachte Savannah nach, als sie von der Straße abbog und die steile Zufahrt entlangfuhr. Jemand hatte begonnen, das überall wuchernde Gestrüpp zu entfernen, aber er hatte noch eine Menge Arbeit vor sich. Wer hier leben wollte, würde viele Visionen brauchen.

Das Haus selbst bestand aus drei Stockwerken. Hohe Fenster mit gotischen Bögen und Pfeilern zierten die dicken, für die Ewigkeit errichteten Mauern aus Granit. Die meisten waren erst vor wenigen Monaten mit Brettern vernagelt worden. Das hatte Savannah auf dem Markt von Mrs. Metz erfahren.

Es gab zwei Veranden. Die im zweiten Stock wurde gerade abgerissen. Das muss wohl sein, dachte Savannah betrübt. Das Holz war verrottet, hing durch, und das Betreten wäre zweifellos lebensgefährlich. Aber die untere Veranda war offensichtlich neu, noch ungestrichen und tadellos in Ordnung.

Am Ostflügel war ein Gerüst errichtet worden, und im verwilderten Garten bedeckten Planen Berge von Baumaterial. Savannah hielt neben einem mit Schutt beladenen Pick-up und stellte den Motor ab.

Als sie an die Haustür klopfte, rief jemand etwas. Wer immer es war, er hörte sich leicht gereizt an. Sie trat ein und blieb wie angewurzelt stehen, erschüttert von den Gefühlen, die sie schlagartig erfüllten. Lachen und Tränen und Entsetzen und Freude. Die Empfindungen brachen über sie herein und ebbten wieder ab, wie eine Woge, die in sich zusammenfiel.

Dann sah sie den Mann am Ende der Treppe. Lächelnd ging sie hinüber. „Jared, ich habe nicht erwartet, dich hier zu finden. Oh."

Sie bemerkte ihren Fehler sofort. Es war nicht Jared. Das Grün der Augen war dunkler, das Haar ein wenig länger und nicht so gepflegt. Jareds Gesicht war etwas schmaler, die Brauen geschwungener. Nur das Lächeln war gleich, eindringlich und irgendwie ... gefährlich.

„Ich sehe besser aus", sagte Rafe Augen zwinkernd und kam die Treppe herab.

„Die Ähnlichkeit ist erstaunlich." Savannah streckte die Hand aus. „Sie müssen Rafe MacKade sein."

„Schuldig."

„Ich bin ..."

„Savannah Morningstar." Er schüttelte ihre Hand nicht, sondern hielt sie fest, während er Savannah gründlich musterte. „Regan hatte vollkommen Recht."

„Wie bitte?"

„Sie waren letzte Woche im Laden meiner Frau. Regan hat Sie mir beschrieben und meinte, ich solle Sie mir wie Isis, die ägyptische Göttin, vorstellen. Damit konnte ich nicht viel anfangen, ehrlich gesagt. Also meinte sie, ich solle mir eine Frau vorstellen, die einem Mann den Atem raubt."

„Das ist ein ziemlich gewagtes Kompliment."

„Und eins, das zutrifft", sagte er. „Jared hat mir erzählt, dass Sie vorbeikommen würden." Er hakte die Daumen hinter den Werkzeuggürtel.

„Ich möchte Sie nicht bei der Arbeit stören."

„Bitte, stören Sie mich bei der Arbeit.“ Er lächelte. „Ich schlage ohnehin nur die Zeit tot, bis Regan aus dem Geschäft nach Hause kommt. Wir wohnen zeitweilig hier. Möchten Sie ein Bier?“

Er war ein Mann, wie sie ihn verstand und mochte. „Gute Idee.“ Sie folgte ihm zur Treppe, doch schon auf der zweiten Stufe blieb sie stehen und starrte gebannt nach oben.

Verblüfft drehte Rafe sich zu ihr um. „Stimmt etwas nicht?“

„Dort. Es war genau dort, auf der Treppe.“

„Offenbar hat Jared Ihnen schon von den Geistern erzählt.“

Sie fühlte sich plötzlich schwach und zittrig. „Er hat mir erzählt, dass es diesen jungen Südstaaten-Soldaten gab. Ein Dienstbote holte ihn ins Haus, doch Barlow erschoss ihn. Aber Jared hat mir nicht gesagt … wo.“

Ihre Beine waren schwer, doch sie ging weiter, als könnte sie nicht anders. Die Kälte war schneidend, drang bis auf die Knochen. Ihre Fingerknöchel zeichneten sich weiß ab, so fest packte sie das Geländer.

„Hier“, flüsterte sie. „Hier auf der Treppe. Er konnte Rosen riechen, schöpfte Hoffnung, und dann … Er wollte doch nur nach Hause.“ Sie schüttelte den Kopf, ging eine Stufe hinunter. „Ich könnte jetzt das Bier gebrauchen.“

„Ja.“ Rafe stieß den angehaltenen Atem aus. „Ich auch.“

„Sagen Sie … passiert Ihnen das öfter?“ fragte Rafe, während er in der Küche zwei Flaschen Bier öffnete.

„Nein“, antwortete Savannah mit Nachdruck. „Aber es gibt in dieser Gegend Orte … dieses Haus, die Wälder dort draußen …“ Sie verstummte und schaute aus dem Fenster. „Mein Garten, dort, wo ich Akelei gepflanzt habe, und Stellen auf dem Schlachtfeld, die einem fast das Herz brechen …“ Nur mit Mühe schüttelte sie die Trauer ab und nahm das Bier, das Rafe ihr reichte. „Alte Gefühle. Die stärksten davon können Jahrhunderte überdauern.“

„Ich hatte einen Traum“, begann Rafe. Bisher hatte er nur Regan davon erzählt. „Ich renne durch die Wälder. Meine graue Uniform ist blutverschmiert. Ich will nur nach Hause. Ich schäme mich dafür, aber ich habe eine Todesangst. Und dann sehe ich ihn, den anderen Soldaten, den Feind. Ein Dutzend Herzschläge lang starren wir einander an, bevor wir angreifen. Der Kampf ist grauenhaft. Brutal und sinnlos. Danach schleppe ich mich hierher. Ich bilde mir ein, dass ich zu Hause bin. Als ich sie sehe, als sie zu mir spricht und mir sagt, dass alles gut werden wird, glaube ich ihr. Sie geht neben mir her, während jemand mich nach oben trägt. Dann schreit sie auf, sieht jemanden, der hinter uns die Treppe heraufkommt. Ich hebe den Kopf, sehe erst ihn, dann die Waffe in seiner Hand. Und dann ist der Traum vorbei.“ Rafe nahm einen kräftigen Schluck Bier. „Was mir am längsten in Erinnerung blieb, noch lange nach dem Traum, war der Wunsch, nach Hause zurückzukehren. Aber seit einigen Monaten habe ich es nicht mehr geträumt.“

„Vielleicht deshalb, weil Sie jetzt zu Hause sind.“

„Sieht so aus.“ Plötzlich lächelte er und stieß mit seiner Flasche gegen ihre. „Eine seltsame Art, sich kennen zu lernen, was? Möchten Sie sich das Haus ansehen?“

„Sehr gern. Sie haben ja einiges an Arbeit hineingesteckt.“

„Ja.“ Die Küche ist lange nicht fertig, dachte Rafe, aber die Schränke standen schon da, und im warmen Blau der Arbeitsplatte spiegelten sich die nagelneuen Armaturen und die Türen aus gelber Pinie. „Regan bestand darauf, dass wir hier anfangen“, erklärte er. „Sie meinte, eine halbwegs eingerichtete Küche und ein benutzbares Bad müssten sein, wenn sie schon für eine Weile auf einer Baustelle leben müsse.“

„Sie scheint eine praktisch denkende Frau zu sein.“

„Das ist sie. Kommen Sie, wir machen eine Besichtigungstour.“ Er ging ihr voran in die Eingangshalle zurück.

„Ich würde gern oben anfangen“, sagte Savannah

nun, bevor er die Tür auf der rechten Seite öffnen konnte.

„Sicher." Die meisten Leute begannen lieber mit dem Wohnzimmer oder der Bibliothek, aber ihm war es egal. Auf der Treppe spürte er, wie sie zögerte und nur widerwillig weiterging. Auch das Beben, das sie durchlief, entging ihm nicht. „Wir fühlen es nicht mehr", erklärte er leise. „Schon seit Wochen nicht mehr."

„Da haben Sie Glück", sagte Savannah und war froh, als sie oben ankamen. Hinter den Planen, Eimern und Werkzeugen sah sie Mauern, die jeden Bewohner des Hauses überdauerten.

„Wir sind …" Er verstummte, als Savannah sich abrupt von der Tür abwandte, die in sein und Regans Schlafzimmer führte. Es hatte einst der Hausherrin gehört, und die beiden hatten es liebevoll renoviert und eingerichtet. Aber er sagte nichts, sondern folgte ihr in den anderen Flügel.

Die Tür zum Zimmer an diesem Ende war entfernt worden. Hohe Fenster blickten auf die Stadt hinunter. Die Wände waren grün, die aufwändige Stuckverzierung grauweiß, passend zum Marmor des Kamins.

Die Böden waren erst kürzlich abgeschliffen worden. Sie konnte das frische Holz noch riechen. Der kleine Raum dahinter war in ein Badezimmer verwandelt worden. Ob darin früher ein Diener geschlafen hatte?

„Das Arbeitszimmer des Hausherrn“, flüsterte Savannah.

„Ja, das haben wir auch vermutet.“ Fasziniert beobachtete Rafe, wie Savannah ans Fenster ging und dann vom Fenster zum Kamin.

O ja, das hier war Mr. Barlows Zimmer gewesen, da war sie ganz sicher. Von hier aus hatte er auf die Stadt hinabgeschaut und sich seine Gedanken gemacht. Hier hatte er eine der jungen Zofen in sein Bett geholt, ob sie nun wollte oder nicht, und war anschließend in den traumlosen Schlaf der Gewissenlosen gefallen.

„Er war ein grausamer Mensch“, sagte Savannah. „Nun ja, er hat nicht viel hinterlassen.“ Lächelnd drehte sie sich zu Rafe um. „Sie leisten hier aber wirklich Großartiges.“

Rafe rieb sich das Kinn. „Danke. Sie sind eine unheimliche Frau, Savannah.“

„Gelegentlich. Ich habe mal auf einem Jahrmarkt als Handleserin gearbeitet. Es war ziemlich langweilig. Das hier ist wesentlich interessanter.“ Sie ging an ihm vorbei auf den Korridor zurück und öffnete die Tür zum Zimmer der Hausherrin. „Es ist wunderschön“, flüsterte sie.

„Ja, wir sind auch begeistert.“ Rafe blieb in der Tür stehen. Er nahm den Duft von Rosen wahr. Und Regans Duft. „Wir wollen es als Hochzeitssuite vermieten.“

„Es ist traumhaft.“

Savannah meinte es ernst. Auf all ihren Reisen hatte sie noch kein so schönes Zimmer gesehen. Rosenblüten zierten die mit rötlichen Holzleisten abgesetzten Tapeten. Spitze umrahmte die bogenförmigen Fenster, durch die der Sonnenschein strömte und Muster auf das glänzende Parkett zauberte.

Ein großes Himmelbett beherrschte den Raum. Auf dem Kaminsims standen in Leuchtern aus funkelndem Kristall elfenbein- und rostfarbene Kerzen. Eine alte Lampe mit wunderschönem Glasschirm beschien einen eleganten Damensekretär. Die zierlichen Stühle hatten bestickte Bezüge, die Tische geschwungene Kanten. In einer pinkfarbenen Vase drängten sich leuchtend gelbe Narzissen.

Nein, noch nie hatte sie etwas so Hübsches gesehen. Wie denn auch, fragte sie sich. In ihrem Leben hatte es nichts als klapprige Wohnwagen, schäbige Zimmer und heruntergekommene Motels gegeben. Sie wehrte sich gegen den Neid, der in ihr aufstieg.

„Jared hat mir erzählt, dass Ihre Frau hier alles eingerichtet hat.“

„Den überwiegenden Teil.“

Wie mag es sein, wenn man einen so exquisiten Geschmack besitzt, dachte Savannah. Genau zu wissen, was wohin gehört? „Es ist wunderschön“, sagte sie noch einmal. „Wenn Sie erst eröffnet haben, werden Sie sich vor Gästen nicht mehr retten können."

„Wir hoffen, dass wir bis zum September so weit sind. Es ist etwas optimistisch, aber vielleicht schaffen wir es ja." Er sah sich um, als unten im Haus eine Tür geöffnet wurde. „Das ist Regan."

So sieht ein MacKade also aus, wenn er verliebt ist, dachte Savannah beim Blick auf Rafe mit einem neuerlichen Anflug von Neid.

„Hier oben, Liebling", rief Rafe. „Ich bin mit einer tollen Frau im Schlafzimmer."

„Glaubst du, das überrascht mich?" Regan schlenderte herein. „Hallo, Savannah." Mehr brachte sie nicht heraus, bevor Rafe sie an sich zog und zur Begrüßung zärtlich küsste. „Hallo, Rafe."

„Hi."

Perfekt. Ein besseres Wort fiel Savannah absolut nicht ein. Regan MacKade, mit ihrem glänzend braunen Haar, dem feinen Gesicht mit dem bezaubernden winzigen Muttermal neben dem Mund und den strahlend blauen Augen, legte mit anmutiger Bewegung den Arm um ihren Ehemann.

Die tadellos sitzende Kleidung unterstrich ihre reizvolle Figur. Der khakifarbene Blazer, die darauf abgestimmte Hose, die weiße Bluse mit der Kupferbrosche am Kragen. Ihr Duft war auf dezente Weise erotisch, nicht zurückhaltend, nicht aufdringlich, einfach perfekt.

Savannah kam sich plötzlich vor wie Aschenputtel.

„Ich habe Savannah das Haus gezeigt", erklärte Rafe.

„Das freut mich." Regan strich sich das Haar aus dem Gesicht, und an ihren Fingern funkelten Ringe. „Wie finden Sie es?"

„Es ist wunderschön." Savannah fiel das Bier in ihrer Hand ein, und sie hob die Flasche an den Mund.

„Kommen Sie, ich zeige Ihnen den Rest." Mit einem einladenden Lächeln wandte Regan sich zur Tür. „Jared rief heute Vormittag im Geschäft an. Er will seine Kanzlei neu einrichten."

„Das wurde auch Zeit", knurrte Rafe. „Der Laden ist ein Mausoleum. Weiß und grau. Ich friere, wenn ich ihn betrete."

„Das werden wir ändern", versprach Regan. Voller Stolz und Begeisterung führte sie Savannah durch das faszinierende Haus.

Jedes Zimmer, ob es nun fertig gestellt, in Arbeit oder leer und voller Staub war, kratzte an Savannahs Selbstbewusstsein. Sie hatte keine Ahnung von Antiquitäten, edlen Teppichen oder Dekostoffen. Aber eigentlich wollte sie davon auch gar keine Ahnung haben.

„Jared ist von Ihrer künstlerischen Arbeit sehr beeindruckt", sagte Regan, als sie wieder nach unten gingen. „Offenbar haben Sie ihn dazu angeregt, sein Büro endlich einmal umzugestalten. Ich würde mir sehr gern einige Ihrer Arbeiten ansehen."

„Erwarten Sie nicht zu viel. Ich habe keine künstlerische Ausbildung."

Savannah ließ den Blick durch das große Wohnzimmer mit den eleganten Möbeln schweifen und steckte die Hände in die Taschen. Der Marmorkamin glänzte wie Glas. Das auf Hochglanz polierte Kaminbesteck spiegelte sich darin. Alles hier, bis hin zum letzten Kerzenleuchter, war perfekt.

„Von meinen Arbeiten würde nichts hierher passen, das steht fest. Und in die Kanzlei eines Rechtsanwalts auch nicht. Danke für die Besichtigung. Und das Bier", fügte sie hinzu, während sie Rafe die leere Flasche gab. „Ich muss meinen Sohn abholen."

„Oh." Erstaunt über den abrupten Abbruch folgte Regan ihr zur Haustür. „Falls Sie am Wochenende Zeit haben, könnten wir uns zusammensetzen und uns ein paar Gedanken über Jareds Büro machen."

„Ich bin sehr beschäftigt." Savannah öffnete die Tür. Sie wollte weg von hier. „Ich glaube, Sie machen das lieber allein. Bis dann."

„Na gut, aber ..." Regan verstummte, als die Tür sich vor ihr schloss. Sie hatte gerade eine eindeutige und alles andere als höfliche Abfuhr erhalten. „Was um alles in der Welt war das denn?“ fragte sie ihren Mann.

„Frag mich nicht.“ Nachdenklich strich Rafe ihr über das glänzende Haar. „Sie ist eine ungewöhnliche Lady, Liebling. Setzen wir uns, ich erzähle dir alles.“

6. *KAPITEL*

Als Jared vor dem Blockhaus hielt, war er verwirrt, ein wenig verärgert und ziemlich erstaunt. Die Kunde von Savannahs Auftritt hatte ihn schnell erreicht. Er verstand noch immer nicht, warum sie das Haus seines Bruders im Eiltempo besichtigt und Regans Angebot, zusammen die Kanzlei umzugestalten, abgelehnt hatte. Sie würde es ihm erklären müssen.

Er sah Bryan und Connor im Garten spielen und winkte ihnen zu. Die beiden riefen einen Gruß und wandten sich wieder ihrem Baseball zu.

Sein Klopfen blieb unbeantwortet, also trat er einfach ein. Savannah hatte ihn vermutlich nicht gehört. Dazu war die Rockmusik, die durchs Haus dröhnte, viel zu laut. Er folgte einem ohrenbetäubenden Gitarrensolo in die Küche und das benachbarte Zimmer.

Sie beugte sich gerade über einen Arbeitstisch. Das viel zu große weiße T-Shirt, das sie trug, war voller Farbe. Das Haar war zu einem Zopf geflochten, die Jeans voller Löcher, sie selbst barfuß.

Ihr Anblick erregte ihn.

„Hallo."

Sie sah nicht auf. Ihr Gesicht verriet absolute Konzentration, während sie den feinen, in leuchtend rote Farbe getauchten Pinsel führte.

Jared blickte sich um. Der Raum war spartanisch eingerichtet. Eine Tür führte nach draußen. Offenbar war es Savannah gleichgültig, in welcher Umgebung sie arbeitete. Durch die nackten Fenster schien die Sonne ungehindert, so dass jede Staubflocke zu sehen war. Auf dem Boden lag ein uralter Linoleumbelag mit unzähligen Farbspritzern. Ungerahmte Leinwände lehnten an der nicht verkleideten Wand, und auf Metallregalen standen unzählige Flaschen, Gläser, Tuben und Dosen. Es roch nach Terpentin.

Und dann entdeckte er zu seiner Erleichterung den tragbaren Radiorecorder, der ihn die Trommelfelle zu kosten drohte. Er ging hinüber und schaltete ihn ohne Ankündigung aus.

„Lass meine Musik an", fauchte Savannah.

„Offenbar hast du mich deshalb nicht hereinkommen gehört."

„Ich arbeite." Sie warf den Pinsel in ein Glas und nahm einen anderen. „Stör mich nicht."

Seine Augen blitzten, aber seine Stimme blieb ruhig. „Ja, ich hätte sehr gern ein Bier, vielen Dank. Soll ich dir eins mitbringen?"

„Ich arbeite", wiederholte sie.

„Das sehe ich." Er ignorierte das Schimpfwort, das

sie ihm an den Kopf warf, und beugte sich über den Arbeitstisch.

Die böse Königin war fast fertig, und ihr Gesicht war schön, aber grausam. Ihr Körper war schlank und anmutig, in Purpur und Hermelin gehüllt. Die goldene Krone hatte messerscharfe Kanten und war mit spitzen Juwelen besetzt. In der schmalen Hand hielt sie einen leuchtend roten Apfel.

„Großartig", murmelte Jared. „Böse bis auf die Knochen. Ist es aus Schneewittchen?"

„Du stehst mir im Licht."

„Entschuldigung." Er ging ein wenig zur Seite, obwohl er ganz genau wusste, dass es nicht weit genug weg war.

„Ich kann nicht arbeiten, wenn mir jemand zusieht", sagte sie.

„Ich dachte, du warst mal Straßenmalerin."

„Das hier ist etwas anderes."

„Savannah." Er rieb ihr einen roten Farbfleck von der Wange. „Haben Rafe oder Regan etwas gesagt, das dich gekränkt hat?"

„Warum sollten sie das?"

„Genau das möchte ich von dir erfahren."

„Sie waren sehr höflich." Als er eine Augenbraue hochzog, seufzte sie ungeduldig. „Ich mag deinen Bruder, und das Haus ist sehr schön. Geradezu faszinierend. Und deine Schwägerin ist wirklich eine bezaubernde Frau."

Aha, dachte er, das ist es also. Vorsichtshalber wich er einen Schritt zurück. „Du hast ein Problem mit Regan?"

„Wer könnte ein Problem mit Regan haben? Wir würden einfach nicht gut zusammenarbeiten, das ist alles. Außerdem möchte ich nicht, dass meine Bilder in deinem Büro hängen."

„So? Warum nicht?"

„Ich möchte es einfach nicht. Ich habe darüber nachgedacht und bin zu dem Ergebnis gekommen, dass ich nicht interessiert bin." Sie warf ihm einen kühlen Blick zu. „Ganz und gar nicht interessiert, Jared. Also lass mich in Ruhe."

Er reagierte blitzschnell. Trotz des eleganten Anwaltsanzugs hätte sie damit rechnen müssen. Er zog sie vom Hocker, die Hand fest um ihren Arm, bevor sie ihm ausweichen konnte.

Aber das hieß nicht, dass Savannah sprachlos war. „Ich habe dir schon einmal gesagt, fass mich nicht an, bevor ich es dir erlaube."

„Ja, das hast du mir gesagt. Du hast mir viele Dinge gesagt." Er packte ihren anderen Arm und sah, wie ihre Augen aufblitzten. „Warum sagst du mir nicht, was eigentlich los ist?"

„Ich bin dir keine Rechenschaft schuldig. Du denkst, weil du mich ein paar Mal küssen durftest, gehöre ich dir, was? Ich lasse mich von vielen Männern küssen, Anwalt. Und ich gehöre keinem davon."

Sie hatte hervorragend gezielt. Er fühlte, wie die Spitze ihn traf, genau in einen wunden Punkt. „Du solltest wenigstens so anständig sein, es mir zu erklären."

„Anstand interessiert mich nicht."

„Schön." Wenn sie es so wollte. Er zog sie an sich und küsste sie, wütend, verzweifelt.

Sie wehrte sich nicht. Der Instinkt sagte ihr, dass sie es nur noch schlimmer machen würde, wenn sie sich wehrte. Stattdessen stand sie steif da. Kalte Abweisung war manchmal wirksamer als hitziger Protest, das wusste sie. Aber ihr Körper verriet sie. Sie erbebte.

Es erregte ihn zutiefst – das kurze, unwillkürliche Zittern, das leise, hilflose Aufstöhnen. Doch das milderte seinen Zorn nicht. Abrupt ließ er sie los.

Ihr Gesicht war gerötet, sie atmete heftig. An ihren Augen erkannte er, dass sie ihn ebenso sehr begehrte wie er sie. Und es machte ihn nur noch wütender.

„Das war ich dir schuldig", stieß Jared hervor. „Jetzt kannst du mir noch einmal sagen, wie wenig du interessiert bist."

Savannah war interessiert. Daran, dass ein Mann sie nur ein einziges Mal so ansah, wie Rafe seine Frau

Regan angesehen hatte. Und dieses Bedürfnis machte sie so verletzlich.

„An einem kurzen Abenteuer, Jared?“ Sie streichelte ihm die Wange, so flüchtig, so beiläufig, dass es beleidigend war. „Gern, Baby, wann immer du Zeit hast.“

„Verdammt, Savannah, was soll das?“

„Siehst du.“ Seufzend schüttelte sie den Kopf. „Ich wusste, dass du es persönlich nehmen würdest. Du bist der Typ dafür. Und, wie gesagt, das ist nicht mein Typ. Du siehst toll aus und hast eine Menge Feuer. Aber …“ Sie zupfte an seiner Krawatte. „Du bist zu altmodisch, zu korrekt. So, Rechtsanwalt MacKade, Sie kennen sich doch aus mit Hausfriedensbruch und solchen Dingen, oder? Da Sie so großen Wert auf Höflichkeit legen, bitte ich Sie jetzt in aller Form, mein Haus zu verlassen. Sie möchten doch nicht, dass ich Ihren Bruder, den großen bösen Sheriff, rufe, nicht wahr?“

„Was zum Teufel ist in dich gefahren?“

„Der Sinn für Realität. Jetzt verschwinde, Jared, bevor ich unsanft werde.“

Er würde nicht betteln. Er würde sie nicht merken lassen, dass sie ihn genau dort verletzt hatte, wo er es nicht erwartet hatte. Der Stolz ließ seinen Blick eisig werden. Wortlos drehte er sich um und ging.

Als sie seinen Wagen anspringen und den Weg entlangfahren hörte, sank sie auf den Hocker und schloss die Augen. Hatte sie das gewollt? Oder hatte ihr die Vergangenheit einen bösen Streich gespielt.

Savannah erlaubte ihrem Sohn, Connor bei sich übernachten zu lassen, und freute sich über den Lärm, der aus seinem Zimmer kam und bis in den späten Abend hinein anhielt. Am Samstag saß sie auf der Tribüne und feuerte Bryan und seine Baseball-Mannschaft an. Und niemand merkte, dass sie sich hin und wieder umsah und unauffällig nach einem Mann mit dunklem Haar und grünen Augen Ausschau hielt.

Am späten Nachmittag setzte sie die beiden Jungs bei Cassie ab. Allein im Blockhaus, ging sie rastlos hin und her und setzte sich schließlich wieder an die Arbeit am Zeichentisch.

Die Königin war fertig, jetzt musste sie noch den Prinzen zeichnen. Keinen zarten, sanftäugigen Träumer für mein Schneewittchen, dachte Savannah, während sie den Zeichenstift über das weiße Papier huschen ließ. Ihr Schneewittchen verdiente Feuer, Leidenschaft, die Hoffnung auf ein Happy End.

Dass der erste Entwurf einem MacKade ähnelte, erstaunte sie nicht. Drachentöter, dachte sie mit grimmigem Lächeln, Störenfriede. Wer sagte, dass ein Prinz höflich sein musste? Hatten die meisten davon ihren Thron nicht im Kampf erobert?

Ja, sie konnte sich Jared gut als Märchenprinz vorstellen. In ihrer Art von Märchen. In einer dramatischen Geschichte, die zur Legende geworden und über die Jahrhunderte weitererzählt worden war, bis irgendjemand sie zensiert und entschärft hatte, um sie den Kindern vor dem Einschlafen vorlesen zu können.

Krieger, Rächer, Abenteurer. Ja, das war der Prinz, den sie erschaffen wollte.

Die Arbeit begann ihr Spaß zu machen. Dass sie mit dem Herzen, dem Kopf und den Händen etwas zum Leben erwecken konnte, faszinierte sie immer wieder. Aber es tröstete sie nicht immer. Denn wären die Umstände anders, hätte sie ihren Lebensunterhalt nicht mit Aufträgen verdient, sondern allein mit dem, wozu Herz und Kopf sie inspirierten. Sie hätte gemalt, was sie sah, was sie fühlte, was sie wollte – einfach nur aus Freude am Malen.

Aber sie hatte Glück, es überhaupt so weit gebracht zu haben, das hielt sie sich oft vor Augen. Für sie hatte es keine Kunstakademie gegeben, nicht einmal Abendkurse, sondern nur kurze Momente mit Zeichenblock und Buntstiften in der Mittagspause oder frühmorgens vor der Arbeit. Träume, die niemand verstanden hatte.

Ja, sie hatte Glück, denn das Geld, das sie verdiente, erlaubte es ihr, eigene Bilder zu malen und es als harmloses, nicht sehr teures Hobby auszugeben.

Rasch, ganz spontan schmückte sie den Entwurf aus. Das Grübchen neben dem sinnlichen Mund, der arrogante Schwung der Braue, die Andeutung eines muskulösen Körpers unter dem Umhang, das gefährliche Glitzern in den Augen, die sie später bestimmt grasgrün ausfüllen würde.

Die Begegnung mit Jared MacKade war anders verlaufen, als sie es sich gewünscht hatte, aber wenigstens war er das ideale Modell für diesen Auftrag. Es würde eine gelungene Illustration werden. Mehr konnte sie nicht verlangen.

Niemals hätte sie mit dem Gedanken spielen dürfen, für Jared zu malen oder Bilder zu verkaufen, die sie nur für sich selbst gemacht hatte.

Als sie einen Wagen hörte, erstarrte sie und kämpfte gegen die Hoffnung, die gegen ihren Willen in ihr aufkeimte.

Doch als sie die Tür öffnete, stand nicht Jared, sondern Regan MacKade vor ihr. Die beiden Frauen musterten einander kühl. Savannah zögerte, bevor sie die Besucherin doch noch mit einer knappen Handbewegung hereinbat.

„Ich weiß nicht, was zwischen Ihnen und Jared los war“, begann Regan ohne Umschweife. „Und falls Sie glauben, das gehe mich nichts an, irren Sie sich. Er ist der Bruder meines Mannes. Aber ich möchte wissen, warum Sie mich nicht ausstehen können. Offenbar so wenig, dass Sie lieber auf einen lohnenden Auftrag verzichten, anstatt gelegentlich mit mir zusammenzuarbeiten."

„Ich lege keinen Wert auf den Auftrag."

„Das ist eine Lüge."

Savannahs Gesicht verfinsterte sich. „Jetzt hören Sie mir einmal zu …"

„Nein, Sie hören mir zu." Regan stach mit dem Finger in die Luft. „Wir müssen nicht befreundet sein. Ich habe genug Freunde. Mich wundert allerdings, wie wir beide gleichzeitig mit einem so großartigen Menschen wie Cassie Dolin befreundet sein können. Cassie bewundert Sie, und es steht mir nicht zu, ihr zu sagen, wie unhöflich Sie sind. Als Jared mit Ihnen über den Auftrag sprach, waren Sie durchaus daran interessiert. Jedenfalls genug, um sich unser Haus anzusehen. Rafe hat mir erzählt, dass alles in Ordnung war, bis ich hereinkam. Was ist Ihr Problem?"

Savannah wusste nicht, ob sie wütend sein oder sich amüsieren sollte. Die Frau imponierte ihr. Sie wollte sie nicht anlügen. „Mir gefällt Ihr Aussehen nicht."

„Ihnen gefällt … Wie bitte?" fragte Regan verblüfft.

„Und die Art, wie Sie reden, auch nicht." Savannah lächelte zufrieden. „Lassen Sie mich raten – teures Internat, Tanz im Country Club, Debütantin auf dem feinsten Ball der Saison."

„Ich war nie Debütantin." Wäre Regan nicht so verdutzt gewesen, hätte sie sich gekränkt gefühlt. „Und selbst wenn, was hätte das mit uns zu tun?"

„Sie sehen aus, als stammten Sie direkt aus einem dieser Hochglanzmagazine für verwöhnte Frauen."

Regan hob die Hände. „Das ist alles?"

„Ja, das ist alles."

„Nun, Sie sehen aus wie eine dieser Statuen, denen die Männer früher Jungfrauen geopfert haben. Werfe ich Ihnen das etwa vor?"

Sie sahen einander fast eine Minute lang in die Augen. Dann zuckte Savannah seufzend mit den Schultern. „Ich habe Eistee gemacht."

„Ich würde sehr gern ein Glas trinken."

Als Regan wenig später an ihrem zweiten Glas Eistee nippte, ging sie bereits durchs Wohnzimmer und blieb dort vor einem von Savannahs Bildern stehen. Es zeigte eine dramatische Landschaft, zerklüftete Felsen und farbenprächtiges Herbstlaub.

„Das hier", entschied Regan. „Das muss dorthin, wo jetzt dieses grässliche Stillleben mit den weißen Orchideen hängt."

„Und ich dachte, gerade das gefällt Ihnen." Als Regan sich mit empörtem Blick umdrehte, lächelte Savannah. „Okay, ich habe mich in Ihnen getäuscht, ich gebe es zu."

„Grün und Malventöne", verkündete Regan. „Ein sattes Grün. Und die Stühle in der Besucherecke im Sekretariat müssen weg. Mir schweben da zwei schwere Sessel vor, bequem, mit hohen Lehnen, aus Leder. Und statt des grauen Teppichbodens Parkett mit rustikalen Läufern."

Natürlich. Savannah sah die neue Einrichtung schon vor sich. Regan MacKade war offenbar eine Frau, die wusste, was sie wollte. „Hören Sie, Regan, mir gefallen meine Bilder, aber glauben Sie, dass sie Ihrem Geschmack entsprechen? Oder Jareds?"

„Ja, das glaube ich. Und ich bin sogar überzeugt, dass wir beide ausgezeichnet zusammenarbeiten werden." Regan streckte die Hand aus. „Also, wollen wir Jared aus seinem Mausoleum erlösen?"

„Ja." Savannah ergriff die zarte Hand, an der mehrere Ringe funkelten. „Warum zum Teufel nicht?"

Später, auf dem Weg in den Wald, dachte Savannah über ihr Verhalten nach. Sie hatte etwas getan, das sie anderen stets vorgeworfen hatte. Sie hatte einen Menschen nach Äußerlichkeiten beurteilt. Alles, was sie an Regan MacKade gesehen hatte, was sie vielleicht hatte sehen wollen, war Eleganz, Privilegien und Klasse gewesen. Aber wie hatte sie ahnen können, was für eine tapfere Frau sich hinter der luxuriösen Fassade verbarg?

Sie hätte es ahnen müssen.

Und dann sah sie Jared auf einem Felsbrocken sitzen und gelassen ein Zigarillo rauchen. Eigentlich hätte es sie nicht überraschen dürfen.

Er sagte nichts, als sie sich zu ihm setzte und ihm das Zigarillo aus der Hand nahm. Die Stille war herrlich. Zu hören waren nur die Vögel und der sanfte Wind in den Baumkronen.

„Ich muss mich bei dir entschuldigen." Sie gab ihm das Zigarillo zurück. „Ich war ... Du hast einen schlechten Zeitpunkt erwischt."

„Habe ich das?"

„Mach es mir nur nicht leicht, MacKade."

„Keine Sorge."

„Ich war dir gegenüber nicht ganz ehrlich. Es gibt vieles, wovor ich nicht zurückschrecke, aber Lügen liegt mir nicht. Ich wollte den Auftrag. Ich kann ihn gut gebrauchen. Aber ich war ... eingeschüchtert."

„Eingeschüchtert?" Das war das Letzte, womit er gerechnet hätte. „Wovon?"

„Von deiner Schwägerin, zum Beispiel."

„Von Regan?" fragte er ungläubig. „Das ist nicht dein Ernst."

Sein verblüfftes Lachen reizte Savannah zur Weißglut. Sie sprang vom Felsbrocken und baute sich vor Jared auf. „Ich kann mich einschüchtern lassen, von wem oder was ich will. Ich habe ein Recht, mich so zu fühlen, wie ich mich fühle. Hör auf, mich auszulachen."

„Entschuldigung." Jared räusperte sich, bevor er sie ansah. „Warum sollte Regan dich einschüchtern?"

„Weil sie ... so elegant und hübsch und klug und erfolgreich ist. Sie ist alles, was ich nicht bin. Ich bin durchaus mit dem zufrieden, wer ich bin und was ich bin, aber wenn ich Regan sehe, erinnert es mich an all das, was ich nie sein und nie haben werde. Ich fühle mich ungern ungebildet oder unterlegen." Savannah steckte die Hände in die Taschen. „Außerdem habe ich nicht erwartet, dass ich sie mögen würde. Sie kam vorhin bei mir vorbei."

„Das dachte ich mir. Regan ist noch keinem Problem ausgewichen." Nachdenklich betrachtete er die Zigarillospitze. „Frag sie einmal nach dem Abend, an dem sie in einem hautengen, roten Minirock in Duff's Tavern auftauchte und Rafe sein Billardqueue zu Zahnstochern zerbrach."

Savannah unterdrückte ein Lächeln. „Jared, ich würde sehr gern die künstlerische Gestaltung deiner Kanzlei übernehmen, falls du noch interessiert bist."

„Ich bin interessiert." Er bot ihr das Zigarillo an. Als sie den Kopf schüttelte, nahm er noch einen Zug und drückte es sorgfältig aus.

„Ich war auch in anderer Hinsicht nicht ganz ehrlich." Die Situation war neu für Savannah, und sie wusste nicht genau, wie sie es ausdrücken sollte, also wählte sie einfache Worte. „Ich empfinde etwas für dich, Jared. Und das macht mir Angst."

Er sah sie an, und sein Blick war kühl und konzentriert. Sie fragte sich, wie viele Zeugen diesem Blick standgehalten hatten.

„Ich komme mit Männern besser zurecht, wenn keine Gefühle im Spiel sind", fuhr sie fort. „Vielleicht irre ich mich, aber ich hatte das Gefühl, dass du eine … richtige Beziehung wolltest. Und mit Beziehungen hatte ich bisher viel Pech. Daran musste ich plötzlich denken, und deshalb hielt ich es für besser, die Sache … im Keim zu ersticken."

Als er weiter schwieg, stieß sie die Fußspitze in den Sand. „Willst du einfach nur still dasitzen und nichts sagen?"

„Ich höre dir zu", antwortete er sanft.

„Okay. Ich muss mich um ein Kind kümmern. Ich kann es mir nicht erlauben, mich mit jemandem einzulassen, der in meinem Sohn falsche Hoffnungen weckt. Ich weiß, wie ich ihn davor schützen kann."

Jared stand auf, ohne sie aus den Augen zu lassen. „Vor mir, Savannah?"

Wenn er sie jetzt berührte, würde sie ihm nicht widerstehen können. „Nein. Das ist ja das Problem. Ich empfinde etwas für dich."

„Das ist interessant.“ Er hatte nicht gewusst, dass sie so verletzlich aussehen konnte. „Weil ich nämlich auch etwas für dich empfinde.“

„Wirklich?“ Sie ließ die Hände in den Taschen. „Nun ja.“

„Nun ja“, wiederholte er und trat vor. Er nahm ihr Gesicht zwischen die Hände und küsste sie.

Savannah war es nicht gewöhnt, so zärtlich und leidenschaftlich zugleich geküsst zu werden. Es machte sie schwach, fast benommen. Ihre verkrampften Finger entspannten sich, ihr Herz öffnete sich Jared.

„Sind wir jetzt quitt?“ fragte er leise.

Sie nickte und stellte überrascht fest, wie herrlich es sein konnte, den Kopf an die Schulter eines Mannes legen zu können. „Ich möchte mich nicht lächerlich machen.“

Lächelnd küsste er ihr Haar. „Ich auch nicht.“

„Dann lass uns ein Abkommen treffen. Was immer geschieht, keiner von uns wird den anderen jemals lächerlich machen.“

„Einverstanden.“ Er hob ihr Kinn und küsste sie. „Darf ich dich nach Hause bringen?“

„Natürlich.“

Savannah kam sich kindisch vor, genoss es aber trotzdem, Hand in Hand mit Jared durch den Wald zu spazieren und jeden Sonnenstrahl, jeden Geruch, jedes

Geräusch wahrzunehmen. Die Liebe schärft die Sinne, dachte sie.

„Ich muss Bryan bald abholen." Sie warf Jared einen verlegenen Blick zu. „Ich könnte Cassie anrufen und es verschieben."

Er wusste, was ihr Angebot bedeutete, und spürte die Erregung in sich. Als er ihre Hand an die Lippen hob und küsste, sah er die Freude in ihren Augen. Noch nicht, sagte er sich. Noch nicht, aber bald. „Wir holen ihn zusammen ab. Was hältst du von der Frühvorstellung im Kino und danach Pizza?"

Sie brachte es nicht fertig, ihn anzusehen. Die Rührung schnürte ihr den Hals zu, denn sie wusste, was sein Angebot bedeutete. „Eine großartige Idee", antwortete sie leise. „Danke."

„Jared ist cool." Bryan ließ sich aufs Bett fallen, den Kopf noch voller Actionszenen aus dem spannenden Film, den sie zusammen gesehen hatten, den Bauch voller Pepperoni-Pizza. „Ich meine, er weiß alles über Baseball und die Farm und das Schlachtfeld. Er weiß noch mehr als Connor."

„Du weißt auch eine ganze Menge." Savannah strich ihrem Sohn übers Haar.

„Jared hat gesagt, jeder hat eine ganz besondere Begabung", berichtete Bryan weiter.

Neugierig beugte sie sich vor. „Das hat er gesagt?"

„Ja, als wir das Popcorn geholt haben. Er meinte, dass jeder etwas in sich hat, das ihn besonders macht. Das weiß er, weil er drei Brüder hat und sie sich alle ähnlich, aber auch verschieden sind. Er hat gesagt, dass ich ein Naturtalent bin."

Sie lächelte. „Ein Naturtalent worin?"

„Mom." Bryan verdrehte die Augen und setzte sich im Bett auf. „Beim Baseball natürlich. Und weißt du, was er noch gesagt hat?"

„Nein. Was hat er noch gesagt?"

„Er meinte, selbst wenn ich irgendwann doch nicht mehr Profi werden will, kann ich das, was ich über Baseball weiß, auch anderswo gebrauchen. Natürlich werde ich Baseball-Profi, aber vielleicht werde ich später auch Anwalt."

„Anwalt?" fragte sie entsetzt. Jared zog ihren Sohn ebenso schnell in seinen Bann wie sie.

„Ja, weil man dann vor Gericht kommt, mit den Leuten diskutiert und Verbrecher ins Gefängnis steckt. Aber man muss ewig zur Schule gehen. So lange, bis man alt ist. Jared ist erst aufs College und dann zur Universität und so gegangen."

„Das kannst du auch, wenn du möchtest."

„Na ja, ich überlege es mir noch." Er ließ sich wieder zurückfallen und kuschelte sich unter der Decke zusammen wie ein Kind. Er war noch immer ihr kleiner Junge. „Nacht."

„Gute Nacht, Bry." Sie gab ihm einen Kuss auf die Schläfe und ließ sich dabei ein wenig mehr Zeit als sonst. Die Augen fielen ihm zu, er machte es sich bequem und schlief fast sofort ein.

Mein Sohn, der Rechtsanwalt, dachte sie und streichelte sein Gesicht. Mit einer Mutter, die die Highschool nicht beendet hat. Doch dann, als die Panik dem Stolz auf das, was ihr Sohn eines Tages erreichen würde, wich, lächelte sie zufrieden.

Leise ging sie in ihr Zimmer und stellte sich ans Fenster, um auf den Wald hinauszuschauen. Zwischen den Bäumen sah sie die Lichter der MacKade-Farm. Und dort, dachte sie, ist gerade der Mann, in den ich mich verliebt habe.

Sie lächelte noch einmal und legte die Hand an die kalte Fensterscheibe. Alles in allem, entschied sie, war es ganz schön klug gewesen, mit dem Verlieben zu warten, bis sie Jared MacKade gefunden hatte.

7. KAPITEL

Jared schickte Savannah gelbe Tulpen. Sie stellte sie in eine hohe Vase, und noch eine ganze Stunde danach betrachtete sie die Blumenpracht mit verträumten Augen. Jared ging mit ihr und Bryan zu einem Baseball-Match im benachbarten County, wo die Tribüne aus Metall und die Zuschauer laut waren, und eroberte das Herz ihres Sohnes endgültig, als er die Schiedsrichter mit einem lauten, entschiedenen Zuruf auf ein Foul aufmerksam machte.

Sie aßen Pizza in einem Lokal mit alten Holzbänken, einer scheppernden Jukebox und einem Flipperautomaten. Zu dritt mampften sie die Familienpizza, übertönten die Musik und kämpften verbissen mit der schnellen Silberkugel.

Er führte Savannah zum Abendessen aus. In ein Restaurant mit Kerzenschein und Champagner, der in hohen Kristallgläsern perlte, und hielt ihre Hand auf dem blütenweißen Tischtuch.

Er brachte ihr eine Wagenladung Mulch für ihren Garten, und Savannah war verloren.

„Er macht dir den Hof“, sagte Cassie, als sie an Savannahs Küchentisch Limonade tranken und Farbmuster begutachteten.

„Wie?“

„Er umwirbt dich.“ Cassie seufzte sehnsüchtig. Selbst die elenden Jahre mit Joe Dolin hatten ihr die romantische Natur nicht rauben können. Jedenfalls nicht, wenn es um andere ging. „Stimmt doch, nicht wahr, Regan?“

„Allerdings. Gelbe Tulpen“, sagte Regan und ließ den Blick von den Farbmustern zu den mitten auf dem Tisch thronenden Blumen wandern. „Ziemlich eindeutig, würde ich meinen.“

„Zwischen uns entwickelt sich eine Beziehung“, sagte Savannah wie beiläufig und rieb sich die plötzlich feuchten Handflächen an den Jeans ab. „Das ist alles.“

„Er hat dir Mulch gebracht und geholfen, ihn zu verteilen, oder?“ fragte Regan, die für Savannah inzwischen zu einer ebenso guten Freundin wie Cassie geworden war.

„Ja.“ Savannah musste lächeln, als sie daran dachte. Und daran, wie Jared sie geküsst hatte, obwohl sie beide verschwitzt und schmutzig von den Rindenstücken gewesen waren.

„Es hat dich erwischt“, sagte Regan.

„Kann schon sein.“ Savannah wurde wieder ernst und griff nach dem Limonadenglas. „Und?“

„Und nichts. Was hältst du von diesem Farbton?“

„Zu gelb.“

„Du hast Recht“, erwiderte Regan.

Bewundernd sah Cassie zu, wie ihre beiden Freundinnen die unzähligen Farbtöne durchgingen. Sie hoffte, dass Regan ihr beim Renovieren ihres Wohnzimmers helfen würde, wenn sie genug Geld dafür beiseite gelegt hatte. Sie hatte die Wände immer wieder abgewaschen, bis ihre Schultern schmerzten, bekam sie jedoch nicht wieder hell.

Und wenn Savannah ihr half, den richtigen Stoff auszusuchen, würde sie neue Vorhänge für Emmas Zimmer nähen. Etwas Fröhliches, etwas ganz Besonderes, das zu einem kleinen Mädchen passte.

Es war schwer, diesen alltäglichen Herausforderungen zu begegnen. Schwerer, als sie jemals zugegeben hätte. Dinge, die für andere Frauen selbstverständlich waren, kosteten sie viel Kraft. Zum ersten Mal in ihrem Leben musste sie alle Entscheidungen allein treffen. Es gab niemanden, den sie fragen konnte, aber auch niemanden mehr, der sie kritisierte und erniedrigte.

Sie musste sich immer wieder sagen, dass sie jetzt auf eigenen Beinen stand, und wenn sie es ganz langsam, Schritt für Schritt, anging, würde sie es schaffen, das gemietete Häuschen in ein richtiges Zuhause zu verwandeln. In ein Zuhause, in dem ihre Kinder das Geschrei und die Prügel und den Gestank des schalen Biers vergessen würden.

Sehnsüchtig schaute Cassie sich in Savannahs Blockhaus um. Es war nicht größer als das, in dem Cassie mit den Kindern wohnte, aber es war viel schöner. Leuchtende Farben, achtlos hingeworfene Kissen. Und Staub.

Noch immer wischte Cassie wie besessen Staub, aus Angst, dass Joe jeden Moment hereinkommen und sie als Schlampe beschimpfen könnte. Egal, wie oft sie daran dachte, dass er jetzt hinter Schloss und Riegel saß, nachts lag sie häufig wach und zuckte bei jedem Geräusch zusammen. Und am Morgen erwachte sie dann erleichtert. Und schämte sich.

„Die Kinder kommen", sagte Cassie und schob die alten Ängste beiseite. „Soll ich noch mehr Limonade machen?"

Savannah nickte, ohne den Blick von den Farben zu nehmen, die Regan für Jareds Bibliothek in der Kanzlei ausgesucht hatte.

Die Kinder stürmten herein.

„Nur noch drei Wochen", rief Bryan und ballte triumphierend beide Hände zu Fäusten. „In drei Wochen bekommen wir die Kätzchen."

„Das freut mich", murmelte Savannah und lächelte, als Emma einen Arm um Cassies Bein legte. „Hi, Engelsgesicht."

„Hallo. Ich durfte Bryans Kätzchen streicheln. Sie sind so süß."

„Sie möchte auch eins", verkündete Bryan. Er nahm eine Hand voll Kekse aus dem Glas. „Darf sie eins, Mrs. Dolin?"

„Ein was?"

Er schob einen Keks in den Mund und sah auf die Limonade, die Cassie gerade anrührte. „Kann Emma eins der Kätzchen haben? Shane hat eins über."

„Ein Kätzchen." Automatisch legte Cassie eine schützende Hand auf Emmas Kopf. „Wir können keine Haustiere halten, weil ..." Sie verstummte, und ihr Sohn senkte den Kopf und starrte auf seine Füße.

Weil Joe es nicht will. Fast hätte sie es ausgesprochen, aus lauter Gewohnheit. Deshalb hatte sie auch nicht wahrgenommen, wie sehnsüchtig Connor von Bryans Kätzchen sprach. Und wie gern Emma mit dem kleinen braunen Hund der Nachbarn spielte.

„Natürlich kann Emma ein Kätzchen haben", sagte Cassie entschlossen.

Dankbar sah ihr Sohn sie an. „Wirklich?" Die ungläubige Hoffnung in seiner Stimme rührte sie fast zu Tränen. „Können wir wirklich eins nehmen?"

„Ja, das können wir." Sie nahm Emma auf den Arm und rieb mit der Nase über ihre Wange. „Möchtest du eins von Shanes Kätzchen, Emma?"

„Sie sind so weich", flüsterte Emma.

„Wie du." Es war höchste Zeit, dachte Cassie. Ich

muss Entscheidungen treffen, ohne Angst vor Joe zu haben. „Sag Shane, dass du eins möchtest, Connor."

„Cool." Bryan war nicht bewusst, was für ein kleines Drama sich gerade abgespielt hatte. Er stopfte sich noch einen Keks in den Mund. „Dann könnt ihr es manchmal zu uns bringen, damit es mit seinen Brüdern spielt", schlug er kauend vor. „Komm, lass uns an deiner Wurftechnik arbeiten, Con."

„Okay." Con wollte seinem Freund nachrennen, drehte sich jedoch noch einmal um. „Danke, Mama."

„Wow." An der Tür wäre Rafe fast mit Connor zusammengestoßen. Er tat, als hätte er nicht bemerkt, wie blass der Junge geworden war und wie ängstlich er zu ihm aufsah, und klopfte den beiden auf die Schultern. „Ihr seid schnell, Leute. Ihr habt Jared und mich im Wald glatt abgehängt."

„Entschuldigung."

„Im nächsten Jahr solltet ihr diese Geschwindigkeit beim Baseball einsetzen." Er trat ein und lächelte den Frauen zu. „Wie ich sehe, hat sich der Marsch durch den Wald gelohnt."

„Wir sind fast fertig", sagte Regan und legte erwartungsvoll den Kopf in den Nacken.

„Keine Eile." Er küsste sie. „Hallo, ihr zwei", begrüßte er danach die beiden anderen Frauen.

„Hallo, Rafe." Savannah reichte ihm einen der

Kekse, die ihr Sohn in der Aufregung liegen gelassen hatte.

„Danke. Cassie, ich muss dich sprechen."

„Oh? Ist etwas nicht in Ordnung?" fragte Cassie besorgt.

„Ich habe ein Problem." Um Emma ein Lächeln zu entlocken, hielt er ihr den Keks hin. „Tauschst du einen Kuss gegen den Keks?" fragte er.

Ohne den Keks aus den Augen zu lassen, berührte Emma seine Nase mit gespitzten Lippen.

„Ein Problem?" wiederholte ihre Mutter. Nervös stellte sie Emma hin. „Was für eins?"

„Das sage ich dir." Er lehnte sich gegen die Arbeitsplatte. „Regan und ich haben doch dieses alte Haus am Stadtrand, an der Quarry Road, gekauft. Das, was wir gerade renovieren." Er lächelte seiner Frau zu. „Wir wollen in etwa zwei Monaten einziehen. Wahrscheinlich im Juni."

„Das freut mich für euch."

„Nun ja, Cassie, wir brauchen jemanden für das Gasthaus. Eine ... wie hast du es noch genannt, Liebling?"

„Hausdame."

„Das, was man heutzutage Manager nennt, wenn ihr mich fragt. Jemand, der sich um den ganzen Laden kümmert", erklärte Rafe. „Und um die Gäste, wenn wir erst welche haben. Jemand, der das Frühstück macht und so weiter. Jemand, der dort wohnt und auf alles aufpasst.“

„Oh.“ Cassies Nervosität legte sich. „Ich soll mich umhören, was? Ich könnte meine Gäste im Schnellrestaurant fragen, ob sie jemanden kennen.“

„Nein, uns schwebt bereits jemand vor.“ Rafe entdeckte das Glas mit Keksen und bediente sich. „Wir wollen jemanden, den wir kennen und dem wir vertrauen können.“ Er leerte das Glas Limonade, das Cassie ihm reichte. „Wie wäre es?“

„Wie wäre was?“ fragte Cassie.

„So bietet man niemandem eine Stellung an, Rafe“, seufzte Regan. „Cassie, wir möchten, dass du im Gasthaus einziehst und dich für uns um alles kümmerst. Wir schaffen es nicht allein. Rafe hat seinen Beruf, ich mein Geschäft.“

„Ihr wollt mich?“ Hätte Cassie das Glas noch in der Hand gehabt, so wäre es längst zu Boden gefallen. „Ich habe keine Ahnung, wie man ein Gasthaus führt. Dazu braucht man Erfahrung und …“

„Du führst ein Haus und zwei Kinder“, unterbrach Rafe sie. „Du kochst fast so gut wie ich. Du betreust die Gäste bei Ed’s, und wenn nötig stehst du sogar in der Küche. Außerdem hast du ein ausgleichendes Wesen. Für mich ist das Qualifikation genug.“

„Aber …“

„Denk in Ruhe darüber nach“, schlug Regan rasch vor. „Ich weiß, es ist viel verlangt, Cassie. Du arbeitest schon so lange bei Ed's, dass ein Jobwechsel ein großer Schritt für dich wäre. Aber Rafe richtet gerade eine nette Wohnung im zweiten Stock ein. Sie besitzt eine eigene Küche, und du könntest dort umsonst wohnen. Vielleicht solltest du mal mit den Kindern vorbeikommen und dir alles ansehen. Wir wären dir wirklich dankbar.“

Eine Wohnung. Keine Miete. In dem wunderschönen Haus auf dem Hügel. Cassie schwirrte der Kopf. „Ich würde euch gern helfen, aber …“

„Großartig.“ Rafe tätschelte ihre Schulter. „Sieh es dir einfach mal an, dann reden wir weiter.“

„Einverstanden.“ Cassie konnte ihr Glück noch immer nicht fassen. Sie setzte Emma auf ihre Hüfte. „Ich komme. Aber jetzt muss ich los. Ich habe Connor und Bryan versprochen, mit ihnen Hot Dogs zu grillen.“

„Ruf du sie zusammen“, schlug Savannah vor. „Ich hole Bryans Rucksack.“

Sie wartete, bis Cassie draußen war. „Ihr zwei seid ein richtig gutes Team“, sagte sie leise zu Regan und Rafe. „Und sehr, sehr gute Freunde.“

Sie war fast an der Treppe, als sie Devin auf der Veranda sah, der mit Cassie sprach. Statt nach oben zu gehen, stürmte sie hinaus. „Kann ich etwas für Sie tun, Sheriff?“ fragte sie scharf. Devin war der Einzige der vier MacKade-Brüder, mit dem sie noch nicht warm geworden war. Vielleicht lag es an seinem Beruf.

Er hob den Kopf. „Nein. Ich bin nur mit Jared und Rafe hergekommen. Ihr Garten ist wirklich sehr schön geworden.“

„Danke.“

Als Emma dem Sheriff ihren Keks hinhielt, runzelte Savannah unwillkürlich die Stirn. Devin beugte sich zu dem Kind herunter und biss eine kleine Ecke ab.

„Du schmeckst besser“, verkündete er und brachte Emma zum Kichern, als er mit der Nasenspitze über ihr Haar fuhr.

„Du darfst mich halten“, sagte sie und streckte ihm die Hände entgegen.

„Vielen Dank, Ma'am.“ Er hob sie hoch, rieb die Wange an ihrer Wange und setzte sie sich auf die Hüfte. Als Cassie davoneilte, um die Jungs zu rufen, sah er Savannah an. „Es gibt auch Frauen, die mich mögen.“

Savannahs Blick blieb kühl. Sie senkte die Augen. „Es scheint ganz so.“

„Ich bin nicht im Dienst, Miss Morningstar.“ Er setzte das strahlende MacKade-Lächeln auf, das sie so gut kannte. „Ich genieße nur den Frühlingsabend mit meiner besten Freundin.“

„Sie tragen Ihr Abzeichen“, wandte Savannah ein.

„Aus reiner Gewohnheit. Ich bin nicht hier wegen eines Problems, Miss.“

„Und genau so soll es auch bleiben.“

„Das soll mir nur recht sein“, erwiderte Devin leise.

„Gut.“ Sie nickte ihm zu, kehrte ins Haus zurück und eilte nach oben, um Bryans Rucksack zu holen.

Devin trat von der Veranda. Er schaffte es, Cassie nicht nur ein paar Worte, sondern auch ein schüchternes Lächeln zu entlocken, bevor er ihr Emma übergab. Dann sah er ihr nach, als sie mit ihren Kindern zum Wagen ging.

Sie war nicht mehr so dünn wie früher. Bis er Joe Dolin endlich auf frischer Tat ertappen konnte, hatte der Mann seiner Frau das Leben zur Hölle gemacht. Selbst jetzt wirkte die arme Cassie noch immer so, als könnte ein Windstoß sie umwehen. Sie brauchte einen behutsamen Mann. Die Schatten unter den Augen waren verblasst, aber der Blick war auch jetzt noch verängstigt.

Devin machte sich Sorgen um sie und wunderte sich etwas darüber. Als der Wagen auf die Straße einbog, schlenderte er zu Jared hinüber, der mit Bryan Werfen geübt hatte. „Deine Lady mag mich nicht.“

Jared stützte sich auf die Baseball-Keule. „Sie mag deinen Sheriffstern nicht.“

„Wie ich sagte, sie mag mich nicht.“

Jared sah zur Veranda hinüber, von wo aus Savannah sie beobachtete, und spürte, wie sein Herz zu klopfen begann. „Sie hat einen verdammt harten Weg hinter sich gebracht.“

„Daran zweifle ich nicht.“ Einige der Meilen waren ihr noch anzusehen. „Ist sie die Frau, die du willst, Jared?“

„Sieht fast so aus.“

„Na gut.“ Nachdenklich rieb Devin sich das Kinn. „Ich muss sagen, seit deiner Scheidung hat sich dein Frauengeschmack erheblich verbessert.“

Überrascht sah Jared seinen Bruder an. „Ich dachte, du mochtest Barbara.“

Devin lachte. „So?“

„Du hast nie gesagt, dass du sie nicht mochtest.“

„Du hast mich nie gefragt.“ Devin hob den Ball vom Rasen auf, warf ihn hoch in die Luft und fing ihn mit einer Hand wieder auf. Bryan hätte ihn dafür bejubelt. „Aber die hier gefällt mir.“

Verwirrt schüttelte Jared den Kopf. „Du hast gerade zugegeben, dass du sie nicht magst.“

„Ich sagte nur, dass sie mich nicht mag.“ Devin lächelte. „Das finde ich an einer Frau sehr attraktiv.“

Jared nahm Devin in den Schwitzkasten. Devin ließ sich einfach fallen und riss seinen Bruder mit zu Boden.

Savannah sah ihnen zu, wie sie über den Rasen rollten, genauso wie Bryan und Connor es auch immer taten. Hinter ihr betraten nun auch Rafe und Regan die Veranda.

„Verdammt, sie haben ohne mich angefangen", knurrte der dritte der MacKade-Brüder.

„Wir müssen aufbrechen." Regan packte Rafe am Arm. „Du hast versprochen, mit mir essen zu gehen."

„Liebling …"

„Du kannst morgen mit ihnen kämpfen. Bis dann, Savannah."

„Bis dann, ihr zwei."

Als Rafe den Brüdern etwas zurief, rollte Devin sich von Jared herunter und stand auf. Er klopfte sich den Staub von der Jeans und rannte hinter Rafe und Regan her. Er winkte Savannah noch einmal zu, bevor er zwischen den Bäumen verschwand.

„Was sollte das denn?"

Keuchend stieg Jared die Stufen zur Veranda hoch. Er verzog das Gesicht und rieb sich die Rippen. „Er hat ein paar ganz gute Treffer gelandet."

„Habt ihr nur Spaß gemacht oder wirklich richtig gekämpft?"

„Wo ist da der Unterschied?"

Savannah musste lachen. „Was war der Grund?"

„Du. Hast du etwas Kaltes für mich?"

„Ich war der Grund?“ Sie folgte ihm ins Haus. „Was soll das heißen?“

„Er sagte …“ Jared schwieg und seufzte genießerisch, bevor er das Bier an den Mund hob, das er aus dem Kühlschrank geholt hatte. „Er sagte, er findet dich attraktiv, also musste ich ihm natürlich eine Lektion erteilen.“

„Dein Bruder, Sheriff MacKade, findet mich attraktiv?“ fragte sie verblüfft.

„Ja.“ Jared beugte sich über das Spülbecken und kühlte sich das Gesicht mit Wasser. „Er mag dich.“

„Er mag mich“, wiederholte Savannah verblüfft. „Aber warum?“

„Zum Teil deshalb, weil du ihn nicht magst. Dev hat manchmal eine eigenartige Logik, was Frauen angeht. Zum Teil aber auch, weil ich dich mag und weil er mein Bruder ist.“ Er trocknete sich das Gesicht mit einem Geschirrtuch ab. „Und zum Teil, weil er ein hervorragender Menschenkenner ist.“

„Willst du mich verlegen machen?“

„Nein, ich erzähle dir nur von meinem Bruder. Rafe ist frech und lustig, Shane gutherzig und zurückhaltend, Devin fair.“ Nachdenklich legte er das Tuch auf die Arbeitsplatte. „Ich schätze, es bedrückt mich ein wenig, dass du ihn falsch einschätzt.“

„Das Leben hat mich vorsichtig gemacht.“ Aber

sie hatte gespürt, dass sie Devin vertrauen konnte, sie zeigte es nur nicht. „Er war süß zu Emma."

Jared lächelte zufrieden. „Wir Brüder kommen bei allen Frauen gut an."

„Das ist mir aufgefallen." Sie nahm ihm die leere Bierflasche ab. „Möchtest du nicht zum Abendessen bleiben?"

„Ich dachte mir, du würdest heute vielleicht gern ausgehen."

„Nein." Sie warf einen Blick auf die gelben Tulpen auf dem Küchentisch. „Ich möchte lieber zu Hause bleiben."

Big Mac, die auf dem Jahrmarkt, auf dem Savannah einen Sommer lang gearbeitet hatte, das Riesenrad betrieb, hatte einmal gesagt, dass sie den ersten Mann heiraten würde, der kochen konnte und beim Frühstück wenigstens hin und wieder lächelte.

Nachdem sie Jared MacKades Cajun-Hühnchen mit Reis gekostet hatte, fand Savannah, dass Big Mac Recht hatte. Sie nippte an dem Wein, den Jared mitgebracht und wie immer in ihren Kühlschrank gestellt hatte, und betrachtete Jared über die Kerzen auf dem Esszimmertisch hinweg.

„Wo hast du Kochen gelernt?"

„Auf dem Schoß meiner seligen Mutter." Er lächelte

verlegen. „Sie hat uns allen das Kochen beigebracht. Und da sie den treffsichersten Kochlöffel im ganzen County schwang, haben wir es schnell gelernt."

„Eine harmonische Familie."

„Ja. Wir Kinder hatten Glück. Meine Eltern haben es uns leicht gemacht. Wenn man auf einer Farm aufwächst, lernt man früh, dass man zusammenhalten und sich aufeinander verlassen muss." Sein Blick wurde ernst, fast ein wenig traurig. „Ich vermisse sie noch immer."

Ein Anflug von Neid erinnerte Savannah daran, dass sie weder ihre Mutter noch ihren Vater gut genug gekannt hatte, um sie zu vermissen. „Sie haben gute Arbeit geleistet. Bei euch allen."

„Früher wären einige Leute in der Stadt da ganz anderer Meinung gewesen. Einige sind es heute noch." Das Lächeln kehrte in seine Augen zurück. „Wir haben unseren Ruf auf die altmodische Art erworben. Wir haben ihn uns verdient."

„Ja, ich habe Geschichten über die bösen MacKade-Brüder gehört." Savannah stützte das Kinn auf die Faust. „Ihr habt die Stadt auf den Kopf gestellt, so hat Mrs. Metz es beschrieben."

„Das kann ich mir denken. Sie ist ganz verrückt nach uns."

„Das habe ich gemerkt. Ich war gerade auf der

Tankstelle, als sie neben mir hielt, ausstieg und mit Sharilyn Erinnerungen austauschte." Und die Tankstellenbesitzerin regelrecht ausquetschte, fügte Savannah im Stillen hinzu.

„So?" Jared räusperte sich. „Mit Sharilyn also?"

„Ja. Sharilyn erinnert sich sehr gut an dich ... und einen 1964er Dodge."

Er zuckte mit keiner Wimper. „Ein verdammt guter Wagen. Wie geht es ihr?"

„Es geht ihr ausgezeichnet. Sie begrüßt mich jedes Mal mit einem überschwänglichen ‚Hallo'." Savannah wechselte das Thema. „Und wer von euch MacKade-Brüdern hat damals die Kartoffel in den Auspuff des Streifenwagens gesteckt?"

Jared schmunzelte. „Rafe bekam die Schuld." Er hob das Glas. „Aber ich war es. Wir fanden, wenn einer von uns etwas anstellte, waren wir es gemeinsam, also wer immer den Kopf dafür hinhalten musste, hatte es verdient."

„Sehr demokratisch." Sie stand auf, um den Tisch abzuräumen. „Beim Rodeo hätte ich Geschwister gut gebrauchen können. Es gab nie jemanden, auf den ich die Schuld abwälzen konnte."

„Dein Vater war streng zu dir, was?"

„Nein, eigentlich nicht. Er war ..." Wie sollte sie Jim Morningstar beschreiben? „Er war ein harter

Mann. Er liebte die Pferde und den Whisky. Mit den Vierbeinern konnte er gut umgehen, mit der Flasche nicht. Mit mir konnte er nicht viel anfangen. Er gab sein Bestes, aber das war nicht genug. Für keinen von uns.“ Sie lehnte sich zurück, als Jared die Hände auf ihre Schultern legte.

„Hast du Reiten gelernt?“

„So früh, dass ich mich nicht daran erinnern kann. Ich konnte Kälber mit dem Lasso fangen und zu Boden werfen und habe sogar ein paar Preise gewonnen.“ Lachend drehte sie sich zu ihm um. „Honey, ich habe alle möglichen Dinge gelernt, während du dich auf dem Rücksitz eines 64er Dodge amüsiert und Kartoffeln in Auspuffrohre gesteckt hast.“

„Ach ja?“ Er hob ihr Kinn sachte an und sah ihr in die Augen.

„Ach ja. Ich habe Pferde gehabt, die ich striegelte und bürstete, bis ihr Fell glänzte. Ich mochte es, wenn sie Temperament hatten.“ Sie streichelte seine Hüften. „Die Hengste mit feurigen Augen und wilden Herzen. Ich lockte sie zu mir, schwang mich auf ihren Rücken und ritt sie, bis sie erschöpft waren.“ Sie knabberte an seiner Unterlippe. „Und wenn ich mit ihnen fertig war, waren sie für jeden anderen Reiter verdorben.“

Die Erregung machte ihn atemlos. „Versuchst du gerade, mich zu verführen?“

„Irgendjemand muss es doch tun.“ Sie küsste ihn, bis ihre Hitze wie ein Steppenbrand auf ihn übersprang.

Wie Schraubstöcke umklammerten seine Hände den Rand des Spülbeckens hinter ihr, während er sich an sie drängte. Und dann schmiegte Savannah sich an ihn. Sie presste sich an ihn, rieb sich an ihm und küsste ihn immer gieriger, immer verzweifelter.

„Jared, berühre mich“, flüsterte sie und nahm seine Hand, um sie an ihre Brust zu legen, wo ihr Herz vor Erregung hämmerte. „Berühre mich. Berühre mich“, wiederholte sie, während er die Hand unter ihr Shirt gleiten ließ.

Er genoss ihre Nähe wie einen heimlichen, verbotenen Traum und fühlte, wie ihre Haut sich unter seiner Hand erhitzte. Er schien gar nicht genug von ihr bekommen zu können, und es kostete ihn alle Kraft, die er besaß, um sich zu beherrschen.

Er wusste, wenn er sie an diesem Abend nicht bekäme, würde er morgen Früh den Verstand verloren haben.

Als Jared zurückwich, schwindlig vor Verlangen, stöhnte Savannah enttäuscht auf. „Um Himmels willen, willst du mich verrückt machen?“

Atemlos starrte er sie an. „Das war der erste Teil meines Plans“, murmelte er und holte tief Luft. „Mit dem ersten bin ich nun fertig.“

„Herzlichen Glückwunsch."

Fast hätte er laut gelacht. „Bryan übernachtet bei Connor?"

„Ja." Ungeduldig ergriff sie seine Hände. „Lass uns nach oben gehen."

„Nein."

Sie lächelte verführerisch. „Na gut." Doch als sie sich an ihn drängte und bereit war, sich hier und jetzt von ihm nehmen zu lassen, drückte er sie von sich weg.

„Nein", wiederholte er.

„Jared, was soll das?"

Jetzt musste er lachen. „Hol eine Wolldecke, Savannah."

„Eine Wolldecke?"

„Ich will, dass wir es im Wald tun." Er hob ihre Hand und küsste sie. „Das will ich, seit ich dich kenne."

„Ich hole eine Wolldecke", erwiderte sie und wäre fast über ihre Füße gestolpert, als sie davonrannte.

Als sie kurz darauf unter dem grünen Dach des Frühlingslaubes, dem glitzernden Sternenhimmel und im Schein des fast vollen Mondes durch den Wald schlenderten, hatte Savannah sich wieder im Griff. Sie hatte Jared verführen, ihn langsam und mit erotischer Raffinesse in ihren Bann ziehen wollen. Sie hatte ihn überraschen wollen. Aber jetzt war sie kurz davor, ihn buchstäblich zu überfallen.

Er blieb dort stehen, wo der Boden weich war, und breitete die mitgebrachte Wolldecke aus. Erneut bekam sie Angst, sich nicht länger beherrschen zu können.

„Sag mir, Anwalt MacKade ...“

Er sah zu ihr herüber. Mit vor Leidenschaft funkelnden Augen stand sie vor ihm. Er hätte mit bloßen Händen eine Mauer durchbrochen, um zu ihr zu gelangen. „Sag mir was?“

„Hast du eine gute Krankenversicherung?“

Er lachte. „Du machst mir keine Angst.“

„Honey, wenn ich mit dir fertig bin, wirst du Mühe haben, deinen eigenen Namen richtig auszusprechen.“

Bevor er sich versah, war sie mit einem Satz bei ihm, legte die Hände um seinen Nacken, schlang die Beine um seine Taille und schob die Finger in sein Haar. Er ließ sich lachend mit ihr auf die Decke fallen.

Der Sturz raubte ihm zunächst den Atem, und Savannah nutzte ihre Chance. Ihre Hände waren überall zugleich. Sie zog ihm das Hemd über den Kopf, tastete mit den Fingern nach dem Knopf seiner Jeans und küsste ihn drängend.

„Warte.“ Hastig rollte Jared sich auf sie. „Wenn du so weitermachst, halte ich keine halbe Minute durch“, warnte er und hielt Savannah fest, während er seinem Verlangen klarmachte, dass er keine sechzehn mehr war. „Ich habe auf dich gewartet, Savannah.“ Er senkte den Kopf, und sein Kuss war so leidenschaftlich, dass Savannah erschauerte.

Der Laut, den sie von sich gab, glich einem katzenhaften Schnurren. Jared hörte es nicht nur, er fühlte es bis in die Zehenspitzen. Während seine Lippen mit ihren zu verschmelzen schienen, schickte er seine Hände auf eine faszinierende Entdeckungsreise über ihren weichen, hingebungsvollen Körper. Fest und spielerisch zugleich bewegten sich seine Finger, verweilten hier und da, um die Erkundung zu vertiefen. Savannah duftete wie der Wald – dunkel, rätselhaft und nach verborgenen Freuden.

Ihre Hände glitten fieberhaft über seinen Rücken, ertasteten und massierten jeden Muskel, und die Fingernägel bohrten sich in die Haut und drängten Jared, sie fester zu halten. Sie zu nehmen, sie endlich zu nehmen, sie hier und jetzt zu nehmen … Sie stöhnte leise, immer wieder, so erregend, dass Jared schon jetzt wusste, dass er sie hören würde, wenn er von ihr träumte.

Als er den Kopf hob, kreuzte sie die Arme vor dem Körper. Sie blickte ihm tief in die Augen, dann zog sie ihr Shirt aus und warf es achtlos beiseite. Savannah sah das wilde, ungestüme Verlangen in seinen Augen und kostete es aus. In ihrer Jugend war ihr Körper ein Feind gewesen, manche hatten gesagt, ihr Untergang. Doch jetzt, da der Mann, den sie liebte, sie zum allerersten

Mal so betrachtete, empfand sie so etwas wie Stolz auf ihr Aussehen.

„Es sollte verboten sein.“ Seine Stimme war heiser und belegt. „So auszusehen wie du.“

Er berührte sie nicht, noch nicht. Fast andächtig knöpfte er ihre Jeans auf und schob sie an den langen Beinen hinunter. Er murmelte etwas, das sie nicht verstand, etwas Bewunderndes. Dann glitten seine Hände an ihr hinauf, über Schenkel und Hüften, über den Bauch, der unter seinen Fingern zu zittern schien.

„Du bist die schönste Frau, die ich jemals gesehen habe“, flüsterte er. „So schön, dass es mich gerade fast erschreckt.“

Ihr Lächeln war nur etwas mehr als angedeutet, aber selbstsicher. Sie setzte sich auf, legte einen Arm um seinen Hals und zog seinen Mund auf ihren. Sie seufzte zufrieden, als seine Zunge nach ihrer tastete. Sie fand, dass er wundervolle Hände besaß, fest und gerade rau genug, um ihr zusätzlich Lust zu bereiten. Sie schloss die Augen, als sie seinen Daumen an einer Knospe fühlte. Es war herrlich, seine Haut zu spüren, seinen Atem, seinen Duft, während der kühlende Wind durch den Wald strich und die Wolldecke sie von unten wärmte. In den Bäumen schrie eine Eule, und die Dunkelheit brachte all die Geheimnisse aus der Vergangenheit hervor.

Noch nie hatte Savannah den Zauber einer überströmenden Liebe erlebt. Sie wusste nur, dass sie bereit war, Jared alles zu geben, was sie zu geben hatte. Was immer er von ihr verlangte. Was immer er wollte. Als er mit den Fingern in ihr Haar fuhr, um ihren Kopf nach hinten zu ziehen, war sie auf alles vorbereitet. Doch er presste nur die Lippen auf ihre Schulter und rieb zärtlich über ihre Haut. Und Savannah erbebte wie ein verwirrtes Reh.

„Überrascht?“ Langsam hob Jared den Kopf und sah ihr in die im Mondschein leuchtenden, erstaunten Augen. „Du hast wunderschöne Schultern“, flüsterte er und strich mit der Zunge darüber. Erst über die eine, dann über die andere. Er hörte, wie sie den Atem anhielt. „Anmutige Schultern.“

Er knabberte an ihrem Hals, und als er spürte, dass Savannah bereit war, dass sie nichts, gar nichts mehr vor ihm zurückhielt, streichelte er sie mit zärtlichen, erfahrenen Fingern und brachte sie rasch zum Gipfel der Lust.

Unendliche Liebe und lustvolles Erleben durchströmten sie mit ungeahnter Wucht. Sie drehte sich zu ihm um, eroberte ihn mit Händen und Lippen. Später würde er glauben, dass sie beide vor Leidenschaft den Verstand verloren hatten, aber in diesem Moment machte all das Sinn, was sie füreinander und miteinander taten.

Sie brachte Jared dazu, ihren Namen zu flüstern, und der Klang erfüllte sie wie zärtliche Musik. Als sie sein Herz unter ihrem Mund hämmern fühlte, wusste sie, dass es ihretwegen war, nur ihretwegen. Der salzige Geschmack seiner Haut verzauberte sie.

Jared hob sie an, als wäre sie leicht wie eine Feder. Sie öffnete sich ihm, bog sich ihm entgegen und nahm ihn so tief in sich auf, dass sie nach seinen Händen griff, um sich festzuhalten, während die Lust sie schwerelos zu machen schien. Sie, die sonst nur weinte, wenn niemand es sehen konnte, ließ jetzt ihren Freudentränen freien Lauf.

Sie bewegte sich auf ihm, passte sich seinem Rhythmus an, der hemmungslos in ihr pulsierenden Leidenschaft. Das Licht der Sterne und des Mondes schien auf sie herab, während sie einander ihre Liebe schenkten.

Die Schönheit ihres Gesichts blendete Jared nahezu, und ihr Körper elektrisierte seinen, bis er ihn wahrnahm, wie er noch nie den Körper einer Frau wahrgenommen hatte. Ihm war, als würde in ihm ein Damm brechen und aus seinem Herzen alles herausströmen, was sich an Gefühlen darin angestaut hatte. Savannah verschaffte ihm die Erfüllung, von der er geträumt hatte, seit er ihr zum ersten Mal begegnet war.

8. KAPITEL

Savannah erwachte mit einem leisen Stöhnen auf den Lippen und legte hastig den Arm über die Augen, um sie vor dem grellen Sonnenschein zu schützen. Ihr Körper fühlte sich an, als wäre sie auf einem Wildpferd über felsigen Boden geritten.

Und dann fiel ihr ein, was in dieser Nacht geschehen war.

Sie musste lächeln, als sie daran dachte. Sie hatte geglaubt zu wissen, wie es war, etwas zu wollen. Ein Zuhause, ein Leben, einen Mann. Sie war überzeugt gewesen, jede Art von Hunger zu kennen. Hunger nach Nahrung, nach Schutz, nach Liebe. Aber nichts von dem, was sie je zuvor empfunden hatte, reichte an das heran, was Jared MacKade in ihr weckte.

In ihrem liebeshungrigen Leben hatte es schon andere Männer gegeben. Aber keiner von ihnen hatte ihr das Gefühl gegeben, dass sie ihn brauchte. Und dass sie Jared MacKade zu brauchen begann, war das Erstaunliche und Gefährliche an dem, was sie mit ihm teilte.

Es würde keinen anderen Mann mehr für sie geben. Er war der Erste, der ihr Herz erobert hatte. Und er würde auch der Letzte sein, das wusste Savannah bereits jetzt.

Sie hörte die Vögel singen, und in der Ferne bellte Shanes Hund. Savannah spürte die Wärme der Sonne, die durch die Blätter drang, und die frische Morgenbrise. Ohne den Arm vom Gesicht zu nehmen, streckte sie sich wie eine Katze, die gestreichelt werden wollte.

„Du hast eine Tätowierung."

Sie seufzte zufrieden, legte den Arm hinter den Kopf und öffnete schließlich die Augen. Jared saß neben ihr. Sein Haar war vom Schlaf und ihren Händen zerzaust, die Augen schwer, der Blick auf ihren rechten Oberschenkel gerichtet. Sie fragte sich, ob irgendeine andere Frau auf dieser Welt das unbeschreibliche Glück hatte, beim Aufwachen einen solchen Mann neben sich zu sehen.

„Du siehst gut aus morgens", murmelte sie und hob die Hand, um ihn zu streicheln. „Nackt und verschlafen."

Er war nicht sicher, wie lange er sie angesehen hatte, während sie noch schlief. Aber er wusste, wann er die Decke von ihrem Körper gezogen hatte, um sie im Licht der Morgensonne zu betrachten, und den kleinen bunten Vogel auf ihrer Haut entdeckt hatte. Es war ihm schwer gefallen, den Blick davon loszureißen.

„Du hast eine Tätowierung", wiederholte er.

„Ja, ich weiß." Mit einem leisen Lachen stützte Savannah sich auf die Ellbogen. Ihre dunkelbraunen

Augen blickten ein wenig belustigt drein. „Das ist ein Phoenix“, erklärte sie und lächelte, als Jared die Augen zusammenzog, um die Tätowierung genauer zu betrachten. „Du weißt schon, der, der aus der Asche emporgestiegen ist. Ich habe ihn mir in New Orleans machen lassen, als mir klar wurde, dass ich doch nicht für den Rest meines Lebens arm bleiben würde.“

„Eine Tätowierung.“

„Manche Männer finden so etwas sexy.“ Natürlich hatte sie sie sich nicht für einen Mann machen lassen, sondern nur für sich selbst. Als dauerhafte Erinnerung daran, dass sie es schaffen konnte, ganz von vorn anzufangen und mehr aus sich zu machen, als sie selbst sich zugetraut hatte. „Und du? Wie findest du so etwas?“

„Darüber muss ich erst nachdenken.“ Jared konnte nicht sagen, warum der Sagenvogel auf ihrer Haut ihn so faszinierte. Was besaß Savannah noch für Geheimnisse? Welche anderen Zeugnisse ihrer Vergangenheit? Er nahm den Blick von der Tätowierung, sah ihr ins Gesicht, und wieder stockte ihm der Atem. Das schläfrige Lächeln, der Schwung der Lippen. „Wie fühlst du dich?“

„Wie nach einer leidenschaftlichen Liebesnacht mitten im Wald.“ Lachend schlang sie die Arme um seinen Hals. „Ich fühle mich herrlich.“ Sie küsste ihn, warm und sanft. Dann blickte sie ihn an, so als wolle sie sich jede Einzelheit genau einprägen. „Und du?“

„Ganz genauso.“

Sie hoffte, dass er sich so fühlen würde wie sie. Ihr Glück wäre vollkommen, könnte er auch nur einen Bruchteil dessen für sie empfinden, was sie in diesem Moment für ihn empfand.

Jared zog sie an sich und hielt sie, wie noch niemand sie jemals gehalten hatte. So, als würde ihm das hier unendlich viel bedeuten.

„Ich nehme nicht an, dass wir für immer hier bleiben können“, flüsterte sie.

„Nein, aber wir können zurückkommen.“ Er musste nachdenken, und das war unmöglich, solange er sie in den Armen hielt. Es gab Pflichten auf der Farm, die er vernachlässigte, und das durfte er nicht. Das wollte er nicht. „Ich muss gehen.“ Aber er legte sein Gesicht an ihr Haar und ließ die Arme, wo sie waren. „Auf einer Farm gibt es keine freien Sonntage.“

„Ich muss Bryan abholen.“ Ihr Kopf ruhte an seiner Schulter, und sie ließ ihn nicht los.

„Warum bringst du ihn nicht auf die Farm und …? Bring ihn einfach hin, ja?“

„Einverstanden.“

„Savannah?“

„Hm?“ Sie reckte sich ihm entgegen.

Er griff in ihr Haar, zog den Kopf nach hinten und küsste sie fast verzweifelt. „Nur noch ein einziges Mal“, flüsterte er und drückte sie auf die Wolldecke.

Als Jared zur Farm zurückging, war er noch wie benommen von der Nacht, die hinter ihm lag. Noch nie hatte er eine Frau erlebt, die ihn so berauschen, so schwach machen konnte. Er kam am Schweinestall vorbei, und die Tiere witterten den Menschen und begannen hoffnungsvoll zu grunzen. Im Hühnerstall gackerten die Hennen und flatterten über ihrem Futter. Jared war in Gedanken noch im Wald und wäre fast über eine der Scheunenkatzen gestolpert, die ins Freie gekommen war, um sich in der Morgensonne zu rekeln.

Er ging zur Hintertür. Der Duft des Frühstücks kam ihm entgegen, und er merkte erst jetzt, wie hungrig er war. Er hätte nicht nur die Würstchen essen können, die Devin briet, sondern auch noch die Pfanne.

„Kaffee.“ Mehr brachte er nicht heraus, als er wie ein Schlafwandler an den Küchentresen trat.

Devin sah erst ihn an, dann Shane, der gerade seine zweite Tasse leerte. Die beiden Brüder wechselten einen freudigen Blick.

„Du hast dein Hemd verkehrt herum an“, sagte Devin sanft.

Jared verbrannte sich die Zunge am heißen Kaffee,

stieß einen Fluch aus und ließ sich erschöpft auf einen Stuhl fallen.

Lächelnd lehnte Shane am Tresen. Gleich neben ihm war Devin dabei, die Würstchen und den Speck zuzubereiten. „Bruder Jared sieht heute Morgen ein wenig zerzaust aus. Man könnte meinen, er hätte die Nacht draußen im Wald verbracht."

„Wahrscheinlich hätte ich gestern Nacht doch einen Suchtrupp losschicken sollen." Schmunzelnd schlug Devin die Eier in die Pfanne. „Es ist ja so hart für einen Mann, die Nacht ganz allein im Wald zu verbringen. Mutterseelenallein ..."

„Ja, mir tut er auch Leid. Komm, ich bringe dir noch einen Kaffee, Jared." Shane nahm die Kanne aus der Kaffeemaschine und füllte nach. „Dann kannst du uns alles erzählen. Lass nichts aus. Wir sind für dich da."

Jared nahm den Becher, trank und verbrannte sich wieder die Zunge. „Ich habe mich in eine Frau verliebt, die in einer Nachtbar getanzt und eine Tätowierung hat."

Gekonnt wendete Devin die Eier. „Sie war wirklich mal Stripperin?"

„Wo ist die Tätowierung?" wollte Shane wissen, und die Frage brachte ihm einen spielerischen Rippenstoß von Devin ein. „Okay, nur so ungefähr, das reicht mir schon."

„Ich habe mich in sie verliebt", wiederholte Jared, jedes Wort sorgsam abwägend.

„Na und? Du warst schon oft verliebt." Shane schlenderte an den Ofen und holte die Brötchen heraus. „Wenigstens hast du dir diesmal eine wirklich interessante Frau ausgesucht."

„Halt den Mund", knurrte Devin. Er häufte das Essen auf einen großen Teller und stellte ihn auf den Tisch. Dann setzte er sich und sah Jared ins Gesicht. Nach einem Moment lehnte er sich zurück und holte tief Luft. „So richtig verliebt?" fragte er leise.

Jared rieb sich mit dem Handballen die Brust, als befürchte er, das Herz könnte ihm zerspringen. „So fühlt es sich jedenfalls an."

Kopfschüttelnd legte Shane die Brötchen in den Korb. „Mann, wir fallen wie die Fliegen. Erst Rafe, jetzt du." Er setzte sich, stützte die Ellbogen auf den Tisch und nahm den Kopf zwischen die Hände. „Langsam wird mir das unheimlich."

„Hast du es ihr gesagt?" fragte Devin.

„Ich muss erst in Ruhe darüber nachdenken."

„Ich wette, es dauert nicht mehr lange, dann müssen wir uns in Schale werfen und heiraten", brummte Shane und füllte sich den Teller.

„Ich habe nichts von Heirat gesagt, oder?" entgegnete Jared scharf. Panik stieg in ihm auf und schnürte ihm fast die Kehle zu. „Ich war bereits einmal verheiratet. Vom Heiraten war nicht die Rede."

„Du warst nicht verheiratet, du warst … vertraglich gebunden." Lächelnd schob Shane sich eine Ladung Ei in den Mund. „Du hättest dich ebenso gut mit einer Gerichtsakte ins Bett legen können."

„Was zum Teufel weißt du denn davon?"

Shane spülte mit einem kräftigen Schluck Kaffee nach. „So wie du jetzt aussiehst, hast du damals nie ausgesehen, Bruder."

Devin kaute nachdenklich und nickte. „Ist es der Junge, der dir Sorgen macht?"

„Nein, Bryan ist ein großartiger Junge." Stirnrunzelnd nahm Jared sich den Rest vom Servierteller. Er mochte den Jungen und war gern mit ihm zusammen. Einer der Gründe, warum seine Ehe von Anfang an zum Scheitern verurteilt gewesen war, war der, dass er Kinder gewollt hatte, seine Frau nicht.

Nein, der Junge bereitete ihm keine Sorgen. Es war der Mann, der mitbeteiligt gewesen war, Bryan das Leben zu schenken. Und, so wurde ihm jetzt bewusst, all die anderen Männer danach. Mit dem Verstand allein war das nicht aus der Welt zu schaffen. Und dass es ihn so sehr beschäftigte, machte ihn unzufrieden mit sich selbst.

Er bemerkte Devins Blick, jenen ruhigen, wissenden Blick, und zuckte mit den Schultern. „Ich werde mich daran gewöhnen müssen."

Devin streute Salz über seine Eier. „Das Problem mit euch Anwälten ist, dass ihr immer sämtliche Fakten sammelt, jede winzige Einzelheit. Und dann könnt ihr jede Seite vertreten. Das konntest du schon immer gut, Jared. Dad meinte, du würdest etwas ganz Einfaches so lange drehen und wenden, bis es so aussieht, wie du es haben willst. Erst richtig, dann falsch, schließlich wieder richtig und falsch. Vielleicht solltest du diesmal alles so nehmen, wie es ist."

Genau das wollte Jared. Und er hoffte inständig, dass er es auch konnte.

Jared zog nicht bei Savannah ein, jedenfalls nicht offiziell. Aber er verbrachte die meisten Nächte dort, und einige seiner Sachen landeten in ihrem Kleiderschrank, einige Bücher in ihren Regalen.

Er gewöhnte sich daran, nach der Arbeit bei ihr vorbeizufahren und Bryan abzuholen, wenn der Junge Baseball-Training hatte. Wenn ein Fall ihn länger als sonst im Büro festhielt, rief er Savannah an. Manchmal rief er sie auch nur so an, um ihre Stimme zu hören. Er brachte ihr hin und wieder Blumen mit und Bryan Baseball-Karten oder etwas anderes, das der Junge sich sehnlich wünschte. Sie unternahmen zu dritt Ausflüge in die Umgebung und lieferten der Gerüchteküche jede Menge Nahrung.

Bryan akzeptierte Jared rückhaltlos – eine Tatsache, die Jared zugleich freute und Zweifel in ihm weckte. Er wollte gern glauben, dass er dem Jungen etwas bedeutete und zur Familie gehörte. Aber oft fragte er sich, ob Bryan es einfach nur so hinnahm, dass wieder einmal ein Mann aufgetaucht war, der sein Leben mit ihnen teilte.

Wann immer diese quälenden Gedanken ihm in den Kopf kamen, gab Jared sich die allergrößte Mühe, sie zu verjagen. Schließlich zählte allein das Jetzt, nicht das, was einmal gewesen sein mochte. Wichtig war die Art, wie Savannah ihn ansah. Wie sie lachte, wenn sie ihn dabei beobachtete, wie er mit Bryan über den Rasen tollte. Wie anmutig sie sich straffte, nachdem sie sich über das Blumenbeet gebeugt hatte, oder wie sie sich konzentrierte, wenn sie in ihrem Atelier arbeitete.

Wichtig war, wie sie duftete, wenn sie aus dem Bad kam. Wie sie sich Nacht für Nacht im Bett an ihn schmiegte, als könne sie gar nicht genug von seinen Zärtlichkeiten bekommen. Und wie sie nach seiner Hand griff, wenn sie abends zusammen auf der Veranda saßen.

Jared war im Gericht aufgehalten worden, und die Anspannung des Tages ließ sich einfach nicht abschütteln. Er hatte sich Arbeit mit nach Hause genommen und wusste, dass der Kopfschmerz, der hinter den Schläfen hämmerte, schon bald noch viel schlimmer werden würde.

Er hielt in der Stadt, um Schmerztabletten zu kaufen, und suchte die Regale im Drugstore nach etwas ab, das die Kesselpauke hinter seiner Stirn zum Verstummen bringen würde.

„Hallo, Jared." Beladen mit Brot und einer Schachtel Frühstücksflocken, baute Mrs. Metz sich vor ihm auf. Sie gehörte zu den Spitzenköchinnen der städtischen Gerüchteküche.

„Hallo, Mrs. Metz." Er war hier aufgewachsen, und es wäre unhöflich, sie einfach stehen zu lassen. Außerdem mochte er sie und erinnerte sich gern daran, wie sie ihn mit selbst gebackenen Keksen gefüttert hatte. Und ihn mit dem Besen davongejagt hatte, wenn er etwas angestellt hatte. „Wie geht es Ihnen?"

„Ganz gut, denke ich. Etwas Regen wäre mir allerdings recht. Der Frühling ist zu trocken."

„Ja, Shane macht sich schon Sorgen deswegen."

„Heute Abend wird es bestimmt regnen", prophezeite sie. „Irgendwo braut sich ein Gewitter zusammen. Wie ich hörte, hat der Morningstar-Junge am Samstag ein gutes Spiel hingelegt."

„Drei Home Runs, und zweimal hat er abgeräumt."

Sie lachte so heftig, dass ihr Dreifachkinn zitterte. „Sie klingen ja beinahe wie ein stolzer Vater." Bevor er noch etwas erwidern konnte, sprach sie weiter. „Ich sehe Sie und den Jungen und seine Mutter hin und wieder. Sie ist das, was mein Sohn Pete vermutlich eine Superfrau nennen würde."

„Ja, das ist sie." Jared gab die Suche auf und nahm die erstbesten Schmerztabletten.

„Ganz schön schwer, finde ich", fuhr Mrs. Metz fort. „Einen Jungen ganz allein großzuziehen, meine ich. Aber das müssen ja heutzutage immer mehr Frauen. Sie stammt aus dem Westen, nicht wahr? Ich nehme an, der Vater des Jungen lebt noch immer dort."

„Keine Ahnung." Weil er tatsächlich nicht sicher sein konnte, ob der Kerl nicht eines Tages auftauchen würde, wurde das Hämmern in seinem Kopf stärker.

„Man sollte meinen, dass der Mann seinen Jungen wenigstens ab und zu sehen will, finden Sie nicht auch? Die beiden wohnen jetzt schon fast vier Monate hier. Man sollte denken, er würde mal vorbeischauen und einen so gut geratenen Jungen besuchen."

„Sollte man", erwiderte Jared vorsichtig.

„Natürlich, manchen Männern sind ihre Kinder vollkommen gleichgültig. Wie Joe Dolin, zum Beispiel." Ihr fröhliches Gesicht wurde bekümmert. „Ich bin ja so froh, dass Sie Cassie bei der Scheidung helfen und es ihr so leicht wie möglich machen. Meistens läuft es ja nicht so glatt. Ich weiß noch, als der zweite Sohn meiner Schwester sich scheiden ließ, flogen die Fetzen. Ich könnte mir vorstellen, dass Savannah Morningstars Scheidung auch nicht gerade ein Zuckerschlecken war."

Ja, das könntest du wohl, dachte Jared wütend. Er dachte gar nicht daran, ihr noch mehr Stoff zum Klatschen zu liefern, indem er ihr verriet, dass es gar keine Scheidung gegeben hatte. Wie auch? Es hatte ja keine Heirat gegeben. „Sie spricht nicht darüber."

„Früher waren Sie aber neugieriger, Jared." Bevor er unfreundlich antworten konnte, lächelte sie. „Was sind Sie doch für ein seriöser Mann geworden. Ein richtiger Anwalt mit Aktenkoffer. Ich bin schon ein paar Mal im Gericht gewesen, nur allein, um Sie bei der Arbeit zu sehen."

Sein Zorn verflog. „Ja, ich weiß." Er hatte sie bemerkt. In dem groß geblümten Kleid und den Gesundheitsschuhen war sie nicht zu übersehen gewesen. Wie sein persönlicher Fanclub.

„Es ist besser, als sich Perry Mason im Fernsehen anzuschauen, habe ich meinem Mann gesagt. Und dass Jared MacKade bei Gericht geschickter vorgeht als Perry Mason. Ihre Eltern wären stolz auf Sie. Und dabei dachten wir alle, die MacKade-Brüder landen bestimmt noch mal vor Gericht … aber nicht als Anwalt", fügte sie hinzu, und fand es so komisch, dass sie sich vor Lachen krümmte. „Junge, Junge, wart ihr eine Rasselbande. Glauben Sie bloß nicht, ich wüsste nicht, wer meinem Pete nach dem Frühlingsball in der Highschool das blaue Auge verpasst hat."

Jared erinnerte sich gern daran. „Er hat versucht, mir mein Mädchen auszuspannen."

„Ja, Sharilyn war damals ganz schön lebenslustig, nicht? Es war doch Sharilyn, nicht wahr?"

„Möglich."

„Nun ja, jedenfalls war sie kein Kind von Traurigkeit. Und Sie selbst auch nicht, wenn ich mich recht entsinne. Die Mutter des jungen Bryan freut sich bestimmt mächtig darüber, dass sie sich einen MacKade geangelt hat. Ich muss sagen, ihr drei seht richtig gut aus. Ich habe das Gefühl, Ihre Mama hätte das Mädchen gemocht."

„Ja, das hätte sie wohl." Jared bekam ein mulmiges Gefühl in der Magengegend. Was hätte seine Ma über ein Mädchen wie Savannah gesagt?

Auf der Fahrt nach Hause dachte er darüber nach, und das ließ seinen Kopfschmerz noch schlimmer werden. Wäre seine Mutter noch am Leben, was könnte er ihr über Savannah erzählen? Ledige Mutter, Striptease-Tänzerin, Job auf dem Jahrmarkt, Rodeo-Reiterin, Straßenmalerin. Nichts davon hätte Mom gefallen, dachte er und massierte sich die Schläfe.

Das Problem war, er konnte sich alles genau vorstellen, jede Station auf Savannahs Lebensweg. Und es fiel ihm leicht zu begreifen, dass jede davon Savannah zu der Frau gemacht hatte, die jetzt auf ihn wartete.

Er war versucht, bei Rafe vorbeizuschauen oder direkt zur Farm zu fahren. Einfach nur, um sich zu beweisen, dass er es konnte. Dass Bryans Mama ihn nicht an der Angel hatte. Doch dann bog er in ihre Einfahrt, denn alles andere wäre ihm feige erschienen.

Kein MacKade war ein Feigling.

Savannah hatte die Musik wieder einmal voll aufgedreht. Normalerweise belustigte es Jared, wie sie aus der alten Stereoanlage alles herausholte und harten Rock durch den Wald hallen ließ. Aber heute blieb er im Wagen sitzen und rieb sich die Schläfen.

Erst nach einer Weile stieg er aus und ging zur Veranda. Der Aktenkoffer kam ihm schwerer vor als sonst. Durch die Fliegentür zur Küche sah er Savannah beim Geschirrabwasch. Sie sang laut, mit einer leicht heiseren, erotischen Stimme, die jedem Mann unter die Haut ging, und sie bewegte die Hüften im Rhythmus der Musik.

Sie weiß, wie man sich bewegt, dachte er, und Wut und Eifersucht stiegen in genau dem Moment in ihm auf, als der erste Blitz über den sich verdunkelnden Himmel im Westen zuckte.

Bevor er sich beherrschen konnte, hatte er bereits die Tür hinter sich zugeknallt. Wie ein Pistolenschuss übertönte es die Musik. Savannah drehte sich um, und ihr offenes Haar strömte ihr über die Schulter.

„Kannst du das verdammte Ding nicht leiser stellen?“ schrie er.

„Sicher.“ Sie schlenderte hinüber und stellte die Musik ab. „Tut mir Leid, ich habe dich gar nicht kommen gehört.“

„Du hättest es nicht einmal gehört, wenn ein Güterzug gekommen wäre.“

Sie zog eine Augenbraue hoch und wischte sich die feuchten Hände an den eng sitzenden Jeans ab. „Harter Tag?“

Er ging durch die Küche und legte den Aktenkoffer auf den Tisch, wo die Gänseblümchen, die er Savannah vor ein paar Tagen mitgebracht hatte, in der Abendsonne leuchteten. „Hast du so für Geld getanzt?“

Der Stich kam so überraschend, so heftig, dass Savannah nicht einmal zusammenzuckte. Stattdessen fröstelte sie und atmete einmal tief durch, bevor es ihr gelang, den Schmerz zu unterdrücken. „Nein. Ich hätte nicht sehr viel verdient, wenn das alles gewesen wäre.“ Sie ging zum Kühlschrank und nahm ein Bier heraus, das sie gar nicht wollte. Sie musste etwas in den Händen halten, um sie am Zittern zu hindern. „Möchtest du auch eins?“

„Nein. Hat es dir eigentlich nichts ausgemacht, angestarrt zu werden?“

„Nicht besonders.“ Sie trank einen Schluck und ließ sich viel Zeit dabei.

„Also hast du es genossen.“ Jared stichelte, wie er es bei Zeugen tat, die unter Eid standen. „Das Tanzen, das Angestarrtwerden, die Blicke der Männer.“

„Ich musste meine Miete bezahlen. Die Männer mochten es, meinen Körper zu betrachten, und ich dachte mir, wenn sie das wollen, sollen sie dafür auch bezahlen.“

„Und wenn sie dafür bezahlten, konnten sie auch …“ Er verstummte, erschüttert über das, was er beinahe ausgesprochen hätte. Er hatte nicht gewusst, dass er dazu fähig sein könnte.

Savannah blieb ganz ruhig. Diesmal war sie darauf vorbereitet gewesen. „Jetzt, da du es ansprichst …“ Sie zuckte mit den Schultern und lächelte traurig. „Ich habe daran gedacht. Es gab einmal eine Zeit, da hatte ich nichts anderes zu bieten, das stimmt. Also dachte ich daran, mich selbst zu verkaufen.“

Jared hatte sich entschuldigen wollen, aber jetzt brachte er die Worte nicht heraus. „Und hast du das?“

Sie starrte ihn an. Ihr Blick war ausdruckslos. „Ich werde jetzt meinem Sohn Gute Nacht sagen." Jared ergriff ihren Arm, und ihr Blick wurde abweisend. „Lass mich los, MacKade. Bleib oder geh, das liegt bei dir, aber reiz mich nicht." Sie riss sich los und ging hastig die Treppe hinauf.

Am liebsten hätte er etwas zerbrochen. Am besten etwas, das zersplitterte, damit er es sich danach zwischen die Rippen jagen konnte. Aber stattdessen riss er die Tablettenschachtel auf, fetzte den Deckel von der Dose und schluckte gleich drei davon. Mit dem Rest ihres Biers spülte er nach.

Oben brachte Savannah Bryan zu Bett. Danach schloss sie leise die Tür des Kinderzimmers und sperrte sich im Bad ein, um ihr glühendes Gesicht immer wieder mit eisigem Wasser zu kühlen.

Wie konnte ich nur so dumm sein, fragte sie sich. Wie konnte ich nur so blind sein und nicht erkennen, was er in Wirklichkeit von mir denkt? Warum habe ich mich nicht gegen das geschützt, was sich hinter seiner überaus zärtlichen, liebevollen Fassade an Verachtung verbirgt?

Aber jetzt würde sie eine Mauer um ihr Herz errichten. Die Fragen, die er ihr stellte, würden sie nicht mehr verletzen können. Auch nicht die Fragen, die sie in seinen Augen las. Er würde sie nicht dazu bringen, sich der Antworten zu schämen, die sie ihm gab. Niemals, das schwor sie sich. Sie hatte zu lange und zu hart gekämpft, um sich von irgendjemandem erniedrigen zu lassen.

Aber so sehr sie auch danach suchte, sie fand ihn nicht, den stillen, geschützten Winkel ihrer Seele, in den sie sich hätte flüchten können. Es war, als könnte Jared ihr auch dorthin folgen.

Sorgsam trocknete sie sich das Gesicht ab und wischte das Waschbecken aus. Die ganze Zeit lauschte sie, ob Jared davonfuhr. Aber von draußen drang nur das Krachen der Blitze, das Grollen des Donners und das Geflüster alter Geister herein.

Jared saß am Küchentisch vor seinen ausgebreiteten Papieren, als sie hereinkam. Als sie stehen blieb, hob er den Kopf und nahm die Brille ab, doch sie kehrte ihm den Rücken zu und ging hinaus, um in der Natur zu sein. Der Wind nahm zu und die Bäume rauschten. Der Regen, der Sturm, das Donnern zogen über die Berge, heulten durch den Wald und tobten sich am Blockhaus aus.

Die Luft roch so, wie sie es liebte. Wie verzaubert. Savannah legte den Kopf in den Nacken und atmete den Duft ein. Als der Sturm den Regen unter das Dach der Veranda trieb und die Tropfen ihr ins Gesicht peitschten, blieb sie, wo sie war. Als ein Blitz so nah am Haus über den Himmel zuckte, dass er die Bäume zu versengen schien, war sie dankbar dafür.

Nach einer Weile schob Jared die Papiere zur Seite und trat zu Savannah hinaus. Sie war vollkommen durchnässt, Haar und Shirt klebten an ihr. Es war kalt, aber sie fröstelte nicht. Schließlich drehte sie sich zu ihm um und lehnte sich an den Pfosten.

„Noch mehr Fragen?"

Er hatte inzwischen die Krawatte abgenommen und die Ärmel aufgekrempelt, doch noch immer kam er sich wie ein Anwalt vor dem Zeugenstand vor. „Ich hätte meine Frage vorhin nicht so stellen sollen", begann er und fand es entsetzlich, wie förmlich er sich anhörte. „Ich entschuldige mich dafür. Aber nicht dafür, dass ich eine Antwort haben möchte. Ich frage dich noch einmal, ob du dich prostituiert hast."

„Das nennt man, die Frage anders formulieren … nicht wahr, Herr Anwalt?"

„Ich habe ein Recht, es zu erfahren."

„Wieso?"

„Verdammt, ich schlafe mit dir. Ich lebe schon fast mit dir zusammen."

Übelkeit stieg in ihr auf, doch sie ließ es sich nicht anmerken. „Habe ich mich von dir bezahlen lassen?" Ihr Blick wurde warnend, als er näher kam. „Fass mich nicht an. Was fällt dir ein, MacKade, mein Haus zu betreten, als wäre es deins, und mir meine Vergangenheit vorzuwerfen, als wärst du ein Teil davon? Hör zu, mein Haus gehört ebenso mir allein wie meine Vergangenheit."

Er trat näher, bis er direkt vor ihr stand. Das Gewitter draußen schien auch in ihm zu toben. „Ja oder nein?" fragte er.

Als sie ihn zur Seite schieben wollte, hielt er sie fest. Sie biss die Zähne zusammen und funkelte ihn an.

„Du denkst, ich will es wissen? Nein, ich muss es wissen und bin auf jede Antwort vorbereitet. Weil ich dich liebe." Er legte zwei Finger unter ihr Kinn und hob ihr Gesicht an. „Ich liebe dich, Savannah."

Ihre Augen füllten sich mit Tränen. Sie wich zurück und schob Jared mit aller Kraft von sich. „Geh zur Hölle, Jared", schrie sie ihn an. „Du wirst meine Gefühle für dich nicht in den Dreck ziehen. Soll ich dich etwa für deinen Großmut bewundern? Soll ich dir dankbar sein, dass du eine Frau wie mich liebst? Dass du mich trotz meiner Vergangenheit liebst?"

„Nicht." Jared musste sich beherrschen, um nicht nach ihr zu greifen, als sie sich umdrehte. Er durfte sie jetzt nicht berühren, er hatte es nicht verdient. „Bitte, geh jetzt nicht. Du hast Recht, Savannah. Du hast vollkommen Recht."

Sie starrte durch das Fliegengitter auf das Zuhause,

für das sie ihr ganzes Leben lang gekämpft hatte. Sie schloss die Augen und dachte an den Mann, der hinter ihr stand. Nie hätte sie geglaubt, einen Mann wie ihn bekommen zu können. Plötzlich fühlte sie sich zutiefst kraftlos, erschöpft von ihren eigenen Hoffnungen und Ängsten.

„Ich habe mich nie verkauft“, sagte sie leise und mit ausdrucksloser Stimme. „Nicht einmal, als ich nichts zu essen hatte. Ich hätte es tun können, es gab genug Gelegenheiten und viele Leute, die annahmen, dass ich genau das tue. Aber ich habe es nicht getan. Es wäre für mich erniedrigend gewesen, und Bryan hätte keine Mutter verdient, die sich verkauft, um das Essen oder eine Übernachtung bezahlen zu können.“ Sie atmete durch, bevor sie sich wieder zu ihm drehte. „Bist du jetzt zufrieden, Jared?“

Er hätte jedes seiner Worte zurückgenommen, hätte er es gekonnt. Aber er wusste, wenn er es nicht ausgesprochen hätte, hätte es ihn gequält und alles vergiftet, was sie miteinander hatten. Er wusste auch, dass noch mehr ausgesprochen werden musste. Dass es noch mehr Fragen gab. Aber nicht an diesem Abend. „Kannst du verstehen, wie entsetzlich ich es finde, dass du dich überhaupt entscheiden musstest? Dass du allein warst? Ohne Hilfe?“

„Ich kann die letzten zehn Jahre nicht ändern“, entgegnete sie. Trotz und Hilflosigkeit klangen aus ihren Worten. „Und ich will es auch nicht."

Langsam, fast zaghaft trat er auf sie zu. „Kannst du verstehen, dass ich dich liebe? Dass mir gerade eben bewusst geworden ist, dass ich noch nie eine Frau geliebt habe? Und dass ich dich so sehr brauche, dass es mich um den Verstand bringt?" Er hob eine Hand, berührte ihr nasses Haar. „Lass mich dich halten, Savannah. Einfach nur halten." Behutsam, ganz behutsam legte er die Arme um sie und zog sie an sich. Die Erleichterung ließ seine Knie weich werden, als er ihre Hände an seinem Rücken fühlte. „Ich habe dir wehgetan. Es tut mir Leid. Ich wusste nicht, dass ich es konnte." Beschämt küsste er ihr Haar. „Ich habe nur mich gesehen. Diese Zweifel … dieses Gefühl … wurde immer stärker. Ich konnte an nichts anderes mehr denken. Ich glaube, ich war unzurechnungsfähig."

„Schon gut", flüsterte sie und schmiegte sich an ihn, als müsse sie ihn trösten. „Es ist jetzt nicht wichtig."

„Lass mich es dir noch einmal sagen." Er sah ihr in die feucht schimmernden Augen. „Ich liebe dich, Savannah. Ich liebe dich so sehr." Er küsste sie und spürte, wie sie erbebte. „Ich kann nichts dagegen tun. Es raubt mir jedes Mal wieder von neuem den Atem, wenn ich dich sehe."

Savannah sagte nichts, konnte nichts sagen. So hatte

sie es sich erträumt. Dass Jared sie so ansah, so voller Liebe. Dies waren die Worte, nach denen zu sehnen sie sich gefürchtet hatte. Sie schlang die Arme um seinen Nacken und klammerte sich an seinen muskulösen Körper wie eine Ertrinkende.

„Du zitterst", murmelte er. „Dich friert."

„Nein. Nein. Oh, ich liebe dich auch. Ich weiß nicht, wie ich es anders ausdrücken soll."

„So und nicht anders, Savannah. Das Gewitter zieht weiter." Er hörte, wie das Donnern leiser wurde. „Es wird Regen geben. Ein Regen, wie ein Farmer ihn erhofft. Ein Regen, der etwas bewirkt." Er legte einen Arm unter ihre Knie und hob Savannah auf. „Ich möchte jetzt mit dir schlafen und dem Regen zuhören."

Jared war so zärtlich, dass ihr Herz überströmte vor Glück. Er küsste ihr Gesicht, ihren Hals, während er sie in das Zimmer trug, das sie miteinander teilten. Er schloss die Tür, trat ans Bett und legte sie darauf.

Sie hörte das leise Zischen eines Streichholzes, dann flackerte eine Kerze auf. Er zog ihr die klitschnassen Sachen aus und streichelte ihre Haut. Und plötzlich fühlte sie sich verletzlich.

Sie kniete sich aufs Bett, um sein Hemd aufzuknöpfen, und war so nervös, dass es ihr Mühe bereitete. Er nahm ihre Hände und presste sie an die Lippen.

Es duftete nach Regen und feuchter Erde. Savannah

hörte, wie das Gewitter sich entfernte. Und dann gab es nur noch Jared. Sein Flüstern drang durch das Prasseln auf dem Dach und an der Fensterscheibe. Er war so zärtlich, so einfühlsam und sie so hingebungsvoll. Jedes Mal, wenn ihre Lippen sich berührten, wurde der Kuss intensiver und zugleich natürlicher. Jedes Mal, wenn ihre Körper sich aneinander schmiegten, wurde es wärmer und sinnlicher.

Wie benommen von der Liebe zueinander, sahen sie sich in die Augen und lauschten dem schneller werdenden Klopfen ihrer Herzen.

Und dann glitt er in sie, sein Seufzen verschmolz mit ihrem, zwei Körper schienen zu einem einzigen zu werden. Jared spürte, wie die Leidenschaft Savannah davonriss und auch ihn mit sich trug. Auch in der Erfüllung konnte sie nichts voneinander trennen.

9. KAPITEL

Bryan liebte es, seine Freizeit auf der Farm zu verbringen, mit den Menschen, den Tieren, der frischen Luft. Er konnte sich noch genau an die bedrückende Enge der Großstadt erinnern. An die Orte, wohin sie gezogen und von denen sie wieder fortgegangen waren, an die winzigen Zimmer, deren Fenster vom Straßenlärm zu vibrieren schienen, und die Wände, die so dünn waren, dass jedes Lachen und jedes Fluchen der Nachbarn zu hören war.

Andererseits waren die Städte auch interessant gewesen. Es hatte immer etwas gegeben, das er tun, das er entdecken konnte. Und seine Mutter war mit ihm in die Parks und auf die Spielplätze gegangen – wenn sie nicht arbeiten musste.

Er erinnerte sich nur verschwommen daran, dass sie manchmal bis spät in die Nacht oder gar bis zum frühen Morgen arbeiten musste. Damals war sie oft müde gewesen. Und traurig. Aber er hatte nie recht verstanden, warum sie es war.

Er dachte an New Orleans mit der pulsierenden Musik und den gemächlich sprechenden Menschen. Er wusste noch, dass seine Mutter einen Topf mit roten Blumen auf die Fensterbank gestellt hatte.

Manchmal hatte er zu Füßen seiner Mutter gesessen und mit Autos gespielt oder ein Kinderbuch gelesen, während sie malte. Sie malte die Leute, die vorbeikamen, um in einem kleinen Klappstuhl zu sitzen, während sie ihre Gesichter mit schwarzer oder farbiger Kreide auf große weiße Blätter skizzierte.

Es war damals, als die Dinge anfingen, besser zu werden. Viel besser. Seine Mutter hörte auf, nachts zu arbeiten, und sah nicht mehr so traurig aus.

Aber jetzt war alles am besten. Sie wohnten in einem Haus. So wie sie es ihm immer versprochen hatte. Er hatte einen Garten, in dem er spielen konnte, und Freunde, die Freunde blieben, weil er nicht wieder wegziehen musste. Freunde wie Connor. Connor war richtig cool, auch wenn einige Mitschüler ihn immer wieder ärgerten und schlechte Sachen über seinen Vater sagten.

Vielleicht, dachte Bryan manchmal, tun die Kids das nur, weil sie nicht wissen, wie es ist, wenn man überhaupt keinen Vater hat. Er wusste es.

Aber Mom reichte ihm. Sie kümmerte sich um alles, und er und sie waren ein echtes Team. Sie war die coolste von allen Müttern.

Auch deshalb, weil sie ihn gefragt hatte, ob er in dem Blockhaus am Waldrand wohnen wollte. Sie hatte es nicht einfach nur beschlossen, ohne ihn zu fragen, wie viele andere Eltern es taten. Und dann, als sie das Blockhaus hatten, das für ihn das schönste Haus auf der ganzen Welt war, durfte er sich all die Sachen für sein Zimmer aussuchen, ganz allein. Das tolle Kojenbett, die Poster an den Wänden, die große Holztruhe für sein Spielzeug. Und jetzt durfte er so oft auf die Farm, wie er wollte. Meistens jedenfalls.

Shane war toll. Es störte Shane nie, wenn Bryan bei ihm war und ihn alle möglichen Dinge fragte. Devin war auch okay, obwohl er der Sheriff war. Bryan mochte auch vor allem den verrückten Rafe. Rafe warf sich zum Beispiel manchmal auf die Erde und tat, als würde er mit den Hunden kämpfen.

Aber am wichtigsten für ihn war Jared. Dauernd malte er sich aus, wie es wohl wäre, ihn immer um sich zu haben. Wie einen Vater. Jemand, mit dem man Baseball spielen konnte. Jemand, der jeden Tag von der Arbeit nach Hause kam und mit einem über alles sprach, was einen beschäftigte. Einen Mann, der seine Mom in der Küche küsste, ganz selbstverständlich.

Jared wünschte er sich am sehnlichsten, und deshalb träumte er davon, ihn als Vater zu haben. Denn die Wünsche, von denen man träumte, erfüllten sich irgendwie. Fast immer jedenfalls.

Auf der Farm schien die Sonne und erwärmte die vom nächtlichen Regen noch feuchte Erde. Der Frühnebel hatte sich aufgelöst und die Luft war klar. Bryan genoss es, mit den Hunden und Connor auf dem Boden zu sitzen und die Erwachsenen in der Nähe reden zu hören. Es war Sonntag, und heute würden sie alle zusammen essen. Die Männer kochten, was Bryan etwas seltsam, aber auch interessant fand.

„Meinst du, Ethel und Fred werden irgendwann Babys bekommen?"

Connor streichelte das goldbraune Fell des Hundes neben ihm, während er über Bryans Frage nachdachte. „Wahrscheinlich", sagte er schließlich. „Das passiert immer, wenn Leute verheiratet sind. Bei Hunden ist es genauso, schätze ich."

Bryan schnaubte und gab seinem Freund einen Stoß gegen die Schulter. „Leute müssen nicht verheiratet sein, um ein Kind zu bekommen. Sie müssen sich nur gern haben."

Hätte jemand anderes das zu ihm gesagt, wäre Connor rot geworden. Aber da es Bryan war, nickte er nur wissend. „Dann können Fred und Ethel Junge bekommen, sie mögen sich nämlich."

Bryan schaute zum Farmhaus hinüber. Durch das Küchenfenster drang fröhliches Lachen. „Ich glaube, Jared hat meine Mom gern."

Connor riss die Augen weit auf. „Bekommen sie etwa ein Baby?"

„Nein." Bryan legte den Arm um Ethel. Daran hatte er auch schon gedacht. „Es wäre cool, wenn sie eins bekämen. Ich meine, du findest es doch gut, dass ihr Emma habt, oder?"

„Sicher."

„Ein Bruder wäre besser, aber eine Schwester wäre auch okay. Ich glaube, wenn wir eins hätten, ein Baby, meine ich, würde Jared bei uns bleiben. So richtig mit uns zusammenleben, weißt du."

„Manchmal ist das gar nicht so gut", sagte Connor leise. „Manchmal ist es schlecht, wenn ein Mann bei einem lebt. Sie streiten und schreien herum, sie betrinken sich und … so."

Bryan zog die Stirn in Falten. „Aber das ist nicht bei alle Männern so."

„Wohl nicht." Connor war sich da alles andere als sicher. „Ich will nicht, dass bei uns wieder ein Mann wohnt", sagte er mit großem Nachdruck. „Nie, niemals wieder."

Verständnisvoll legte Bryan den Arm um Connors Schultern. „Wenn dein Vater nach dem Gefängnis wieder zu euch kommen will, wirst du bereit sein. Wir beide werden bereit sein", fügte er lächelnd hinzu. „Du und ich, Con."

„Ja." Connor wünschte fast, er könnte es beweisen. „Du und ich."

„Sieht aus, als führten die beiden ein ernstes Gespräch zwischen Männern“, sagte Savannah, während sie aus dem Küchenfenster schaute.

„Connor hat eigentlich noch keinen richtigen Freund gehabt.“ Wie denn auch, dachte Cassie betrübt. Joe hatte jeden vergrault, der sie oder ihren Sohn besuchen wollte.

„Bry auch nicht. Die beiden sind gut füreinander.“ Savannah lächelte, als die Jungen sich gemeinsam mit den Hunden auf der Erde wälzten. Bis das Essen fertig war, würden die vier vermutlich schwarz vor Dreck sein.

„Das kommt mir irgendwie bekannt vor.“ Devin stellte sich hinter die beiden Frauen und schob die Hände in die Gesäßtaschen seiner Jeans. Savannah musste sich zusammennehmen, um nicht von dem Sheriff abzurücken. „Wir haben so manchen Sonntagnachmittag im Staub verbracht.“

„Wir haben fast jeden Nachmittag im Staub verbracht“, verbesserte Rafe seinen Bruder.

„Erinnerst du dich an den Sonntag, als Mom uns mit dem Gartenschlauch abgespritzt hat?“ Seufzend schob Shane sich ein Radieschen in den Mund. „Das waren noch Zeiten. Sie war wütend, weil Gran und Pop zum Essen kamen und wir uns in unseren besten Sachen rauften.“

„Du hast angefangen“, erinnerte sich Jared. „Du hast dir einfach meinen Baseball genommen und ihn auf dem Feld verloren.“

„Ich habe mir deinen Baseball geliehen“, erklärte Shane. „Und Devin hat ihn auf dem Feld verloren.“

„Rafe hat ihn verloren“, widersprach Devin mit sanfter Stimme. „Er sollte ihn fangen.“

„Du hast viel zu hart geschlagen“, sagte Rafe. „Das hast du immer getan.“

„Stimmt ja gar nicht.“

Bevor Devin den Streit fortsetzen konnte, hob Regan die Hände. „Auszeit. Jetzt, da wir alle erleben, wie nah diese Familie sich steht, habe ich etwas zu verkünden.“ Sie lächelte Rafe zu. „Es ist der ideale Zeitpunkt, findest du nicht auch?“

„Ja, das finde ich auch.“ Rafe nahm ihre Hand, küsste sie und zog seine Frau an seine Seite. Er strahlte über das ganze Gesicht. „Wir bekommen ein Baby.“

Einen Moment lang herrschte Stille, dann jubelten alle. „Hurra“, rief Shane, bevor er Regan von den Füßen hob und sich mit ihr drehte. Die werdende Mutter musste geküsst und umarmt werden, Rafe wurde brüderlich auf die Schulter geklopft.

„Gib mir meine Frau zurück“, sagte Rafe schließlich zu seinem Bruder.

„Gleich.“ Shane küsste sie noch einmal und wollte

sie Rafe geben. Doch Jared kam seinem Bruder zuvor und wirbelte sie auch noch einmal herum. Regan lachte noch immer, als sie in Devins Armen landete.

„Gebt mir endlich meine Frau wieder", verlangte ihr Ehemann.

Während alle sich nun um Regan drängten, lehnte Savannah sich gegen den Küchentresen. „Die nächste Generation der MacKades", flüsterte sie Cassie zu. „Was für eine Vorstellung."

„Sie wird es schaffen." Cassie blinzelte vor Rührung. „Regan wird mit allem fertig."

Savannah trat vor und küsste Jared auf die Wange. „Herzlichen Glückwunsch, Onkel Jared."

Er lachte. „Rafe wird Daddy, ich kann es kaum fassen."

Mit hochgezogener Augenbraue sah sie zu Regan hinüber, die noch immer von Bruder zu Bruder gereicht wurde. „Und das, nehme ich an, ist die Art, wie ihr MacKade-Männer die Ankunft eines Babys feiert – indem ihr euch Frauen zuwerft."

„Keine Ahnung. Es ist unser erstes Baby."

Jared legte den Arm um sie, und Savannah begriff, dass er es wirklich so meinte. Es würde ein MacKade-Baby werden, und damit gehörte es ihnen allen.

Darüber dachte sie noch nach, während die Männer das Essen damit verbrachten, sich über die Pflichten eines Vaters und mögliche Namen für das Kind auszulassen. Eigentlich war es seltsam. Aber erst jetzt, da sie ein eigenes Zuhause besaß und Bryan alles bekam, was sie ihm geben konnte, ging ihr auf, dass weder sie noch ihr Sohn je erlebt hatten, was eine richtige Familie bedeutete.

Sie hatten einander, und das war wichtig. Lebenswichtig. Bryan war ein wohlgeratener, glücklicher Junge. Sie sah es ihm an. Er saß neben ihr, aß mit großem Appetit und lachte fröhlich, als Shane vorschlug, das Kind Lulubelle MacKade zu taufen, falls es ein Mädchen wurde. Ihr Sohn war so, wie sie ihn sich wünschte, daran zweifelte sie keine Sekunde.

Und doch fehlte ihm etwas. Er kannte weder die Freuden noch die Sorgen, die es mit sich brachte, wenn man Onkel, Tanten und Großeltern besaß. Oder Geschwister. Das war das, was sie ihm nicht geben konnte. Sie hoffte inständig, dass nur sie und nicht er das plötzlich vermisste.

„Geht es dir gut, Regan?“ drang Cassies leise Stimme durch die lustige Männerrunde.

„Wunderbar. Ich glaube, ich habe mich noch nie besser gefühlt. Keine Übelkeit, keine Erschöpfung, nichts von alledem, wovor die Bücher uns warnen.“

„Ich hatte alles.“ Lächelnd strich Cassie über Emmas Kopf. „Aber es war nicht schlimm. Nur genug, um zu wissen, was einen beim zweiten Mal erwartete. Wie war es bei dir, Savannah?"

„Ich habe mich drei Monate lang hundeelend gefühlt." Bevor Bryan über ihren Teller hinweggreifen konnte, reichte sie ihm die Schüssel mit den Röstkartoffeln. „Aber es hat sich gelohnt." Sie zwinkerte ihrem Sohn zu.

„Drei Monate?" Regan schüttelte sich. „Jeden Tag?"

„Ob Sonnenschein oder Regen", antwortete Savannah fröhlich. „Bry, wenn du deinen Mund noch ein Stück weiter öffnen würdest, könntest du vermutlich drei Kartoffeln auf einmal hineinstopfen."

Er grinste verlegen. „Es schmeckt so gut."

„Genau wie Mom sie immer gemacht hat", warf Devin ein und löffelte dabei noch mehr Kartoffeln auf Bryans Teller. „Wir haben immer gewettet, wer von uns am meisten essen konnte. Meistens hat Jared gewonnen, stimmt's, Jared?"

„Ja." Aber er hatte aufgehört zu essen und sah Savannah an.

„Der Junge wird deinen Rekord brechen." Shane warf Jared ein Brötchen zu. Sein Bruder fing es geschickt auf.

Bryan fand die Idee großartig. Er nahm eins aus dem Korb und warf es Connor zu, der es gerade noch erwischte, bevor es zu Boden fiel.

„Guter Fang", lobte Rafe. „Einen wie dich brauchen wir. Wirst du in der nächsten Saison Baseball spielen, Con?"

„Ich weiß nicht." Connor brach sich ein Stück Brötchen ab und sah unter gesenkten Wimpern zu seiner Mutter hinüber.

„Con ist ein besserer Werfer als jeder unserer Anfänger." Bryan nahm sich ein Brötchen und bestrich es dick mit Butter. „Er pfeffert dir den Ball direkt in die Tasche, wenn du nicht aufpasst."

„Connor, du hast mir nie erzählt, dass du gern Baseball spielen würdest." Kaum hatte Cassie es ausgesprochen, da bereute sie es auch schon. Natürlich hatte er nichts davon erwähnt. Er hatte nie jemanden gehabt, mit dem er hätte spielen können. Und dass er in der Schule gut gewesen war, hatte ihn in den Augen seines Vaters zum Versager gestempelt. Für den zählten die Leistungen auf dem Baseball-Feld viel mehr als die in Mathematik oder Englisch.

„Ich treffe kaum etwas", flüsterte Connor mit rotem Kopf. „Ich kann nur ein bisschen werfen, seit Bryan es mir beigebracht hat."

„Wir werden an deiner Schlagtechnik arbeiten", versprach Devin. „Gleich nach dem Essen werden wir an deiner Haltung feilen."

Connor lächelte, und das war Antwort genug.

Wenig später drangen Anfeuerungsrufe und Jubel vom Hof in die Küche. Die Hände voller Geschirr, sah Cassie hinaus. Devin hockte hinter Connor, und beide hielten den Schläger umklammert, während Jared ihnen die Bälle zuwarf.

„Es ist wirklich nett von den Männern, mit den Kindern zu spielen“, sagte sie.

„Und uns den Abwasch zu überlassen“, erwiderte Savannah trocken.

„Wer kocht, spült nicht.“ Regan ließ heißes Wasser ins Becken laufen. „Eine uralte MacKade-Regel.“

„Klingt fair“, gab Savannah nach. Doch als sie sich inmitten der Stapel von Tellern und Töpfen umsah, war sie nicht mehr ganz so sicher.

„Ich hoffe, es stört euch nicht, aber was ich euch fragen wollte ...“ Regan lachte nervös. „Ach, eigentlich es ist albern.“

Savannah nahm ein Geschirrtuch und musterte Regan neugierig. „Was ist albern?“

„Nun ja.“ Regan machte sich an den ersten Stapel. „Ihr habt es ja beide schon durchgemacht, und ich wollte fragen, wie es so ist. Die Geburt, meine ich.“

Savannah zwinkerte Cassie zu. „Wehen und Entbindung – ein Marsch durch das Tal der Tränen.“

„Nein, so schlimm ist es nicht“, versicherte Cassie. „Mach ihr doch nicht Angst, Savannah.“ Sie stellte die

Teller ab und strich Regan über die Schulter. „Wirklich, so schlimm ist es gar nicht."

„Willst du ihr etwa einreden, dass es ein Kinderspiel sei?" Savannah musste über ihre Wortwahl lachen, wurde aber sofort wieder ernst.

„Es ist etwas ganz Natürliches", beharrte Cassie. „Das allerdings höllisch wehtut."

„Tut mir Leid, dass ich gefragt habe." Regan seufzte. „Und wie lange hat es gedauert?"

„Bei Connor etwas über zwölf Stunden, bei Emma knapp zehn."

„Mit anderen Worten", warf Savannah ein, „eine halbe Ewigkeit."

„Ich würde dich ja bitten, den Mund zu halten, aber ich will wissen, wie lange du gebraucht hast." Regan rümpfte die Nase. „Zehn Minuten, habe ich Recht?"

Savannah nahm einen weiteren Teller. „Zweiunddreißig Stunden."

„Zweiunddreißig Stunden!" Regan hätte fast einen Teller fallen lassen. „Das ist unmenschlich."

„Reines Pech", erwiderte Savannah. „Und die Entbindungsstation, auf der ich lag, war nicht gerade erstklassig. Aber das hätte auch nichts geändert." Sie tat es mit einem Schulterzucken ab. „Babys kommen nun einmal, wann sie wollen. Du wirst es schaffen, Regan, glaub mir. Rafe wird dir beistehen. Und falls dein Arzt nicht gerade die Meistermannschaft eines Profi-Footballteams vor dem Kreißsaal aufbaut, wird der Rest der MacKades auch dabei sein."

„Du warst ganz allein", sagte Regan leise.

„Ja, das war ich." Savannah drehte sich um, als Jared zur Tür hereinkam. „Ist das Match zu Ende?"

„Nein." Er ließ sie nicht aus den Augen. „Ich habe den kürzesten Strohhalm gezogen und muss jetzt das Bier holen."

„Warte, ich gebe es dir." Cassie eilte bereits an den Kühlschrank. „Wollen die Kinder auch etwas?"

„Was immer sie kriegen können." Er nahm den Sechserpack und den Karton mit Saft, den Cassie ihm reichte, und ging wieder hinaus.

„Nichts vertreibt einen Mann so schnell wie Frauen, die über das Kinderkriegen reden", bemerkte Savannah lachend, aber sie ahnte, dass Jared nicht nur deswegen hinausgeeilt war. In seinem Blick hatte etwas gelegen, von dem er nicht wollte, dass sie es sah.

„Ich habe Rafe gegenüber die Lamaze-Kurse erwähnt, und er wurde bleich wie ein Laken." Belustigt stellte Regan einen Teller in das Abtropfgestell. „Aber dann hat er die Zähne zusammengebissen und genickt."

„Er wird es schon schaffen." Mit einem letzten Blick zur Tür hinüber nahm Savannah den nächsten

Teller. „Er liebt dich doch, und das allein zählt, oder nicht?"

„Ja." Mit einem verträumten Seufzen tauchte Regan die Hände in das Spülwasser. „Das allein zählt."

Auf dem Weg nach Hause entdeckte Savannah den ersten Leuchtkäfer. Der Sommer naht, dachte sie und sah, wie Bryan vor ihr den Weg entlangrannte und unsichtbare Feinde angriff. Sie wollte, dass der Sommer kam. Sie wollte die Hitze, die langen, sonnigen Tage, die sternklaren, schwülen Nächte.

Was sie wollte, war, dass die Zeit verging und sie jede Minute davon genoss. Ein ganzes Jahr, Sommer, Herbst, Winter und Frühling, hier, an diesem Ort. In ihrem Haus. Mit diesem Mann.

„Beschäftigt dich etwas?" fragte sie leise.

„Mich beschäftigen viele Dinge." Jared wünschte, er könnte mit ihr eine Weile im Wald bleiben. Dort, wo sie die Sorgen und Nöte der Menschen spüren konnten, die gestorben waren, bevor sie beide geboren worden waren. „Es gibt da ein paar Fälle, die mir auf die Nerven gehen. Die Maler bringen im Büro alles durcheinander. Ich muss Cassies Scheidung durchbringen. Und ich muss mir darüber klar werden, dass ich Onkel werde."

„Du spielst wieder einmal den Anwalt, MacKade, und versteckst dich hinter vielen Worten."

„Ich bin Anwalt."

„Okay, fangen wir damit an ... Warte einen Moment. Bry, ab in die Badewanne", rief sie ihrem Sohn zu.

„Ach, Mom ..."

„Und zwar sofort, mein Freund. Ich komme auch gleich nach."

Der Junge rannte los, und vom Waldrand aus sah Savannah, wie im Haus ein Licht nach dem anderen anging, als Bryan nach oben eilte. Durch das offene Badezimmerfenster konnte sie ihn singen hören, wie immer schrecklich unmelodisch.

„Warum bist du Rechtsanwalt geworden?" fragte sie Jared.

Die Frage traf ihn völlig unvorbereitet. Er war mit den Gedanken ganz woanders gewesen. „Warum ich Rechtsanwalt geworden bin?" wiederholte er, um Zeit zu gewinnen.

„Versuch doch einmal, mit zwanzigtausend Worten oder weniger zu antworten."

„Weil ich gern Anwalt bin." Die erste Antwort, die ihm einfiel, war die beste. „Ich suche gern nach den richtigen Argumenten. Ich betrachte ein Problem von beiden Seiten und denke alles durch, bis ich die besten Argumente finde. Ich gewinne gern." Er zuckte mit den Schultern. „Und natürlich auch, weil ich will, dass Gerechtigkeit herrscht. Sicher, die Justiz ist nicht perfekt, aber wir brauchen sie. Ohne sie wären wir zweifellos verloren."

„Du glaubst also an Recht und Gesetz, du argumentierst gern, und du gewinnst gern." Sie legte den Kopf auf die Seite. „Alle Gründe in einem einzigen Satz. Siehst du, wie einfach es geht?"

„Worauf willst du hinaus?"

„Darauf, dass du die Dinge auch gern komplizierst." Sie streichelte seine Wange. „Was komplizierst du jetzt gerade, Jared?"

„Nichts." Er nahm ihre Hand und küsste sie auf das Gelenk, dort, wo er ihren Puls an den Lippen fühlen konnte. „Ich kompliziere gar nichts. Es war schön, mit dir und Bryan auf der Farm zu sein. Und gemütlich um den Küchentisch zu sitzen, während alle durcheinander redeten."

„Und mit Brötchen zu werfen."

„Und mit Brötchen zu werfen. Es war schön, draußen auf dem Hof Baseball zu spielen und dabei zu hören, wie du und Regan und Cassie in der Küche mit dem Geschirr klappern."

„Typisch." Sie lächelte nachsichtig. „Als Antwort würdest du wahrscheinlich von geschlechtsspezifischer Rollenverteilung reden."

„Verklag mich doch." Er zog sie an sich. Und dann, als alles um sie herum still war, hörte er plötzlich den

Kampf. Ein Fremder gegen einen anderen Fremden, unerbittlich, bis in alle Ewigkeit. Vielleicht hatte jeder von ihnen Recht, auf seine Weise. „Spürst du es?" flüsterte er.

„Ja." Ich spüre die Angst, dachte sie und schloss die Augen. Die Verzweiflung. Und die langsam schwindende Hoffnung. Vielleicht spürte sie die Geister des Waldes deshalb so deutlich, weil sie diese Gefühle so gut kannte. „Hast du dich jemals gefragt, warum sie noch immer hier sind? Was sie vielleicht noch zu sagen oder zu tun haben?"

„Der Kampf ist noch nicht vorüber. Er wird es niemals sein." Savannah schüttelte den Kopf. „Die Sehnsucht ist noch nicht vorüber. Die Sehnsucht nach dem Zuhause, der Heimat. Die Sehnsucht nach dem Frieden, nehme ich an. Die wird nie aufhören. Aber hier kann ich sie stillen, hier finde ich endlich Frieden."

Als sie sich von Jared lösen wollte, hielt er sie fester. „Ich habe an der Küchentür gelauscht, als ihr drei Frauen euch unterhalten habt. Dass du ganz allein warst, als du Bryan bekamst, macht mich traurig. Ich habe es mir vorgestellt. Und wie du während der Schwangerschaft gelitten hast. Es muss schlimm gewesen sein."

„Morgendliche Übelkeit ist nicht ungewöhnlich, wenn man ein Kind bekommt."

„Sechzehn Jahre alt, mutterseelenallein und schwanger zu sein, ist verdammt ungewöhnlich, und das sollte es auch sein“, sagte er mit Nachdruck.

„Mich jetzt zu bedauern ist reine Zeitverschwendung, Jared. Das ist alles lange her.“ Sie legte den Kopf in den Nacken und sah ihm ins Gesicht. „Aber das ist es nicht, was du fühlst, nicht wahr? Es ist nicht nur Mitleid.“

„Ich weiß nicht, was ich fühle.“ Nichts frustrierte ihn so sehr wie das Unvermögen, in sich selbst die erhofften Antworten zu finden. „Ich habe Fragen, von denen ich noch nicht einmal weiß, wie ich sie stellen soll. Du zwingst mich dazu, dich zu fragen, indem du nichts erzählst. Und ja, ich empfinde Mitgefühl mit dir, mit dem jungen Mädchen, das allein zurechtkommen und Entscheidungen treffen musste, vor die kein Kind gestellt werden darf.“

„Ich war kein Kind.“ Sie klang ruhig. „Ich war alt genug, um schwanger zu werden, also war ich auch alt genug, mit den Folgen fertig zu werden. Und die Entscheidung, die ich traf, habe ich allein getroffen. Niemand hätte sie mir abnehmen können. Bryan zu bekommen war eine der wenigen richtigen Entscheidungen in meinem Leben.“

„So habe ich es nicht gemeint. Ich habe nicht Bryan gemeint.“ Ihre Augen funkelten, und er schüttelte

Savannah behutsam. „Glaub mir, Savannah. Ich meinte die Entscheidung, wohin du gehen, was du tun, wie du leben solltest. Was du essen solltest. Und verdammt noch mal, Savannah, du warst ein Kind. Du hattest etwas weit Besseres verdient als das, was du bekommen hast."

„Ich habe Bryan bekommen", sagte sie schlicht. „Ich habe etwas Besseres bekommen, als ich verdient hatte."

Er konnte ihr nicht klarmachen, was er meinte. Ihm fehlten die richtigen Worte, ihm, dem wortgewandten Anwalt. Vielleicht war das, was er ihr sagen wollte, zu einfach. „Ich frage mich, wie es ist, einen Menschen wie Bryan zu erschaffen und ihn rückhaltlos zu lieben. Ohne Eigennutz."

Jetzt konnte sie endlich lächeln. „Es ist wunderbar. Einfach wunderbar. Kommst du mit mir nach Hause?"

„Ja." Er nahm ihre Hand. „Ich komme mit dir nach Hause."

Jared dachte über Savannahs Art von Liebe und ihre Art zu leben nach, während sie neben ihm schlief. Eine Frau wie sie hätte er sich niemals gesucht, und diese Einsicht machte ihm sehr zu schaffen. Sie war weder elegant noch kultiviert, noch besaß sie die Klasse, die ihn an einer Frau reizte.

Denn eben eine solche Frau hatte er immer gesucht, das wurde ihm jetzt bewusst. Und das war ein schwerer Fehler gewesen. Aber brauchte ein Mann denn nicht eine Frau, die er verstand, die er kannte? In Savannahs Leben gab es gewaltige Abschnitte, von denen er keine Ahnung hatte. Große Teile ihrer Vergangenheit waren ihm verschlossen, verborgen in ihrer Erinnerung.

Ein junges Mädchen, schwanger und allein, verlassen von all den Menschen, die ihr hätten helfen müssen. Er empfand Mitleid mit dem Mädchen, aber auch so etwas wie Misstrauen. Ein Misstrauen, das ihn quälte, so sehr er sich auch dagegen wehrte.

Wohin war Savannah gegangen, was hatte sie getan, wo hatte sie gelebt? Er wollte nicht mehr daran denken, doch sein Stolz ließ es nicht zu. Sie hatte das Kind eines anderen Mannes zur Welt gebracht, hatte andere Männer erregt. Diese Vorstellung steckte wie ein Messer in seinem Stolz, in seinem Selbstbewusstsein, und es ließ sich einfach nicht herausziehen.

Das war sein Problem. Jared wusste es und versuchte es mit dem Verstand und der Vernunft zu lösen. Er zerbrach sich den Kopf darüber. Als Savannah sich im Schlaf bewegte und sich nicht zu ihm, sondern von ihm wegdrehte, beunruhigte es ihn zutiefst.

Wie viele andere Männer hatte sie geliebt? Wie viele

hatten neben ihr gelegen und gewünscht, der Einzige zu sein?

Doch noch während er sich mit dieser Frage quälte, zog er Savannah an sich. Sie schmiegte sich an ihn, er spürte ihre Wärme und atmete den Duft ihrer Haut ein, jenen natürlichen, sinnlichen Duft, für den sie kein Parfüm brauchte.

Er hatte sich daran gewöhnt, mit ihr aufzuwachen. Sie würde die Augen aufschlagen, ganz langsam, so als wäre der Schlaf etwas, aus dem man sich gemächlich löste. Sie würde ihn berühren, seine Schultern streicheln, den Rücken, die Arme. Und dann, wenn die Erregung ihn zu durchströmen begann, würde sie die Decke zurückschlagen und das Bett verlassen. Sie würde sich mit katzenhafter Anmut strecken, das lange, schwarze Haar anheben und wieder fallen lassen. Als gäbe es keinen Unterschied zwischen einer schläfrigen Schönheit und einer schläfrigen Mutter, würde sie in den verblichenen blauen Bademantel schlüpfen und Bryan wecken, damit er den Schulbus nicht verpasste. Und oft, sehr oft, blieb Jared noch einige Zeit im Bett liegen, nachdem sie hinausgegangen war. Und wünschte, sie würde zurückkommen. Mehr und mehr begann Jared zu realisieren, dass Savannah mittlerweile ein Teil seines Lebens geworden war.

Fast war ihm, als hätte sie ihn irgendwie verzaubert,

mit ihren rätselhaften Augen, dem verführerischen Lächeln und dem unerschütterlichen Glauben an sich selbst. Sie kannte ihn wesentlich besser als er sie. Sie kannte seine Geister, spürte sie und fürchtete sich nicht vor ihnen. Sie war die erste Frau, die mit ihm durch seinen Wald spaziert war und das Flüstern der Verwunschenen gehört hatte.

Diese Fähigkeit verband sie und ihn auf eine Weise, die die körperliche, ja selbst die emotionale Anziehung übertraf. Sie verlieh ihrer Verbindung etwas Seelisches. Etwas, gegen das Jared sich nicht wehren konnte, selbst wenn er gewollt hätte.

Was immer es war, das sie miteinander verband, es ließ ihm keine andere Wahl, als bei ihr zu bleiben und ihr immer näher zu kommen. Also schlief er wieder ein, den Arm um ihre Taille gelegt, und fiel mühelos in einen Traum.

Seine Hüfte schmerzte höllisch, seit der Einschlag einer Kanonenkugel ihn durch die Luft gewirbelt hatte und er hart auf dem Boden aufgeschlagen war. Sein Kopf dröhnte, die Augen brannten. Es war schwer, einen Fuß vor den anderen zu setzen und nicht einfach umzufallen.

Er erinnerte sich nicht daran, wie er in den Wald gekommen war. War er zu den Bäumen gekrochen oder gerannt? Er wusste nur, dass er schrecklich allein war und furchtbare Angst hatte. Sein Leutnant war tot. So viele waren tot. Der Junge aus Connecticut, mit dem er sich am Abend zuvor die magere Ration geteilt, mit dem er sich flüsternd unterhalten hatte, wenn die Lagerfeuer aus waren, lag in einem flachen Graben, in Stücke gerissen. Dort war der Kampf so grausam und gnadenlos gewesen, dass selbst die Hölle dagegen ein Paradies sein musste.

Jetzt war er allein. Er wusste, dass er eine Zuflucht finden musste. Einen Ort, wo er sich ausruhen konnte. Nur für eine Weile. Seine Heimat war nicht weit entfernt. Sie lag in nördlicher Richtung, hinter der Grenze von Pennsylvania. Die Wälder von Maryland waren gar nicht so anders als die in der Nähe seiner Farm.

Vielleicht könnte er sich hier verstecken, bis er sich auf den Heimweg machen konnte. Bis dieser Krieg, der ein Abenteuer hatte werden sollen und zu einem tausendfachen Albtraum geworden war, endlich ein Ende fand.

Im Monat zuvor war er siebzehn geworden, und noch nie hatte er die Lippen einer Frau geschmeckt.

Vollkommen erschöpft blieb er stehen und lehnte sich keuchend gegen einen Baum. Wie konnten diese Wälder so schön sein, so voller Farbe und herbstlicher Gerüche? Warum hörte dieser entsetzliche Lärm nicht auf? Warum verstummten die Kanonen nicht endlich? Und die Schreie der Verwundeten.

Wann würden sie ihn nach Hause gehen lassen?

Seufzend stieß der Junge sich vom Stamm ab. Er umrundete einen großen Felsbrocken und entdeckte einen Pfad. Doch als er erleichtert weiterging, sah er die graue Uniform der Südstaatler.

Er zögerte nur einen Moment, aber in ihm ballte sich alles zusammen. Dies war der Feind. Dies war der Tod. Dies war das Hindernis auf dem Weg in die Heimat. Er riss das Gewehr hoch und legte an.

Der andere Junge tat genau dasselbe.

Sie waren beide keine guten Schützen, doch er hörte die Kugel an seinem Ohr vorbeipfeifen, und ihm blieb fast das Herz stehen. Und dann rannte er los, genau wie sein Feind. Ihr verängstigtes Kriegsgeschrei verschmolz. Bajonette klirrten.

Die Augen des anderen waren blau wie der Himmel. Nur das sah er, als er die Klinge in seinen Körper eindringen fühlte. Die Augen des anderen waren jung und voller Angst.

Sie kämpften mit dem Mut der Verzweiflung, aber er würde sich kaum daran erinnern können. Nur an den Anblick seiner tiefen Wunden, an das Blut, das aus ihnen strömte. Und daran, wie er aufgewacht war, allein in diesem wunderschönen Herbstwald.

Und wie er weitergetaumelt war. Weinend.

In den wenigen Stunden, die ihm noch blieben, erinnerte er sich an das Farmhaus hinter der Lichtung. An die Farbe der Mauersteine und Dachziegel, an den Geruch der Tiere und Pflanzen.

Und er sehnte sich nach seinem Zuhause.

Plötzlich war er nicht mehr allein. Das Gesicht war älter, vom Wetter gegerbt, mit gerunzelter Stirn unter einem Hut mit weicher Krempe. Der Junge dachte an seinen Vater, wollte etwas sagen, doch dann hob der Mann ihn auf, und der Schmerz war schlimmer als der Gedanke an den Tod.

Er hörte Frauenstimmen, aufgeregte Rufe, Flüstern. Er spürte sanfte Hände und die Wärme eines Feuers. Dann kühle Laken und wie der Schmerz einem Gefühl der Betäubung wich.

Jedes Wort, das er sprach, schien ihm die Kehle zu versengen. Aber er hatte so viel zu sagen. Und jemand hörte ihm zu. Jemand, der nach Flieder duftete und seine Hand hielt.

Er musste ihr sagen, dass er stolz war, Soldat zu sein, seinem Land zu dienen und zu kämpfen. Er versuchte sogar stolz darauf zu sein, dass er sterben würde, obwohl jetzt die Angst größer war als der Schmerz seiner Wunden.

Als er schließlich starb, erwachte Jared mit klopfendem Herzen. Savannah bewegte sich neben ihm. Und diesmal, dieses eine Mal, drehte sie sich zu ihm. Im Schlaf legte sie die Arme um ihn.

Es war mehr, als er erwartet hatte. Er war zufrieden. Für diese Nacht.

10. KAPITEL

Mit drei Bildern unter den Armen schob Savannah die Tür zu Jareds Kanzlei auf. Der Regen tropfte vom Schirm der Baseball-Kappe, die sie von Bryan ausgeliehen hatte, bevor sie sich auf die Fahrt nach Hagerstown gemacht hatte. Als Sissy sie bemerkte, sprang sie auf.

„Kommen Sie, ich helfe Ihnen."

„Danke." Savannah übergab der jungen Sekretärin die drei eingewickelten Gemälde. „Im Wagen sind noch mehr."

„Ich lege die hier rasch ab, dann helfe ich Ihnen, die anderen hereinzuholen."

„Nicht nötig. Wozu sollen wir beide nass werden?" Savannah warf einen kurzen Blick auf die gerade erst in zartem Grün gestrichenen Wände, das bequeme rotbraune Sofa und die Bibliothekssessel. „Es sieht schon ganz anders aus."

„Ja, das tut es." Sissy legte die Bilder auf den Couchtisch. „Ich fühle mich, als hätte ich bisher in einem Karton gearbeitet. Jetzt hat jemand den Deckel geöffnet und frische Luft hereingelassen. Warten Sie, ich gebe Ihnen einen Regenschirm."

„Den könnte ich gar nicht halten. Außerdem bin ich schon nass. Bis gleich."

Savannah eilte hinaus und rannte zu ihrem Wagen. Der Regen war heftig, aber wenigstens warm. Niemand hatte mehr Angst vor einem dürren Frühling, wie Mrs. Metz ihr freudestrahlend berichtet hatte, als sie einander vorhin im Postamt begegnet waren. Das Wetter, so unangenehm es im Moment auch sein mochte, ließ Savannahs Garten wachsen und gedeihen.

Als sie das letzte Bild hereingetragen hatte, war sie bis auf die Haut durchnässt, und in ihren Schuhen stand das Wasser.

„Ist der Chef da?" Sie legte das Bild hin, nahm die Kappe ab und fuhr sich mit den Fingern durch das feuchte Haar. „Vielleicht möchte er sich die Bilder noch einmal ansehen, bevor ich sie aufhänge."

„Er hat einen Mandanten." Sissy lächelte. „Aber ich kann es kaum erwarten, die Bilder zu sehen." Sie nahm eine Schere vom Schreibtisch. „Darf ich?"

„Natürlich. Sie müssen ja auch mit ihnen leben."

„Ich kann es noch immer nicht fassen, wie schnell sich hier alles verändert hat." Rasch schnitt Sissy die Schnur des obersten Pakets durch. „Wenn der Chef sich erst einmal entschieden hat, gibt es kein Halten mehr. Kein Zögern, kein Getue, kein … Oh, ist das schön!" rief sie begeistert aus, als sie das Packpapier zur Seite schlug.

Es war eine Straßenszene, und die bunt gekleideten

Menschen strahlten eine ungeheure Lebendigkeit aus. Die Häuser im Hintergrund hatten Balkone mit kunstvoll geschnitzten Geländern, an denen wilder Wein und leuchtende Blumen hingen. Beim näheren Hinsehen entdeckte Sissy einen Fiedler, der mit dem Fuß den Rhythmus aufs Pflaster klopfte, eine schwarze Frau in einem wallend roten Kaftan und drei kleine Jungs, die hinter einem gelben Hund herrannten. Fast konnte sie die Musik und die Rufe der Kinder hören.

„Es ist wunderschön. Bitte, sagen Sie mir, dass es hier im Sekretariat hängen soll."

„Ja, genau hier habe ich es mir vorgestellt." Überrascht und erfreut strich Savannah sich noch einmal über das Haar. „Es ist New Orleans. Das French Quarter. Ich dachte mir, es sorgt im Wartebereich für etwas Farbe und Lebendigkeit."

„Ich kann Ihnen gar nicht sagen, wie leid ich es war, diese pinkfarbenen Blumen in der grauen Vase anzustarren. Jeden Morgen beim Hereinkommen habe ich gehofft, die Blumen wären über Nacht vertrocknet." Sissy schmunzelte. „Aber das hier könnte ich ewig betrachten. Haben Sie auf dem College Kunst studiert?"

Die unschuldige Frage ließ Savannahs Lächeln gefrieren. „Nein. Ich war nicht auf dem College."

„Ich hatte ein Semester Kunst", fuhr Sissy fort und hielt das Bild hoch. „Und man erklärte, ich hätte absolut keinen Sinn für Perspektiven. Ich habe es gerade noch geschafft, den Kurs mit einer Vier abzuschließen." Als das Telefon läutete, seufzte sie irritiert, lehnte das Bild vorsichtig gegen den Tisch und kehrte an den Schreibtisch zurück.

Es ist dumm, sich unterlegen zu fühlen, sagte Savannah sich streng. Nein, sie war nicht auf dem College gewesen, aber sie konnte malen. Hatte Sissys Reaktion das nicht gerade bewiesen?

Seltsam, dachte sie, warum bin ich noch immer verunsichert und nervös, obwohl meine Arbeit gerade in den höchsten Tönen gelobt wurde? Fast ihr ganzes Leben lang hatte sie versucht, sich damit abzufinden, dass die Malerei nicht mehr als ein Hobby war, nicht mehr als das sein konnte. Sie erinnerte sich an die Zeiten, in denen sie überlegt hatte, ob sie Farben oder doch lieber einen Snack für die Mittagspause kaufen sollte. Meistens hatte sie sich für die Farben entschieden.

Dem Himmel sei Dank, jene Tage waren endgültig vorbei. Schon lange. Sie hatte mit ihren Illustrationen ein unglaubliches Glück gehabt, und da es ihr Spaß machte, sie zu zeichnen, würde sie weitermachen. Aber in den Bildern, die sie ohne Auftrag malte, verwirklichte sie sich selbst.

Bayou-Szenen und Porträtzeichnungen an Touristen zu verkaufen war etwas ganz anderes, als etwas zu sehen, das sie faszinierte, und es so zu malen, wie sie es sah.

Lächelnd und mit vor Aufregung feuchten Händen wühlte sie in der großen Umhängetasche nach dem Hammer und dem Maßband. Sie hatte die Wand bereits vermessen, fand mühelos die Mitte und markierte die Stelle mit einem Bleistift. Und wartete darauf, dass Sissy den Hörer auflegte.

„Soll ich noch warten oder kann ich hämmern, während Sie telefonieren?“ Sie hielt den Haken hoch.

„Fangen Sie an, Savannah“, bat die Sekretärin und beendete das Gespräch.

Geschickt brachte Savannah den Haken an. Der Rahmen war aus schlichtem Kirschholz, von Regan ausgesucht. Genau richtig, dachte sie, während sie das Bild aufhängte und gerade rückte.

„Die linke Ecke muss noch etwas nach oben ... ja, gut.“ Sissy stemmte die Hände in die Seiten und nickte zufrieden. „So ist es perfekt. Es wurde langsam Zeit, dass dieser Laden nach dem Chef aussieht und nicht mehr nach ...“

„Seiner Exfrau?“ beendete Savannah den Satz mit einem Blick über die Schulter.

Sissy rümpfte die Nase. „Sagen wir, sie war sehr ... dezent. Die Art von Frau, bei der kein Haar falsch liegt, die nie laut wird, sich nie einen Fingernagel abbricht.“

„Sie muss etwas besessen haben, das Jared angezogen hat.“

Sissy sah zur Treppe hinüber. „Sie war hübsch, aber sie wirkte zu vollendet, geradezu unberührbar. Die klassische, kühle Eleganz einer Grace Kelly, aber ohne die Wärme und den Humor. Und sie war brillant. Wirklich. Nicht nur in ihrem Beruf. Sie sprach fließend Französisch und spielte Klavier. Sie las Kafka.“

„Oh.“ Savannah hatte Mühe, kein verwirrtes Gesicht zu machen. Sie war nicht sicher, ob sie wusste, wer oder was Kafka war, aber sie war sicher, dass sie Kafka nie gelesen hatte.

„Auf ihre Art war sie bewundernswert. Aber in etwa so unterhaltsam wie ein toter Frosch.“ Sissy strahlte Savannah an. „Das kann man von Ihnen nun wirklich nicht behaupten“, sagte sie und nahm lachend den Hörer ab, als es läutete.

Nein, dachte Savannah. Das konnte ihr tatsächlich niemand vorwerfen. Weder dass sie elegant oder brillant war noch dass sie Kafka las. Aber ein wenig Französisch beherrschte sie – wenn man das zählte, was die Cajuns sprachen.

Fest entschlossen, sich von dem Bild der Frau, die Jared geheiratet hatte, nicht einschüchtern zu lassen, wickelte sie das nächste Bild aus.

Während Sissy sich wieder an die Arbeit machte,

hängte sie drei kleine Stillleben in den Eingangsbereich. Draußen prasselte der Regen, Sissys Computertastatur klapperte, und Savannah machte es Spaß, einen Raum umzugestalten und zum Leben zu erwecken. Als sie das Obergeschoss erreichte, summte sie fröhlich vor sich hin.

Da sie nicht hämmern wollte, während Jared mit einem Mandanten sprach, lehnte sie die Bilder gegen die Wände, an die sie sie hängen wollte. Auf diese Weise wanderte sie den Korridor entlang, bis hinein in das Büro, das Jareds gegenüberlag.

Das einstige Büro der einstigen Mrs. MacKade, dachte sie. Nein, nicht Mrs. MacKade, Jared hatte ihr erzählt, dass sie seinen Namen nicht angenommen hatte.

Die Wände waren dunkelrosa gestrichen und mit einem Jadeton abgesetzt. Regan hatte den Raum in ein bequemes Wohnzimmer verwandelt. Es gab natürlich einen Schreibtisch, aber auch weiche Sessel mit flachen Tischen daneben, auf denen Bücher lagen. Und in dem Schrank, in den Savannah schaute, standen eine Kaffeemaschine und Tassen.

Hier, so vermutete sie, empfing Jared seine Besucher in einer weniger förmlichen Atmosphäre. Aber vielleicht nutzte er das Zimmer auch, um sich zu entspannen und eine Weile abzuschalten. Oder er hatte vor, einen Partner in die Kanzlei aufzunehmen.

Plötzlich wurde ihr bewusst, wie wenig sie über seine Arbeit, seine Pläne, seinen Tagesablauf wusste. Sie hatte ihn nie danach gefragt, und warum sollte er auch mit ihr über seine Fälle sprechen? Sie wusste nichts über das Recht, abgesehen von den Problemen, die sie damit gehabt hatte, während sie gegen die Bürokratie kämpfte, um ihr Kind behalten zu können.

Bestimmt hat er mit seiner Frau über alles gesprochen, dachte sie und ärgerte sich sofort über das Selbstmitleid, in das sie immer wieder verfiel.

Sie konzentrierte sich wieder auf ihre Aufgabe und betrat den Korridor in genau dem Moment, als die Tür zu Jareds Büro sich öffnete.

„Ich schicke Ihnen den Vertragsentwurf in den nächsten Tagen zu", sagte Jared gerade. Dann blieb er stehen, bemerkte sie und lächelte. „Hallo, Savannah."

„Hallo. Entschuldigung, ich wollte nicht stören. Ich hänge nur gerade die Bilder auf."

„Wollen Sie mich dieser hübschen jungen Frau nicht vorstellen, Jared?"

„Savannah Morningstar, Howard Beels."

„Savannah Morningstar. Der Name passt zu Ihnen." Der große, breitschultrige Mann von etwa fünfzig Jahren streckte eine riesige Hand aus und ergriff Savannahs. In seinen von unzähligen Fältchen umgebenen blauen Augen spiegelte sich männliche Bewunderung. „Sagen Sie bloß, Sie arbeiten für diesen Winkeladvokaten?“

„In gewisser Weise.“ Savannah kannte den Blick, den Händedruck. Beides war ihr schon Hunderte von Malen begegnet, und nach kurzer Prüfung kam sie zu dem Ergebnis, dass Howard Beels harmlos war. Sie verlieh ihrem Lächeln ein wenig Wärme, denn sie wusste, dass er sich zu Hause daran erinnern und sehnsüchtig seufzen würde. „Sagen Sie bloß, Sie haben diesen Winkeladvokaten engagiert, Howard?“

Howard lachte herzhaft. „In dieser bösen Welt braucht ein Mann einen gerissenen Anwalt“, verkündete er. „Jared arbeitet für mich seit ... wie lange schon? Fünf Jahre?“

„So ungefähr“, murmelte Jared, fasziniert von der lockeren Art, in der Savannah mit einem seiner einflussreichsten und wichtigsten Mandanten umging.

„Womit verdienen Sie Ihr Geld, Howard?“

„Mal mit diesem, mal mit jenem.“ Noch immer hielt er ihre Hand und zwinkerte Savannah zu. „Ich bin ein echter Amateur, aber bisher hatte ich Glück.“

„Ich bin auch Amateur“, erwiderte sie, und wieder lachte er schallend.

„Savannah ist Malerin“, warf Jared ein. „Wenn Sie das nächste Mal kommen, Howard, werden Sie ihre Bilder an den Wänden sehen.“

„Tatsächlich?“ Howard starrte auf das Bild, das hinter ihr an der Wand lehnte. „Ist das da von Ihnen?“

„Ja.“

Er ließ ihre Hand los und ging hinüber. Trotz seiner Statur beugte er sich mühelos vor, um es genau zu betrachten. „Gefällt mir“, sagte er. Die Farben flossen ineinander, und die Blumen wirkten eher lebendig und natürlich als vollkommen. „Für wie viel verkaufen Sie so etwas?“

Savannah lächelte. „Für so viel, wie ich bekommen kann“, antwortete sie trocken.

Howard schlug sich auf den Schenkel, bevor er sich aufrichtete. „Ich mag das Mädchen, Jared. Ich werde Ihnen meine Visitenkarte geben, Honey.“ Er holte eine aus der Jackentasche. „Rufen Sie mich an, ja? Ich denke, wir könnten ins Geschäft kommen.“

„Das werde ich, Howard“, versprach sie und warf einen Blick auf die Karte, auf der nur sein Name und die Anschrift gedruckt standen. „Das werde ich ganz bestimmt tun.“

„Und warten Sie nicht zu lange damit.“ Er zwinkerte ihr noch einmal zu und wandte sich an Jared. „Vergessen Sie meine Unterlagen nicht.“

Savannah sah ihm lächelnd nach, als er davonging. „Ein interessanter Mann“, flüsterte sie.

„Du bist gut mit ihm zurechtgekommen“, stellte Jared fest. Stolz mischte sich mit dem Gedanken, dass Savannah ihn immer wieder überraschte.

„Ich bin es gewöhnt, mit interessanten Menschen zurechtzukommen." Sie steckte die Visitenkarte ein. „Unten bin ich fertig. Wenn es dich nicht stört, könnte ich hier oben weitermachen."

„Natürlich kannst du weitermachen." Er lehnte sich gegen den Türrahmen und sah ihr zu, während sie das Bild, das hinter ihr stand, an die Wand hielt. „Etwas mehr nach rechts", schlug er vor. „Howard flirtet gern."

„Das habe ich gemerkt." Zufrieden stellte Savannah das Bild wieder hin und griff nach dem Hammer, um es aufzuhängen. „Und ich könnte wetten, dass er seiner Frau seit ... na ja, fünfundzwanzig Jahren treu ist."

„Sechsundzwanzig im Mai. Drei Kinder, vier Enkel. Er flirtet gern", wiederholte Jared. „Aber er ist einer der fähigsten Geschäftsleute, die ich kenne. Überwiegend Immobilien. Er kauft und verkauft. Erschließt Bauland. Ihm gehören einige kleine Hotels und der Hauptanteil an einem Fünf-Sterne-Restaurant."

„Tatsächlich?"

„Er sitzt im Kulturrat und arbeitet oft mit dem Western Maryland Museum zusammen."

Die Karte in ihrer Tasche fühlte sich mit einem Mal gewichtiger an, und Savannah hätte beim Einschlagen des Hakens fast den Daumen getroffen. „Das ist bemerkenswert." Vorsichtig legte sie den Hammer hin. „Sieht tatsächlich so aus, als wäre ich mal zur rechten Zeit am rechten Ort gewesen."

„Er hätte dich nicht gebeten, ihn anzurufen, wenn er es nicht ernst meinte. Aber ich bin nicht sicher, wie eine Malerin es findet, wenn ihre Bilder in Hotels und Restaurants und Anwaltskanzleien hängen."

Sie schloss einen Moment die Augen. „Ich würde mich darüber freuen." Sie hängte das Bild auf und trat zurück, um es zu betrachten. „Sehr sogar."

„Kein Künstlerstolz?" fragte er.

„Künstlerstolz konnte ich mir noch nie leisten."

„Und wenn du ihn dir leisten könntest?"

„Dann würde ich mich trotzdem darüber freuen." Sie drehte sich zu ihm um. „Warum sollte ich das nicht tun?"

„Vermutlich frage ich mich, warum du nicht mehr willst oder verlangst."

Sie wusste nicht, ob er nur von ihrer Malerei sprach. Doch die Antwort traf auf alles zu. „Weil ich mit dem, was ich habe, zufrieden und glücklich bin."

Mit einem Lächeln strich er ihr über die Wange. „Du bist eine komplizierte Frau, Savannah, und zugleich erstaunlich einfach. Das ist eine faszinierende Mischung. Darf ich dich zum Essen einladen?"

„Das ist nett von dir, aber ich möchte dies hier fertig

machen. Während du beim Essen bist, könnte ich die Bilder in deinem Büro aufhängen."

„Was hältst du davon, wenn ich bleibe, und wir bestellen uns etwas? Ich werde dir dabei zusehen, wie du die Bilder in meinem Zimmer aufhängst."

„Warum nicht?" Rastlos schob sie die Hände in die Taschen und nahm sie gleich wieder heraus. „Es gibt da ein Bild, das ich dir zeigen möchte. Du hast es nicht ausgesucht, aber ich dachte mir, du würdest es vielleicht gern in deinem Büro haben."

Neugierig musterte er sie. Ihm entging nicht, wie nervös sie plötzlich war. „Sehen wir es uns an."

„Okay." Sie ging den Korridor entlang. Das Bild, das sie meinte, lehnte noch eingewickelt an der Wand. „Wenn es dir nicht gefällt, ist es nicht schlimm." Mit einem Schulterzucken nahm sie es auf und trug es in sein Zimmer. „Wie auch immer, ich schenke es dir." Sie legte es auf den Schreibtisch und steckte die Hände wieder in die Taschen. „Du bekommst es umsonst."

„Ein Geschenk?" Er nahm eine Schere vom Schreibtisch, um die Schnur durchzuschneiden.

Dass sie ihm etwas schenken wollte, freute Jared. Doch als er das Papier zur Seite faltete und das Bild sah, wurde sein Gesicht ernst. Und Savannah erschrak.

Der Wald war dicht und dunkel, voller Rätsel und Mondschein. Dicke, schwarze, knorrige Stämme teilten sich in weit ausgreifende Äste, an denen die Blätter das erste Grün des Frühlings zeigten. Dazwischen gab es Farbtupfer. Wilde Azaleen und Hartriegel schimmerten im unheimlichen Licht. Der felsige Boden war vom abgefallenen Laub des vergangenen Herbstes bedeckt und erinnerte daran, dass auch in der Natur nichts von Dauer war.

Jared sah die drei Felsbrocken, wo er immer saß, und den umgestürzten Stamm, auf dem er einmal mit Savannah gesessen hatte. Und in der Ferne, nicht mehr als ein Flackern in der Dunkelheit, war das Licht der Farm zu erkennen.

Erstaunt stellte er fest, dass er sprachlos war. „Wann hast du das gemalt?“ fragte er nach einer Weile.

„Ich habe es erst vor wenigen Tagen fertig gestellt.“ Ein Fehler, dachte sie und ärgerte sich. Ein sentimentaler, alberner Fehler. „Es ist nur etwas, an dem ich in meiner freien Zeit gearbeitet habe. Wie gesagt, es ist nicht schlimm, wenn es dir nicht gefällt. Ich …“

Bevor sie den Satz beenden konnte, hob er den Kopf und sah sie an. Sein Blick war voller Rührung, voller Gefühle, die ihr ins Herz zu dringen schienen. „Ich glaube nicht, dass ich jemals etwas bekommen habe, das mir so viel bedeutet. So sah es an dem Abend aus, als wir das erste Mal miteinander geschlafen haben. So sah es aus, wenn ich allein dort gesessen habe.“

Ihre Kehle war wie zugeschnürt. „Eigentlich wollte ich es so malen, wie es im Herbst aussah … während der Schlacht. Aber dann musste ich es einfach so malen, wie du es vor dir siehst. Ich war nicht sicher, ob du … Ich freue mich, dass es dir gefällt."

Er nahm ihr Gesicht zwischen die Hände. „Ich liebe dich, Savannah."

Sie lächelte, als er sie küsste, und öffnete langsam die Lippen, während er die Finger in ihr noch regenfeuchtes Haar schob. Es war so herrlich zu wissen, dass sie nicht nur begehrt, sondern auch geliebt wurde.

„Ich sollte es für dich aufhängen", flüsterte sie.

„Hmm …" Plötzlich, noch während sie sich an ihn schmiegte und den Kuss vertiefte, kam ihm eine viel bessere Idee. Ohne sie loszulassen, griff er nach dem Telefonhörer. „Sissy? Warum machen Sie nicht einfach jetzt schon Mittagspause? Ja, und lassen Sie sich ruhig Zeit."

Savannahs Blick folgte seiner Hand, als er auflegte. Dann schaute sie ihm ins Gesicht. „Wenn du glaubst, du könntest mich hier in deinem Büro verführen und dich mit mir auf deinen schönen, neuen Teppich legen, während deine Sekretärin essen geht …"

Jared ging gelassen hinüber zur Tür, schloss sie und drehte den Schlüssel im Schloss herum. Er zog eine Augenbraue hoch. „Ja?"

Savannah warf das Haar über die Schultern und lehnte sich gegen den Schreibtisch. „Dann hast du absolut Recht."

Er zog die Jacke aus und hängte sie an den Messinghaken neben der Tür. Die Krawatte wanderte hinterher. Ohne den Blick von Savannahs Gesicht zu nehmen, kehrte er zu ihr zurück. Ganz langsam, einen nach dem anderen, öffnete er die Knöpfe ihrer Bluse.

„Deine Sachen sind feucht."

„Es regnet."

Ohne Hast schob er die Bluse auseinander und tastete mit dem Finger unter den Verschluss ihres BHs. Ihre Blicke verschmolzen, während ihre Haut sich unter seiner Berührung erhitzte. Savannah hielt den Atem an.

„Ich brauche dich nur zu sehen, und schon begehre ich dich. Selbst wenn ich dich nicht sehe, tue ich es." Er hakte den Verschluss auf. „Ich begehre dich sogar, nachdem ich dich besessen habe." Er strich mit den Fingerspitzen über die anmutig gerundeten Brüste. „Ich bin verrückt nach dir, Savannah. Nach nichts und niemandem habe ich mich jemals so verzehrt."

Sie hob die Arme, aber er schüttelte den Kopf und drückte ihre Hände wieder nach unten. „Nein, lass mich. Lass mich einfach."

Seine Daumen streiften die Knospen, aber er sah

Savannah noch immer in die Augen. „Ich verliere den Verstand, wenn ich dich berühre. Diesmal möchte ich sehen, wie du deinen verlierst."

Finger, Daumen, Handflächen zogen ihre erregende Bahn über ihren Körper. Erst ungestüm, dann wieder zärtlich, mal fordernd, als wolle er sich nicht einem einzigen Impuls hingeben. Voller Ungeduld drängte Savannah sich an ihn und versuchte ihn fest an sich zu ziehen. Doch jedes Mal, wenn sie es tat, drückte er ihre Arme wieder nach unten, so dass ihr keine andere Wahl blieb, als die Kante des Schreibtischs zu umklammern und Jared gewähren zu lassen.

Noch niemals hatte jemand sie so hingebungsvoll, so uneigennützig verwöhnt. So, als wäre nur sie wichtig. Sie und das, wonach sie sich sehnte. Als wäre die Lust, die er ihr bereitete, ihm Lust genug. Ein erregendes Prickeln überlief sie, erst sanft, wie ein Vorgeschmack, dann so heftig, dass es tief in sie einzudringen und ihr bis ins Herz zu gehen schien.

Aufstöhnend bog sie sich ihm entgegen, als sie den zärtlichen Druck seiner Zähne fühlte und zwischen dem leisen, erregenden Schmerz und der alles andere übertönenden Lust schwankte.

„Nimm mich, Jared, nimm mich einfach", flehte sie schließlich und presste sich an ihn.

Doch auch diesmal ergriff er ihre Hände und hielt

sie fest, während er sie mit seinem Kuss in einen Rausch der Sinne versetzte. Ihr Mund war seine Beute, voller Geschmack und Hitze und einem Hunger, der seinem glich. Trotzdem wollte er sich nicht damit begnügen, diesen Hunger zu stillen. Er ließ sich Zeit, verlängerte das zugleich qualvolle und herrliche Warten, bis er Savannah vor Verlangen aufstöhnen hörte.

„Lass mich dich berühren“, bat sie.

„Nein. Noch nicht.“ Jared hielt ihre Hände fest, während er seine Lippen über ihren Hals und die Schultern wandern ließ. „Ich werde dich nehmen, Savannah“, versprach er mit rauer Stimme und hob den Kopf, um ihr in die Augen zu schauen. Sie sollte sein Gesicht sehen. Sein Gesicht und die unerschütterliche Entschlossenheit darin. „Ich werde dich Schritt für Schritt, Zentimeter um Zentimeter nehmen. Ich werde dich so nehmen, wie es noch kein anderer getan hat.“

Zu Savannahs Vergnügen, sagte er sich. Aber er war ehrlich genug, sich einzugestehen, dass auch sein Stolz es verlangte. Er wollte ihr beweisen, dass kein Mann vor ihm und keiner nach ihm das in ihr auslösen konnte, was sie bei seinen Liebkosungen empfand.

Also zeigte er es ihr.

Savannah gab sich Jared hin, wie sie sich noch keinem Mann hingegeben hatte. Sie vertraute sich ihm an und überließ ihm ihren Körper und ihre Seele.

Er zog ihr die Schuhe aus. Sie ließ den Kopf nach hinten fallen und stöhnte tief auf, als er ihr die Jeans über die Hüften streifte und die freigelegte Haut mit den Lippen liebkoste. Savannah erbebte, schluchzte fast auf, als dem Mund seine Finger und dann wieder der Mund folgte. Es war, als würde ein Feuer von Jared auf sie überspringen und auflodern, bis ihr ganzer Körper in Flammen stand.

Der Höhepunkt kam schnell, mit einer solch atemberaubenden Intensität, dass sie glaubte, es kaum noch aushalten zu können. Doch Jared ließ nicht nach, sondern trieb sie immer weiter, bis sie wünschte, er würde niemals aufhören. Nackt, ohne Kleidung und jegliche Kraft zur Gegenwehr, konnte sie nichts anderes tun als fühlen, erleben und genießen.

Ein solches Verlangen, eine solche Leidenschaft hatte Jared noch nie zuvor gespürt. Indem er Savannah Vergnügen bereitete, bereitete er es zugleich auch sich selbst. Er hörte ihr atemloses Seufzen, fühlte, wie sie wieder und wieder erbebte, und es erfüllte ihn durch und durch mit einer grenzenlosen Freude.

Ihre Beine zitterten. Er strich mit der Zunge über die glatte Haut und ließ sie auf der Tätowierung verweilen, mit der sie sich gezeichnet hatte, bevor er den Mund langsam, genussvoll, aber zielstrebig an ihrem schlanken Körper hinaufwandern ließ. Ihre Augen waren geschlossen, während er mit Zunge und Lippen dafür sorgte, dass Savannah nicht nur bereit für ihn war, sondern ungeduldig wartete, dass er ganz zu ihr kam. Er riss sich die Schuhe von den Füßen, warf die Hose zur Seite und sank mit Savannah zu Boden.

Die Begierde, die in Jared gelauert hatte, war nicht mehr zu zügeln und brach mit aller Macht hervor. Wie von Sinnen drang er in sie ein und erschauerte, als er hörte, wie sie seinen Namen rief, und fühlte, wie ihre Fingernägel sich in seinen Rücken gruben.

Und dann gab es nur noch Hitze und Hast und zwei Körper, die miteinander verschmolzen, als wollten sie sich nie wieder voneinander lösen. Die Erregung, die sie beide gepackt hielt, war grenzenlos, als Savannah sich ihm entgegenbog und eine Erfüllung fand, die alle Erfahrungen übertraf. Eine Erfüllung, die Jared mit ihr teilte und in der mehr von ihnen verschmolz als nur ihre Körper.

Wenn ich es versuche, dachte Savannah, schaffe ich es vielleicht, dorthin zu kriechen, wo meine Sachen liegen. Und versuchen würde sie es, ganz bestimmt. Aber nicht sofort, vielleicht in ein oder zwei Minuten. Im Moment war es zu herrlich, auf dem alten Orientteppich in Jareds elegantem Büro zu liegen und seinen Körper auf ihrem zu spüren.

Endlich wusste sie, was es hieß, wirklich erobert zu werden. Nicht nur im übertragenen Sinne, sondern ganz und wahrhaftig jemandem ausgeliefert zu sein. So sehr, dass er mit einem machen konnte, was er wollte. Natürlich war es auch davor erregend gewesen, mit ihm zu schlafen, aber dieses Mal hatte sie alle Hemmungen verloren und sich ihm auf eine Weise hingegeben, die nichts vor ihm verschloss. Jared hatte sie nicht enttäuscht. Sie konnte ihm vertrauen, in jeder Hinsicht, das wusste sie jetzt. Es war anders gewesen als jemals zuvor, und sie hoffte, dass es so bleiben würde.

„Ich muss aufstehen“, flüsterte sie.

„Warum?“

„Ich muss feststellen, ob ich mich überhaupt noch bewegen kann.“

„Habe ich dir wehgetan?“

Sie lächelte mit geschlossenen Augen. „Es war unglaublich. Ich bin mir noch immer nicht sicher, ob ich es nicht nur geträumt habe.“ Sie nahm alle Kraft zusammen, und es gelang ihr, mit der Hand durch sein Haar zu streichen. „Danke.“

„Es war mir ein Vergnügen.“ Mit einem tiefen, zufriedenen Seufzer küsste er ihren Hals. „Allerdings ist mir schleierhaft, wie ich in diesem Büro jemals wieder arbeiten soll“, sagte er und legte sich neben sie. „In dem Sessel dort wird ein Mandant sitzen, und ich muss mit ihm über seinen Fall sprechen, während ich dich vor mir sehe, wie du splitternackt an meinem Schreibtisch lehnst."

Sie lachte, bis sie feststellte, dass sie tatsächlich nur kriechen konnte. Es würde eine Weile dauern, bis ihre Beine sie wieder trugen. „Er wird sich wundern, wenn du plötzlich diesen verklärten Gesichtsausdruck bekommst."

„Und unterdrückt aufstöhne." Erschöpft griff Jared nach seinem Hemd und drehte dabei den Kopf, um einen Blick auf ihre Tätowierung zu erhaschen. „Wenn wir so meine neue Einrichtung einweihen, werde ich mein Büro jede Woche neu gestalten lassen."

„Hast du die alte nicht eingeweiht?"

Er konzentrierte sich darauf, das Hemd zuzuknöpfen, aber nicht nur deshalb dauerte es eine Weile, bis er begriff, was sie meinte. Dann lachte er. „Du meinst, Barbara und ich? Nein, ganz bestimmt nicht. Ich bezweifle, dass sie hier im Büro auch nur ihren zweireihigen Blazer aufgeknöpft hat. So etwas wäre nicht ihr Stil gewesen."

Nur mit Slip und BH bekleidet, drehte Savannah sich zu ihm um. „Ihr wart doch verheiratet, oder?"

„Das stand jedenfalls auf der Urkunde."

„Warum?"

„Das muss darauf stehen. Das Gesetz schreibt es so vor."

„Warum hast du sie geheiratet?“

„Wir hatten viel gemeinsam. Dachte ich.“ Er zuckte mit den Schultern. „Wir wollten uns beide beruflich etablieren, kannten dieselben Leute, gingen zu denselben Partys und Empfängen.“ Wie hohl das alles klang, betrübte ihn noch immer. „Sie war eine kluge, vernünftige und kultivierte Frau. Genau das wollte ich. Oder ich dachte, dass ich es wollte. Als Kontrast zu dem eher rauen, verwegenen Image, das ich mir in der Jugend zugelegt hatte.“

„Du wolltest Würde.“ Savannah saß auf dem Fußboden und knöpfte sich die Bluse zu.

„Würde? Ja, ich glaube, das trifft es. Damals war mir das wichtig.“

„Das ist es doch immer noch.“ Obwohl ihr klar war, dass es eigenartig klingen würde, während sie die Jeans anzog, sprach sie weiter. „Ich wollte auch immer Würde. Nicht die Art, die man durch einen zweireihigen Blazer bekommt. Das wäre nicht mein Stil. Nein, ich meine die Art, wie die Menschen einen betrachten. Das, was sie sehen, wenn sie dich mustern.“ Sie zog einen Schuh an. „Deshalb lebe ich gern hier. Ich kann hier ein neues Leben beginnen.“

„Wir alle sehen nach hinten.“ Er nahm die Krawatte vom Kleiderhaken. „Das liegt wohl in der menschlichen Natur.“

„In meiner nicht“, sagte sie mit Nachdruck, während sie sich den zweiten Schuh über den Fuß streifte. „Nicht mehr.“

Er konzentrierte sich darauf, die Krawatte zu binden. „Gab es denn niemanden in deinem Leben, an den du dich gern erinnerst? Unter all den Leuten, die du gekannt hast, die dir … nahe waren?“ Savannah wollte ihm eine unbeschwerte Antwort geben, doch dann wurde ihr bewusst, worauf er abzielte. Er meinte nicht Leute. Er meinte Männer. Und ihr fiel ein, was er vorhin zu ihr gesagt hatte.

Ich werde dich so nehmen, wie noch kein anderer es getan hat.

Darum geht es ihm also, dachte sie enttäuscht, und ihre Stimme bekam einen harten Unterton. „Du meinst Liebhaber.“

„Das hast du gesagt. Ich sagte Leute.“

„Ich weiß, was du gesagt hast, Jared. Nein, es gibt niemanden, der wichtig genug wäre, um mich an ihn zu erinnern.“

Und was ist mit Bryans Vater? Fast hätte er es ausgesprochen, aber die Worte blieben ihm im Hals stecken. Sein Stolz hielt ihn zurück. „Du bist verärgert“, sagte er, als er das Funkeln in ihren Augen bemerkte.

„Mir ist gerade aufgegangen, dass das eben eine Art von Demonstration war. Der tolle Mann, der mir demonstriert, dass er besser ist als jeder andere vor ihm."

Jetzt funkelten seine Augen. „Sei nicht dumm."

„Sag mir nicht, dass ich dumm bin", fauchte sie, bevor sie sich wieder unter Kontrolle hatte. Hör auf, sagte sie sich. Sei nicht so empfindlich. „Na gut, Jared. Du hast erreicht, was du wolltest. Du bist ein großartiger Liebhaber. Absolute Spitze." Sie ging zu ihm und streichelte seine Wange. „Ich habe jede Sekunde genossen. Leider habe ich jetzt keine Zeit mehr, die Bilder aufzuhängen. Ich muss noch einkaufen, bevor ich nach Hause fahre."

Jared legte eine Hand auf ihren Arm. Er kannte Savannah gut genug, um zu wissen, dass sie wütend war. Anstatt diese Wut herauszulassen, gab sie sich arrogant. „Ich finde, wir sollten miteinander reden."

„Dazu ist jetzt keine Zeit mehr." Sie griff an ihm vorbei und schloss die Tür auf. „Deine Mittagspause ist vorbei, und bestimmt kommt Sissy gleich zurück." Sie gab ihm einen flüchtigen Kuss und schüttelte seine Hand ab.

„Wir sollten miteinander reden", wiederholte er.

„Gut. Du überlegst dir alles noch einmal, und wir sprechen heute Abend darüber." Sie lächelte. „Danke für die Demonstration, MacKade. Sie wird mir unvergesslich bleiben."

Sie wäre keine zwei Schritte weit gekommen, hätte nicht Sissy in genau diesem Moment die Kanzlei betreten. „Hallo, Savannah", rief sie fröhlich nach oben. „Draußen schüttet es vom Himmel. Du solltest deinen Wagen gegen eine Arche eintauschen."

„Dann fahre ich jetzt besser", sagte Savannah und ging zügig die Treppe hinunter, ohne sich noch einmal umzudrehen.

11. KAPITEL

Jared kaufte Blumen. Er war nicht sicher, ob er es tat, um sich zu entschuldigen, oder einfach nur, weil er es sich angewöhnt hatte. Ein oder zwei Mal in der Woche brachte er Savannah welche mit, weil sie ihn immer so überrascht und erfreut ansah, wenn er mit dem Strauß hereinkam.

Er wollte nicht, dass sie die bunten Frühlingsboten als Geste der Entschuldigung deutete, denn er fand nicht, dass er alles falsch gemacht hatte. Technisch gesehen hatte er keine Frage gestellt, sondern nur eine leise Anspielung gemacht. Und warum, verdammt noch mal, sollte er sie nicht fragen dürfen, ob es da jemanden gebe, an den sie hin und wieder noch dachte?

Er wollte mehr über sie wissen, über das Wer und Was und Wie ihrer Vergangenheit. Er wollte nicht nur die Bruchstücke hören, die sie ab und zu von sich gab, sondern das ganze Bild haben.

Natürlich hatte er dafür einen äußerst schlechten Zeitpunkt gewählt. Das gestand er sich ein. Er gestand sich auch ein, wie sehr es ihn ärgerte, dass sie ihn so mühelos durchschaut hatte. Aber letzten Endes hatte er ein Recht, sie zu fragen. Genau darüber würden sie an diesem Abend ein ruhiges und vernünftiges Gespräch führen. Das sollte unter zwei erwachsenen Menschen, die sich so nahe gekommen waren, doch möglich sein.

Vielleicht lag es an dieser Erwartung, dass Zorn in ihm aufstieg, als er in die Einfahrt einbog und ihren Wagen nicht am Blockhaus stehen sah.

Wo zum Teufel steckte Savannah? Es war schon nach sechs. Er stand neben seinem Wagen und schaute sich mit gerunzelter Stirn um. Der Regen hatte den halb vertrockneten Blumen am Hang neues Leben und frische Farbe eingehaucht. Die Azaleen, die Savannah gepflanzt hatte, hatten im Sturm zwar die meisten Blüten verloren, aber dafür glänzten nun die Blätter in sattem Grün.

Er erinnerte sich an den Tag, an dem er Savannah zum ersten Mal gesehen hatte, mit Händen voller Erde, umgeben von Blumentöpfen, vor sich den felsigen, jahrelang vernachlässigten Hang.

Sie verändert etwas, dachte er jetzt. Die Wurzeln, die sie hier schlagen wollte, wuchsen zwar noch nicht in die Tiefe, aber sie waren in der Erde. Jared wollte glauben, dass sie hier ihre Heimat gefunden hatte und sich wohl fühlte inmitten des Rasens, den sie selbst mähte, der bunten Blumen, die sie gewissenhaft pflegte, und der Wälder, die ihnen beiden so viel bedeuteten.

Er sah nun Bryans Rad am Weg und eine Schubkarre voller Mulch an der Veranda stehen. Auf dem nassen Rasen war eine leuchtend rote Frisbee-Scheibe gelandet.

Kleinigkeiten, dachte Jared. Kleinigkeiten, die ein Zuhause ausmachen. Und plötzlich wurde ihm schlagartig bewusst, dass er sich wünschte, dieses Blockhaus, dieser Garten wären auch sein Zuhause. Er sehnte sich danach, nicht nur nach einem Ort, wo er einige Sachen aufbewahrte, weil er dort übernachtete. Nein, nach einem Zuhause. Und Savannah sollte nicht nur die Frau sein, die er liebte und mit der er schlief.

Er hatte als Ehemann versagt und war sicher, so sicher gewesen, dass er ein solches Wagnis nie wieder eingehen würde. Nie wieder hatte er ein so persönliches und zugleich so öffentliches Scheitern erleben wollen. Hatte er sich nicht fest vorgenommen, nicht mehr an die Zukunft zu denken und mit dem zufrieden zu sein, was sich ihm bot?

Vermutlich hatte er sich etwas vorgemacht, denn er war mit dem, was er hatte, nicht zufrieden gewesen. Er hatte nach mehr verlangt. Das war auch der Grund gewesen, warum er Savannah bedrängt hatte. Er hatte wissen wollen, wer sie war, was sie durchgemacht hatte. Und jedes Mal, wenn sie ihm die Antwort verweigerte, litten sein Herz und sein Stolz.

Jared wollte, dass Savannah ihm Vertrauen schenkte, dass sie alles mit ihm teilte, was sie erlebt hatte und noch erleben würde. Er wollte, dass sie zu ihm kam, wenn sie Hilfe brauchte oder traurig war. Und wenn sie glücklich war.

Was er eigentlich wollte, wurde ihm jetzt klar, und er musste tief Luft holen. Er wollte, dass Savannah Morningstar ihn heiratete, von ihm Kinder bekam und mit ihm zusammen alt wurde.

Er blieb bei Bryans Rad stehen und legte eine Hand auf den Sattel. Er wollte auch den Jungen. Auch das war eine vollkommen neue und äußerst aufschlussreiche Erkenntnis. Er wollte, dass Bryan nicht nur Savannahs, sondern ihr gemeinsamer Sohn war. Er wollte ihm bei den Hausaufgaben helfen, mit ihm Baseball trainieren und ihm beim Match von der Tribüne zujubeln. Jared wurde klar, wie sehr er sich an all diese Dinge gewöhnt hatte und sich auf sie freute. Auf das strahlende Lächeln, den fröhlichen Zuruf, mit dem Bryan ihn nach der Arbeit empfing. Aber das reichte nicht. Das machte sie noch nicht zu einer Familie.

Die Liebe würde es tun. Ohne es zu ahnen, hatte Jared den Jungen in kürzester Zeit lieb gewonnen. Und eine Heirat würde es tun. Nicht der juristische Vertrag, den man damit abschloss, sondern das Versprechen, das man einander gab, ein Leben lang zueinander zu stehen. Er und Barbara hatten dieses Versprechen gebrochen und den juristischen Vertrag ohne die leisesten Skrupel wieder gelöst. Alles sehr ordentlich, sehr glatt, sehr zivilisiert. Seine Gefühle für Savannah waren ganz und gar nicht zivilisiert. Er wollte sie beschützen, sie besitzen, sie mit keinem anderen teilen. Es waren komplizierte Gefühle. Intensive Gefühle. Und auch wunderbare Gefühle.

Jetzt, da er das Problem und dessen Lösung besser kannte, wurde er innerlich ruhiger und ging ins Haus.

Die Schuhe standen dort, wo sie nicht hingehörten. Die Fußmatte war von Gartenerde verkrustet. Bücher und Spielsachen lagen auf der Couch und auf dem Boden verstreut. Ein Paar Ohrringe waren achtlos auf den Tisch geworfen worden. Es war ein Zuhause, in dem gelebt wurde.

Aber wo zum Teufel steckten die beiden?

Sie waren doch immer daheim, wenn er von der Arbeit kam. Bryan im Garten oder in seinem Zimmer, in die geliebten Baseball-Karten vertieft. Das Radio war ebenso stumm wie der Fernseher. Und Savannah war weder in der Küche noch im Wohnzimmer.

Jared betrat die Küche und legte die Blumen auf den Tisch. Keine Nachricht, kein rasch gekritzelter Zettel an der Kühlschranktür. Besorgt stellte er den Aktenkoffer neben den Strauß. Savannah hätte ihm wenigstens eine Nachricht hinterlassen können.

Schließlich wollten sie heute Abend miteinander

reden. Es gab unglaublich viel, worüber Jared mit ihr sprechen wollte, und sie war nicht einmal da. Er sah in ihr Atelier. Auf dem Arbeitstisch stand ein Glas verdünnter Limonade neben der witzigen Zeichnung eines fliegenden Frosches. Unter anderen Umständen hätte er darüber gelächelt.

Seine Miene verfinsterte sich immer mehr, als er nach oben eilte. Auf dem Weg ins Schlafzimmer zerrte er sich die Krawatte vom Hals. Ihr Schlafzimmer, dachte er wütend. Auch das würde sich ändern. Er warf erst die Krawatte, dann die Anzugjacke aufs Bett. Sein Mund war ein schmaler Strich. Zu den ersten Dingen, die sie neu anschaffen würden, gehörte ein zweiter Schrank. Ein Mann besaß verdammt noch mal ein Recht auf einen eigenen Schrank. Und auf ein Arbeitszimmer. Sie war nicht die Einzige, die einen Platz zum Arbeiten brauchte.

Und dann würde er Bryan ein Baumhaus bauen. Der Junge brauchte ein Baumhaus. Außerdem brauchten sie einen Schuppen für die Gartengeräte, und die Einfahrt müsste mit Platten ausgelegt werden. Nun ja, er würde sich um all das kümmern. Er würde es tun, weil ... Ich bin auf dem besten Wege, verrückt zu werden, dachte Jared und setzte sich auf die Bettkante.

Er hatte Savannah noch nicht einmal gesagt, dass sie heiraten würden, und überlegte bereits, was sich hier alles ändern müsste. Er hielt einen Moment inne, um Klarheit zu gewinnen.

Warum war er so nervös? Warum so wütend auf sie, auf sich selbst? Panik? fragte er sich. Angst? Die Befürchtung, dass sie ihn auslachen könnte? Dass sie ihm sagen würde, sie sei an einer Heirat nicht interessiert?

Jared fuhr sich mit beiden Händen durchs Haar und stand wieder auf. Dann wird Savannah sich eben dafür interessieren müssen, entschied er. Und zwar schnell.

Vielleicht wäre er ruhiger geworden, vielleicht wäre er leise nach unten gegangen, um das Abendessen für alle zuzubereiten. Vielleicht hätte er das alles getan, wenn er den Karton auf ihrer Kommode nicht bemerkt hätte.

Gürtelschnallen glänzten darin. Große, auffällige Gürtelschnallen. Rodeo. Er nahm eine heraus und betrachtete das Pferd und den Reiter darauf. Die Sachen ihres Vaters. Man hatte Savannah die Hinterlassenschaft ihres Vaters geschickt. Und sie hatte ihm nichts davon erzählt.

Es war nicht viel. Die Preise, die Jim Morningstar vor Jahren errungen hatte. Die Kleinigkeiten eines Mannes, der mit wenig Gepäck und wenig Erinnerungen herumreiste. Neben der Kommode stand ein größerer Karton. Er enthielt alte, abgetragene Stiefel, einen schäbigen Hut, ein paar Kleidungsstücke, die noch gefaltet waren.

Jared sah den Brief seines Kollegen aus Oklahoma, den Standardtext für die Aushändigung eines Nachlasses, die detaillierte Aufstellung der Gegenstände, das Angebot, etwaige Fragen zu beantworten. Jared schob den Brief zur Seite. Und fand die Fotos.

Die meisten waren zerknittert, als hätte man sie achtlos in eine Schublade geschoben oder hastig in eine Tasche gestopft. Zum ersten Mal sah er Jim Morningstar. Die gelungene Aufnahme eines Mannes mit hartem Gesicht und schmalen Augen, auf einem Pferd in einer engen Box.

Die dunkle Haut, die hohen Wangenknochen, die Savannah geerbt hatte. Aber sonst gab es wenig in diesem zähen, ledrigen Gesicht, das der Vater an seine Tochter weitergegeben hatte. Abgesehen von dem Kinn, dachte Jared. Dem Kinn, das bei jedem Faustschlag, den das Leben ihm verpasst hatte, nur noch höher gereckt wurde.

Er fand ein weiteres Foto. Es steckte in einem billigen Rahmen und zeigte Jim Morningstar neben seiner jungen Tochter. Lächelnd betrachtete Jared das Bild. Savannah war dreizehn, vielleicht vierzehn. Groß, schlank, in Jeans und einem Flanellhemd, mit den ersten weiblichen Rundungen, das Haar unter einem Cowboyhut.

Sie schaute in die Kamera, auf dem Gesicht die ersten Anzeichen jenes wissenden Lächelns, das zu der Frau gehörte, die noch aus ihr werden sollte. Sie stand selbstsicher da, fast ein wenig arrogant. Eine Hand lag locker auf der Schulter ihres Vaters, Jim Morningstar hatte die Arme vor der Brust verschränkt. Er berührte seine Tochter nicht.

Ein drittes Foto zeigte eine noch jüngere Savannah auf einem Pferd. Es war eine klassische Pose, bei der der braune Wallach mit den Vorderhufen hochstieg, die Reiterin sich den Hut vom Kopf riss und seitwärts hochstreckte. Sie sieht aus, dachte Jared, als hätte sie vor nichts und niemandem Angst.

Er sah Morningstar mit anderen Männern, grinsenden, zähen Burschen mit Hüten, Stiefeln und Jeans. Im Hintergrund Koppeln, Stallungen, Pferde. Immer wieder Pferde. Jared kam dabei die Idee, auf der Farm ein Stück Wald zu roden, eine Koppel anzulegen und ein oder zwei Pferde in die Scheune zu stellen. Savannah schien Pferde zu lieben, und Bryan …

Doch dann starrte er auf das letzte Foto und vergaß, was er gerade gedacht hatte.

Savannah war etwa sechzehn Jahre alt, mit einem Körper, der einer Frau gehörte, bekleidet mit einem engen T-Shirt und perfekt sitzenden Jeans. Aber ihr Gesicht besaß eine Weichheit, eine Fülle, die verriet, dass das Mädchen noch nicht ganz zur Frau geworden war.

Sie lachte in die Kamera, und Jared glaubte fast, sie hören zu können.

Sie hatte die Arme um einen Mann gelegt. Und der Mann hatte seine Arme um sie gelegt. Sie hielten einander umschlungen und strahlten beide in die Kamera. Der Mann hatte seinen Hut in den Nacken geschoben, so dass seine blonden Locken in der Brise zu wehen schienen. Er war gebräunt, schlank, groß, die Augen blau oder grün. Der Mund war zu einem schiefen Lächeln verzogen, wie Jared es von Bryan kannte.

Dies war Bryans Vater.

Jared spürte, wie der Zorn ihm den Atem raubte. Dies war der Mann. Ein Mann, wiederholte er stumm, kein Junge. Das Gesicht war markant, sogar auffallend attraktiv, aber gewiss nicht das eines Teenagers. Dieser Mann hatte ein sechzehnjähriges Mädchen verführt und es anschließend schmählich im Stich gelassen. Und niemand hatte dem Mädchen beigestanden.

Morningstar hatte das Foto behalten. Also, dachte Jared mit einem verächtlichen Schnauben, hatte er alles gewusst. Aber niemand hatte Savannah geholfen.

Savannah beobachtete Jared währenddessen von der Tür aus. Ihre Gefühle waren schon den ganzen Tag mit ihr Achterbahn gefahren. Das hier sah nach einer weiteren steilen Abfahrt aus.

Sie wollte die Gereiztheit und Wut vergessen, mit

der sie Jareds Kanzlei verlassen hatte. Sie hatte gehofft, nach Hause zu kommen, Jared dort vorzufinden und sich mit ihm darüber zu freuen, dass sie Howard Beels drei Bilder verkauft hatte.

Und vielleicht würde Beels sogar noch ein viertes kaufen. Sie und Bryan hatten auf der Heimfahrt darüber gelacht. Über Howard und wie er herumgedruckst hatte, als sie ihm einen ihrer Ansicht nach überhöhten Preis genannt hatte. Und wie er ihr eine Summe anbot, die ihre kühnsten Erwartungen weit übertraf.

Sie hatte sogar einen kleinen Umweg gemacht, um eine Flasche Champagner zu kaufen, damit Jared und sie den Triumph gebührend feiern konnten. Den Triumph, dass ihr lang gehegter Wunsch, von der Malerei leben zu können, langsam in Erfüllung zu gehen schien.

Doch jetzt sah sie, dass es keine Feier geben würde. Der Blick, mit dem Jared die Bilder betrachtete, die ihr Vater ihr hinterlassen hatte, ließ keinen Zweifel daran. Sie wusste nicht, was Jared so zornig machte. Nun, zweifellos würde sie es sehr schnell erfahren.

Ach verdammt, dachte sie und betrat das Zimmer. Bringen wir es hinter uns.

„Kein sehr ansehnliches Erbe, was?“ fragte sie mit gespielter Unbeschwertheit und wartete darauf, dass er den Kopf hob und sie ansah. Als er es tat, ließ die unverhohlene Wut in seinen Augen sie fast zusammenzucken. „Ich nehme an, bei den meisten deiner Mandanten ist es etwas mehr."

Er verstand es, die Dinge Schritt für Schritt anzugehen, am Ausgangspunkt zu beginnen und sich zum Kern vorzuarbeiten. „Wann hast du diese Sendung bekommen?"

„Vor ein oder zwei Wochen." Sie ging ans Fenster und sah nach unten. „Bryan ist im Garten. Wir haben die Kätzchen abgeholt. Er schwebt im siebten Himmel."

Jared MacKade verstand es auch, sich nicht ablenken zu lassen. „Vor ein oder zwei Wochen", wiederholte er. „Du hast mir nichts davon gesagt."

„Was hätte ich dir sagen sollen? Ich habe den Scheck genommen und ihn dem Anlageberater gegeben, den du mir empfohlen hast. Die anderen Sachen habe ich mir erst heute Morgen angesehen. Die Gürtelschnallen werde ich wohl für Bryan aufheben, denke ich. Vielleicht möchte er sie irgendwann haben. Die anderen Sachen werde ich in die Altkleidersammlung geben."

„Warum hast du es mir nicht erzählt?"

„Warum hätte ich das tun sollen?" Sie drehte sich zu ihm um, halb verärgert, halb neugierig. „Es ist keine große Angelegenheit. Keine verschollenen Lotterielose, kein Beutel Goldstaub. Nur ein paar alte Kleidungsstücke, noch ältere Stiefel und Papiere."

„Und Fotos."

„Ja, ein paar. Er hielt nicht viel von Erinnerungen. Es gibt da ein Foto, das ihn vor dem Einritt in die Arena zeigt. Es ist typisch für ihn. Der nächste Ritt war immer der wichtigste für ihn. Ich dachte mir, das würde Bryan gern behalten wollen."

„Und das hier?" Jared hielt den Schnappschuss von Savannah und dem fröhlich grinsenden, blondgelockten Cowboy hoch.

Sie zog eine Augenbraue hoch und schüttelte den Kopf. „Ich möchte wissen, wie ich in die Jeans gekommen bin. Hör mal, ich will uns ein paar Hamburger grillen."

Als Jared sich ihr in den Weg stellte, sah sie ihn erstaunt an. Sie legte den Kopf schief und wartete.

„Hast du es Bryan gezeigt?" fragte er.

„Nein."

„Wirst du es tun?"

„Nein. Ich glaube nicht, dass es ihn interessiert, wie seine Mutter mit sechzehn ausgesehen hat."

„Es würde ihn aber interessieren, wie sein Vater ausgesehen hat."

Savannah zwang sich, ruhig zu bleiben. „Er hat keinen Vater."

„Verdammt noch mal, Savannah, willst du etwa behaupten, dass das hier nicht Bryans Vater ist?"

„Ja, ich behaupte, dass das nicht Bryans Vater ist. Ein paar angenehme Minuten im Bett machen einen Mann nicht zum Vater."

„Du weißt genau, was ich meine."

„Ich weiß genau, was ich meine, Anwalt MacKade. Ich unterscheide zwischen einem Vater und einem … Erzeuger. Und da das hier ein Kreuzverhör zu sein scheint, mache ich es ganz deutlich. Ich hatte Sex mit dem Mann auf dem Foto in deiner Hand. Ich wurde schwanger. Ende der Geschichte."

„Von wegen." Aufgebracht knallte er das Foto auf die Kommode. „Dein Vater wusste es. Sonst hätte er das hier nicht behalten."

„Ja. Das wurde mir auch klar, als ich es fand." Es hatte wehgetan, aber der Schmerz ließ sich mühelos unterdrücken. „Und?"

„Warum hat er nichts unternommen? Der Kerl war kein Kind. Er muss damals über einundzwanzig gewesen sein."

„Ich glaube, er war vierundzwanzig. Vielleicht fünfundzwanzig. Ich weiß es nicht mehr."

„Und du warst minderjährig. Man hätte ihn anzeigen müssen … nachdem dein Vater ihn verprügelte."

Savannah atmete durch. „Mein Vater kannte mich. Er wusste, wenn ich mit jemandem schlief, tat ich es freiwillig. Sicher, juristisch gesehen war ich noch minderjährig, aber ich wusste, was ich tat. Ich war nicht unzurechnungsfähig oder so etwas. Ich wurde nicht dazu gezwungen. Und ich mag es nicht, wenn du einen Schuldigen suchst."

„Natürlich gibt es einen Schuldigen", entgegnete Jared scharf.

„Der Hundesohn hatte nicht das Recht, ein Mädchen deines Alters anzufassen und danach zu verschwinden, ohne sich den Folgen zu stellen."

Ihre Augen blitzten. „Bryan ist keine Folge."

„Du weißt verdammt gut, dass ich es nicht so gemeint habe." Er fuhr sich erregt mit beiden Händen durchs Haar, während er ruhelos auf und ab ging. „Im Moment lässt sich wohl nichts machen. Aber ich möchte wissen, was du tun willst."

„Ich werde Hamburger machen. Du kannst gern bleiben, aber du kannst auch gehen, wenn du das lieber möchtest", sagte sie leise.

„Komm mir nicht so."

„Ich komme dir, wie ich will." Sie seufzte. „Jared, warum hackst du immer auf dieser Sache herum? Ich habe vor zehn Jahren mit einem Mann geschlafen. Ich habe ihn vergessen. Er hat mich vergessen." Um es ihm zu beweisen, nahm sie das Foto und ließ es in den Papierkorb neben der Kommode fallen. „Damit ist es erledigt."

„Einfach so?" Genau das war es, was ihm keine

Ruhe ließ. Das wurde ihm in diesem Moment bewusst. „Er hat dir nichts bedeutet?“

„Stimmt.“

„Du hast ein Kind von ihm bekommen, Savannah. Den Jungen, der unten im Garten mit seinen Kätzchen spielt. Wie kannst du das so einfach abtun?“

„Du würdest lieber eine andere Geschichte hören, nicht wahr, Jared?“ Sie lächelte grimmig. „Eine Geschichte, mit der du leben könntest. Die von dem armen, unschuldigen, einsamen Mädchen, das nach Liebe sucht und von einem älteren Mann verführt, verraten und verlassen wird.“

„War es nicht so?“

„Du hast keine Ahnung, wer oder was ich damals war und wonach ich suchte. Und eigentlich willst du es auch gar nicht wissen. Denn wenn du es weißt, wenn du es erfährst, wird es dich nicht loslassen. Du wirst dich fragen, mit wie vielen Männern ich geschlafen habe. ‚Kann ich ihr glauben, wenn sie behauptet, sie habe sich nicht verkauft? Selbst ihr eigener Vater hat nicht zu ihr gehalten ... was sagt mir das? Und jetzt, da ich zurückblicke, erinnere ich mich daran, dass sie gleich zu Beginn mit mir ins Bett wollte. Mit was für einer Frau habe ich mich eingelassen?‘ Sei ehrlich, Jared, das fragst du dich doch, nicht wahr? Ist es nicht das, was dich umtreibt?“

„Ich frage mich, warum du mir so viele Dinge nicht erzählen willst. Warum du zehn Jahre deines Lebens einfach vergessen kannst. Ja, ich frage mich tatsächlich, was für eine Frau du bist."

Sie hob das Kinn. „Vielleicht fällt dir ja eine Antwort ein." Sie wollte hinausstürmen, doch er versperrte ihr den Weg. „Lass mich gehen."

„Es wird höchste Zeit, dass wir das hier klären. Du sagst, du liebst mich, aber du ziehst dich zurück, sobald es heikel wird. Sobald ich wissen will, was dich zu der Frau gemacht hat, die du jetzt bist."

„Ich habe mich selbst dazu gemacht. Mehr brauchst du nicht zu wissen."

„Ich muss viel mehr wissen", beharrte Jared. „Du kannst keine Zukunft beginnen, wenn du die Vergangenheit ignorierst."

„Ich kann es. Ich habe es bereits. Jared, das hier ist allein dein Problem. Weißt du eigentlich, was du tust?" Savannah schleuderte ihm die Frage ins Gesicht. „Du quälst dich mit einem Gesicht auf einem alten Foto. Du leidest darunter, du fühlst dich davon bedroht."

„Unsinn."

„Wirklich? Es ist vollkommen in Ordnung, dass du schon einmal verheiratet warst und andere Frauen hattest. Habe ich dich gefragt, wie viele es und wer sie waren oder warum es sie gab? Nein, das habe ich nicht.

Du darfst wild und zügellos gewesen sein und mit deinen Brüdern die Stadt unsicher gemacht haben. Das ist toll. Jungs sind eben so. Aber bei mir ist das natürlich ganz anders. Dein Problem besteht darin, dass du dich mit mir eingelassen hast, ohne vorher gründlich nachzudenken. Und jetzt willst du mich eben zu einer Frau machen, die besser zu dem Mann passt, der du geworden bist."

„Du drehst mir die Worte im Mund um. Und du irrst dich."

„Ich sage, ich habe Recht. Und ich sage, geh zum Teufel, MacKade. Zum Teufel mit dir. Wenn du ein Opfer brauchst, ein Püppchen oder jemanden, der auf deinen Empfängen oder Galas gut ankommt, bist du bei mir falsch. Ich lese nicht Kafka."

„Wovon um alles in der Welt redest du?" fragte Jared entgeistert.

„Ich rede von der Realität. Die Realität ist, dass ich mich von dir beim besten Willen nicht verhören und beschuldigen lassen muss."

Er kniff die Augen zusammen. „Es geht nicht nur um dich, Savannah. Nicht mehr. Das ist die Realität. Ich muss mich nicht rechtfertigen, wenn ich wissen will, warum du das Foto wegwirfst oder mir nicht erzählst, dass die Sachen deines Vaters angekommen sind. Oder wenn ich dich frage, was du von dir selbst erwartest. Und von mir. Oder wenn ich dir sage, was ich will, was ich erwarte und verwirklichen will. So, das war alles. Entscheide dich, alles oder nichts?“

„Soll das eine Drohung sein?“

„Wenn du es so sehen möchtest. Denk darüber nach“, schlug er vor und eilte hinaus.

Wie erstarrt stand Savannah da. Sekunden später hörte sie die Haustür zuschlagen. Es kostete sie ihre gesamte Willenskraft, nicht ans Fenster zu rennen und ihm nachzusehen. Ihn vielleicht sogar zurückzurufen. Kurz darauf drang das Motorengeräusch herein.

So ist das also, dachte sie. Alles oder nichts. Was fiel ihm ein, sie vor diese Wahl zu stellen? Sollte sie sich ihm ausliefern, sich wehrlos machen, auf alles verzichten, was ihr im Notfall Sicherheit gab? Das hatte sie einmal getan, und die Wunden, die es hinterlassen hatte, hatten noch Jahre geschmerzt. Nein, das wollte sie nie wieder erleben.

Savannah gab sich einen Ruck und ging nach unten. Sie ignorierte die Blumen auf dem Tisch und den auf Eis gelegten Champagner. Vielleicht trinke ich ihn nachher allein, überlegte sie, während sie die Hamburger aus dem Kühlschrank holte. Vielleicht würde sie die ganze verdammte Flasche trinken, bis sie einen Schwips bekam. Das war immer noch besser als die quälenden Gedanken, ja sogar besser als der in ihr brodelnde Zorn.

Doch als die Haustür ins Schloss fiel und sie sich dorthin umdrehte, war sie enttäuscht, dass es nur Bryan war. Was ist bloß los mit dir, fragte sie sich und schämte sich vor sich selbst.

„Ist Jared sauer auf dich?"

„Wie kommst du darauf?"

„Ich habe es gemerkt." Mit betrübtem Gesicht setzte Bryan sich und stützte die Ellbogen auf den Tisch. „Er ist zwar stehen geblieben und hat sich meine Kätzchen angesehen, aber er war mit den Gedanken ganz woanders. Und dann hat er gesagt, dass er heute nicht bleiben kann."

„Ja, dann ist er wohl sauer auf mich."

„Bist du auch sauer auf ihn?"

„Ja." Hackfleisch zu Klopsen zu verarbeiten war ideal, um Aggressionen loszuwerden. „Ziemlich sauer sogar."

„Heißt das, du hast ihn nicht mehr gern?"

Sie sah ihn an, und ihr Zorn legte sich genug, um die Trauer in seinen Augen erkennen zu können. „Worauf willst du hinaus, Bryan?"

Er zuckte mit den Schultern und schlug die Füße gegeneinander. „Na ja, du hast noch nie jemanden gern gehabt. Er ist fast immer hier, und er bringt dir Blumen und trainiert mit mir. Ihr küsst euch und so."

„Das stimmt."

„Na ja, Con und ich dachten, dass ihr beide vielleicht … naja, heiratet.“

Es traf sie mitten ins Herz. „Oh.“

„Ich dachte mir, das wäre cool, weißt du, weil Jared auch cool ist.“

Sie legte die Hamburger zur Seite. Um Zeit zu gewinnen, drehte sie den Wasserhahn auf, wusch sich die Hände und trocknete sie gründlich ab. Was habe ich meinem kleinen Jungen jetzt nur angetan, ging es ihr durch den Kopf. „Bry, du weißt doch, dass Leute sich auch küssen können, ohne dass sie gleich heiraten. Du bist alt genug und weißt auch schon, dass Erwachsene Beziehungen, enge Beziehungen haben, ohne zu heiraten.“

„Sicher, aber wenn sie sich richtig gern haben, heiraten sie doch, oder?“

„Manchmal.“ Sie ging um den Tisch herum und legte eine Hand auf seine Schulter. „Aber es ist nicht immer genug, jemanden gern zu haben … zu lieben.“

„Warum nicht?“

„Weil …“ Was sollte sie darauf antworten? „Weil die Menschen kompliziert sind. Außerdem ist Jared sauer auf mich, nicht auf dich. Ihr könnt auf jeden Fall Freunde bleiben.“

„Ja.“

„Du gehst jetzt besser nach draußen und passt auf deine Kätzchen auf. Ich werde den Grill anheizen.“

„Okay.“ Widerwillig ging er zur Tür. „Ich dachte, wenn ihr heiratet, könnte er so etwas wie …“

„So etwas wie was?“ fragte sie.

„So etwas wie mein Vater sein.“ Wieder zuckte Bryan mit den Schultern, so wie sie selbst es tat, wenn sie ihre Enttäuschung vor anderen verbergen wollte. „Ich dachte einfach nur, das wäre cool“, fügte er leise hinzu, und erneut traf es sie direkt ins Herz.

12. KAPITEL

Bryans wehmütige Bemerkung ging Savannah nicht mehr aus dem Kopf. Um ihn ein wenig zu trösten, machte sie das Abendessen zu einer kleinen Feier.

Er durfte so viel trinken, wie er wollte, Berge von Pommes frites essen und mit ihr zusammen kühne Pläne schmieden, wie sie das Vermögen ausgeben sollten, das sie mit dem Verkauf ihrer Bilder erzielen würde.

Dauerkarten für Disney World würden nicht reichen, entschieden sie. Disney World würde ihnen gehören. Und Logenplätze beim Baseball-Match? Von wegen. Sie würden die Baltimore Orioles kaufen … und Bryan würde natürlich der neue Star des Profi-Teams werden.

Savannah spielte das Spiel mit, bis sie einigermaßen sicher sein konnte, dass Bryan vergessen hatte, wovon er in Wirklichkeit träumte. Von einer glücklichen Familie, zu der er, seine Mutter und eben Jared als Vater gehörten.

Danach verbrachte Savannah fast die ganze Nacht damit, an die Decke zu starren und sich auszudenken, womit sie Jared MacKade dafür bestrafen könnte, dass er ihrem Sohn das Herz gebrochen hatte.

Ihr eigenes Herz war nicht so wichtig. Sie wusste,

wie sie es wieder flicken konnte. Zeit und Arbeit und das Heim, das sie sich geschaffen hatte, würden ihr dabei helfen. Sie brauchte keinen Mann, um sich ganz zu fühlen. Sie hatte nie einen gebraucht. Sie würde dafür sorgen, dass ihr Sohn den Vater nicht vermisste. Aber Jared würde dafür bezahlen, dass er Bryan falsche Hoffnungen gemacht hatte.

Der Bastard hatte sich zum Bestandteil ihres Lebens gemacht. Er hatte ihr Blumen mitgebracht, verdammt noch mal, mit Bryan Baseball gespielt und ihn auf die Farm mitgenommen. Und dann war er auch in ihrem Bett aufgewacht, und zwar so, wie noch niemand neben ihr aufgewacht war.

Aber er sah auch auf sie herab, von seinem hohen Anwaltsthron. Als säße sie auf einer Anklagebank. Er stellte ihre Moral und ihre Taten und ihre Beweggründe in Frage. Erst gab er ihr das Gefühl, mehr zu sein, dann das Gefühl, weniger zu sein, als sie es jemals gewesen war. Er brachte sie dazu, an sich selbst zu zweifeln.

Nein, das durfte sie sich nicht bieten lassen. Er würde nicht ungestraft davonkommen. Ohne dass es ihr bewusst war, rückte sie in die Mitte des Bettes, damit es ihr nicht so leer vorkam. Jared konnte sich nicht in ihr Leben schleichen und dann Fragen stellen. Wer sie war, wo sie gewesen war, was sie wollte. Sie schuldete ihm keine Antworten, und genau das würde sie ihm beweisen.

Und eingeschlichen hat er sich, dachte sie, den Blick noch immer an die Decke gerichtet. Er hatte ihr das Gefühl vermittelt, dumm zu sein, minderwertig und, zum ersten Mal seit zehn Jahren, verletzlich. Und jetzt glaubte er, sich genauso wieder hinausschleichen zu können, weil sie nicht dem entsprach, was er sich unter einer … Savannah lachte bitter … unter einer Ehefrau vorstellte.

Aber ohne es zu merken, hatte sie selbst angefangen, davon zu träumen, es sich auszumalen, zu hoffen und sogar konkrete Pläne zu schmieden. Erst als Bryan es ausgesprochen hatte, war ihr bewusst geworden, wie sehr sie sich nach einem Happy End gesehnt hatte. Wie in den Geschichten, die sie illustrierte. In denen gab es immer tapfere, leidenschaftliche Märchenprinzen.

Es war beschämend. Es war erniedrigend. Eine Frau wie sie, eine Frau, die mit Mut und Zähigkeit alle Krisen des Lebens gemeistert hatte, ließ sich von diesem Mann klein machen.

Sie hatte es allein geschafft. Sie hatte gehungert, gearbeitet, bis ihr vor Erschöpfung schwindlig wurde, und Jobs angenommen, für die sie eigentlich zu stolz war. Sie war von ihrem eigenen Vater auf die Straße gesetzt worden, als sie ihn am meisten gebraucht hatte. Und nichts davon, keine der schwierigen oder schmerzhaften Erfahrungen, hatte sie so erniedrigt wie das hier.

Savannah holte tief Luft. Sie würde Jared MacKade zeigen, was für eine Art von Frau sie war. Die Art von Frau, die ihn nicht brauchte.

Jared kam zu dem Schluss, dass es gar nicht so übel war, den Samstagnachmittag mit einem Bier in der Hand auf der Veranda zu verbringen. Vielleicht konnte er es sogar genießen. Es war ein herrlicher Tag, und er fühlte sich auf eine angenehme Weise erschöpft von der Arbeit des Vormittags.

Seine Brüder waren bei ihm, und es war gut, mit ihnen zusammen zu sein. Faul herumsitzen, dachte er, und zusehen, wie das Gras wächst und die Hunde darauf herumtollen.

Vielleicht würde er zum Blockhaus spazieren. Nach einer Weile vielleicht. Bis dahin hatte Savannah bestimmt genug Zeit gehabt, um sich zu beruhigen, über alles nachzudenken und vernünftig mit ihm zu reden.

Sich selbst hatte er auch schon fast genug Zeit gelassen. Er war zwar noch nicht ganz so weit, aber schon kurz davor, sich einzugestehen, dass er ungeschickt gewesen war. Möglicherweise sogar etwas ungerecht.

Trotzdem, Savannah hatte sich wirklich lächerlich benommen. Ihm vorzuwerfen, dass er sich von einem albernen alten Foto bedroht fühle! Dass er eine andere Art von Frau wolle … Dass er mit ihr nicht zufrieden sei, nur weil sie nicht Kafka las. Nur der Himmel wusste, wie sie darauf gekommen war.

Dass sie ihr Leben mit seinem verglich, gefiel ihm auch nicht gerade. Das ließ ihn wie einen engstirnigen Sexisten aussehen. Und das war er ganz bestimmt nicht. Er war einfach anders, das war alles.

„Er redet mit sich selbst", sagte Devin, der gerade an einem Stück Holz herumschnitzte.

„Das tut er schon seit gestern." Gähnend schob Shane seinen Stuhl zurück. „Wenn du mich fragst, Savannah hat ihn hinausgeworfen."

Das und Rafes Lachen rissen Jared aus seinen Gedanken. „Das hat sie keineswegs. Ich bin gegangen, um ihr etwas klarzumachen."

„So?" Rafe zwinkerte Devin zu. „Was denn?"

Jared nahm einen Schluck Bier. „Dass sie anfangen muss, die Dinge so zu sehen, wie sie sind."

Seine Brüder brachen in spöttischen Jubel aus.

„So, wie er die Dinge sieht", sagte Rafe zu den anderen. „Wenn man das nämlich nicht tut, erreicht man bei ihm nichts."

„Blödsinn." Jared schlug die Beine übereinander. „Man muss die Dinge richtig sehen, mehr nicht."

Devin saß auf der obersten Stufe. Er drehte sich

halb um und lehnte sich gegen den Pfosten. „Was hat sie denn falsch gesehen?"

„Sie ist verschlossen. Heute Morgen rief mich Howard Beels an und bedankte sich dafür, dass ich ihn mit ihr bekannt gemacht habe. Offenbar war sie gestern bei ihm, und er hat drei von ihren Bildern gekauft." Dieser Gedanke allein machte Jared schon wieder wütend. „Hat sie es mir erzählt? Nein. Was soll das für eine Beziehung sein? Ich bekomme nichts aus ihr heraus, wenn ich sie nicht direkt danach frage, und selbst dann antwortet sie nicht immer."

Belustigt streckte Shane die Arme in die Höhe. „Und ich wette, du steckst voller Fragen. Was hat sich genau abgespielt? Wie hast du reagiert? Welche Abfolge von Ereignissen führte dazu? Und wo hast du dich in der fraglichen Nacht aufgehalten?"

Jareds Schlag wäre härter ausgefallen, hätte Shane nicht eine Armeslänge entfernt gesessen. „Ich verhöre sie nicht, ich frage nur. Ich will wissen, mit wem ich es zu tun habe. Ein Mann hat das Recht, die Frau zu kennen, die er heiraten wird."

Rafe verschluckte sich an seinem Bier. „Seit wann das denn?"

Seufzend griff Shane in die Kühltasche und nahm sich ebenfalls ein Bier. „Ich habe es geahnt."

Mit ausdruckslosem Gesicht musterte Devin Jared.

„Du hast Savannah tatsächlich gefragt, ob sie dich heiraten will?“

„Nein. Ich hatte leider noch keine Gelegenheit, ihr zu sagen …“

„Ihr zu sagen.“ Devin grinste. „Typisch.“

„Du könntest wenigstens versuchen, es einmal aus meiner Sicht zu betrachten“, knurrte Jared. „Mir ist eben klar geworden, dass ich sie heiraten will. Ich habe lange darüber nachgedacht, schließlich eine Entscheidung getroffen, und dann entdecke ich zufällig die Sachen ihres Vaters. Savannah hatte mir nicht erzählt, dass sie eingetroffen waren. Und darunter befand sich ein Foto, das sie mit Bryans Vater zeigt.“

„Hm“, brummte Rafe stellvertretend für alle.

„Als ich sie danach fragte, reagierte sie abweisend.“

„Feindlich gesinnte Zeugin“, murmelte Shane, was ihm einen wütenden Blick einbrachte.

„Sie hat das Foto in den Papierkorb geworfen“, fuhr Jared fort. „Als wäre es vollkommen bedeutungslos.“

„Vielleicht wollte sie genau das damit ausdrücken“, gab Devin zu bedenken.

„Hör mal, der Kerl hat sie geschwängert und dann im Stich gelassen. Ihr Vater setzt sie vor die Tür. Sie ist erst sechzehn, um Himmels willen. Natürlich bedeutet es etwas. Aber sie rückt nicht mit der Sprache heraus. Stattdessen macht sie mir irgendwelche idiotischen Vorwürfe. Und dann sagt sie … hört gut zu … sie sagt, dass ich es in Ordnung finde, wenn ich selbst mich ausgetobt habe oder so etwas. Aber von ihr erwarte ich, dass sie unberührt oder ein Opfer oder so ähnlich sei. Ich finde das beleidigend."

Rafe betrachtete sinnierend seine Bierflasche. „Ich finde, sie hat Recht."

„Unsinn!"

„Tut mir Leid, Bruderherz. Du machst die Anwaltsprüfung, kaufst dir ein paar seriöse Anzüge …"

„Soll ich dir ein zweites Mal die Nase brechen?"

„Gleich. Nach einer Weile beschließt du, dass es langsam Zeit wird zu heiraten, also suchst du dir eine Eisprinzessin, eine ohne Gepäck, ohne Geheimnisse, ohne sichtbare Fehler. Und weißt du, warum?"

Jared funkelte ihn an. „Warum sagst du es mir nicht?"

„Weil das Image zu dir passte. Da du schlau bist, hast du leider schnell gemerkt, dass die Frau das nicht tat. Savannah dagegen ist eine Frau mit viel Gepäck, einigen Geheimnissen und vielleicht auch ein paar Fehlern. Das Image passt nicht ganz in eine deiner Schubladen, aber die Frau passt zu dir."

Jared wollte widersprechen, darüber diskutieren, die Argumente seines Bruders auseinander nehmen, wie er es vor Gericht mit denen des gegnerischen Anwalts getan hätte. Und musste feststellen, dass er es nicht konnte. Also fluchte er.

„Kafka", flüsterte er, als ihm ein Licht aufging. „Barbara hat Kafka gelesen."

„Überrascht mich nicht", sagte Rafe fröhlich.

Jared steckte sich ein Zigarillo an und unternahm einen neuen Anlauf. „Trotzdem, wenn zwei Menschen eine gemeinsame Zukunft aufbauen wollen, müssen sie einander genug vertrauen, um über ihre Vergangenheit zu sprechen. Ich will nicht nur sie, sondern auch den Jungen." Er blies den Rauch aus.

„Wirst du dich etwa durch ein Foto davon abhalten lassen?" fragte Devin ruhig.

„Nein. Ich werde mich ganz bestimmt durch nichts davon abhalten lassen."

„Wieder einer weniger", sagte Shane betrübt. „Weißt du, Frauen kommen auf falsche Gedanken, wenn deine Brüder alle heiraten."

„Damit wirst du wohl leben müssen", erwiderte Jared.

Die vier Brüder sahen hoch, als ein Wagen in die Einfahrt bog.

Sie ist also zur Vernunft gekommen, dachte Jared und war stolz darauf, dass er Savannah eine ganze Nacht Zeit zum Nachdenken gelassen hatte. Sie war hier. Es tat ihr also Leid, dass sie ihn so angefaucht hatte. Sie wollte sich jetzt anscheinend mit ihm zusammensetzen und in Ruhe über alles reden.

Er stand auf und lehnte sich Devin gegenüber an den anderen Pfosten. Natürlich war er großmütig genug, um sich ebenfalls zu entschuldigen. Und ihr zu erklären, was er meinte. Sie würde ihn verstehen, und in ein paar Jahren würden sie beide herzlich über dieses alberne Missverständnis lachen. Er setzte ein versöhnliches Lächeln auf, mit dem er sie begrüßen wollte, als Savannah mit quietschenden Reifen vor dem Haus hielt.

Die Frau, die aus dem Wagen stieg, sah absolut nicht friedfertig aus. Sie sah wild, wütend und atemberaubend schön aus.

„Oho", sagte Shane nur und warf Rafe einen belustigten Blick zu.

Sie sprach kein Wort, sondern stemmte die Hände in die Hüften und musterte die vier Brüder. Ein Publikum, dachte sie. Umso besser. Sahen sie nicht alle selbstzufrieden aus, stolz darauf, richtige Männer zu sein?

Sie ging zum Kofferraum und öffnete ihn. Als Erstes holte sie den Karton heraus. Die Hunde kamen angerannt und sprangen aufgeregt um sie herum, während sie den Karton nach vorn trug. Lächelnd kippte sie ihn aus. Mehrere Kleidungsstücke fielen heraus. Anzüge, Krawatten, Hemden, Socken. Noch immer lächelnd verteilte sie sie mit ein paar Fußtritten auf der Erde.

Begeistert tobten die Hunde auf den Sachen herum, schnüffelten und bellten. Fred freute sich so über Jareds Duft, dass er das Bein hob.

Auf der Veranda beobachteten die vier Männer die Szene, stumm, mit den unterschiedlichsten Gefühlen.

Savannah stellte fest, dass Jareds Lieblingskrawatte sich um ihren Fuß gewickelt hatte. Sie sah ihm in die Augen und trat sie mit dem Absatz in den Boden.

Rafe grinste. Shane lachte. Devin staunte. Jared starrte nur.

Sie war noch nicht fertig. Noch lange nicht. Aus dem Kofferraum holte sie das lederne Adressbuch, das er auf dem Nachttisch hatte liegen lassen. Mit einem eisigen Lächeln hielt sie es hoch, bevor sie die Blätter herausriss und auf den Haufen inzwischen hoffnungslos verdreckter Kleidungsstücke segeln ließ.

Dann folgten seine Schuhe. Zuerst die guten italienischen. Sie hielt sie Ethel hin, die Hündin schnüffelte sie ab. Savannah warf sie nacheinander durch die Luft, und die Hunde jagten bellend hinterher. Auch seine Tennisschuhe hatte Jared bei ihr gelassen. Gleich zwei Paar, von denen er eins erst vor zwei Wochen gekauft hatte. Savannah hoffte, dass die Hunde sie in Stücke reißen würden.

Blieb noch das Rasierzeug. Sie ließ sich Zeit damit und verstreute es um sich, bis Shane sich vor Lachen nicht mehr halten konnte und aus dem Korbsessel rutschte.

Auf den Gnadenstoß freute sie sich besonders. Es war der Wein. Nur eine Flasche war offen gewesen, aber die hatte sie zu Hause geleert. Jetzt entkorkte sie die restlichen drei, alles hervorragende Jahrgänge aus Frankreich und sündhaft teuer. Mit herausforderndem Blick ging sie zu dem, was von seiner Kleidung übrig war. Sie legte den Kopf schief und registrierte erfreut, wie Jared die Augen zusammenkniff. Mit dem Schwung einer erfahrenen Kellnerin goss Savannah die drei Flaschen über seinem besten Anzug aus.

Als sie leer waren, ließ Savannah sie aufs Gras fallen. Ohne auch nur ein einziges Wort gesprochen zu haben, kehrte sie zum Wagen zurück und stieg ein. Ein letztes Lächeln, ein Winken zum Abschied, dann startete sie den Motor, wendete und fuhr davon.

Abgesehen von Shanes schallendem Lachen herrschte Stille.

Irgendwann räusperte Devin sich geräuschvoll. Er starrte auf das Chaos auf dem Rasen und strich Fred über den Kopf, als der Hund ihm einen von Jareds zerkauten Schuhen brachte.

„Nun ja“, begann er. „Ich würde sagen, auch sie hat dir gerade etwas klargemacht.“

„Die Frau ist unmöglich“, stammelte Shane und

wischte sich die tränenden Augen. „Ich glaube, ich habe mich in sie verliebt."

Rafe wusste nur zu gut, wie es war, seinem Herzen ausgeliefert zu sein. Deshalb stand er auf und legte Jared eine Hand auf die Schulter. „Weißt du, Jared, du hast jetzt zwei Möglichkeiten."

Jared zitterte fast vor Wut. „Und die wären?"

„Lauf, als wäre der Teufel hinter dir her, oder geh und hol sie dir. Ich weiß, wofür ich mich entscheiden würde."

Während der nächsten zwei Stunden unternahm Jared überhaupt nichts. Er kannte sich gut genug, um zu wissen, wie gefährlich sein Temperament sein konnte. Er ließ etwas Dampf ab und brachte sich bei der Arbeit in der Scheune ins Schwitzen, bevor er sich duschte.

Als er schließlich aufbrach, war der Zorn noch immer da, aber er hatte ihn unter Kontrolle. Savannah glaubt, sie kann mich wegwerfen, so wie meine Sachen, dachte er. Aber da irrte sie sich.

„He, Jared." Shane stand im Hof und kämpfte mit den Hunden um einen von Jareds Schuhen. „Sag Savannah, dass wir die Show wirklich genossen haben, ja?"

„Erinnere mich nachher daran, dass ich dir in den Hintern trete."

Sie hatte ihn lächerlich gemacht. Vor seinen Brüdern. Er stopfte die Hände in die Taschen und versuchte ruhig zu bleiben, während er zum Wald stapfte. Außerdem hatte sie einen Großteil seiner Garderobe ruiniert.

Sie hielt sich für verdammt schlau, da war er sicher. Wahrscheinlich hatte sie die halbe Nacht aufgesessen und alles ganz genau geplant. Wäre er nicht das Opfer gewesen, hätte er sie dafür bewundert. Die Frau hatte wirklich Nerven.

Aber sie hatte sich auf seine Kosten ausgetobt.

Der Wald umschloss ihn, doch das gewohnte Gefühl des Friedens stellte sich nicht ein. Mit den Gedanken war Jared auf der anderen Seite der Bäume, bei Savannah. Und bei der Rache, die er an ihr nehmen wollte. Mal sehen, dachte er voller Vorfreude, wie es ihr gefällt, wenn ich an ihren Kleiderschrank gehe und …

Plötzlich hielt er inne und holte tief Luft. Was hatte diese Frau bloß aus ihm gemacht? Er führte sich auf wie ein unreifer Teenager und malte sich aus, wie er ihren Kleiderschrank verwüstete.

Nein, dazu würde es nicht kommen. Er würde sich rächen, indem er ihr bewies, dass er trotz ihres empörenden Auftritts ruhig und vernünftig blieb. Um sicherzustellen, dass er das auch wirklich blieb, machte Jared einen Umweg und setzte sich erst einmal auf seinen Felsbrocken.

Er konnte sie diesmal nicht spüren, die Geister, die diesen Ort mit ihren Sorgen, Hoffnungen und Ängsten heimsuchten. Vielleicht lag es daran, dass er zum ersten Mal seit langer Zeit mit genug eigenen Problemen belastet war.

Jared wusste, was es hieß, jemanden zu verlieren. Der Tod seiner Eltern hatte ihn hart getroffen und tief erschüttert, aber er hatte ihn überlebt, weil ihm keine andere Wahl geblieben war. Und weil es so viele gute, klare und wichtige Erinnerungen gab, mit denen er sich trösten konnte. Und natürlich hatte er immer seine Brüder gehabt.

Er kannte die Trauer. Er hatte sie erlebt, als er sich schließlich eingestehen musste, dass seine Ehe ein Fehler gewesen war. Keine Katastrophe. Irgendwie wäre das besser gewesen, einfacher zu verkraften als ein Fehler, den er selbst begangen hatte … den er hätte vermeiden können.

Und Hoffnung. Auch die kannte er. Sein Leben war voll davon gewesen. Seine Eltern und seine Herkunft hatten sie ihm geschenkt. Aber wo immer es Hoffnung gab, gab es auch Angst. Sie war der Preis, der für das Glück gezahlt werden musste.

Er kannte all diese Gefühle, hatte sie ertragen oder genossen. Aber vor Savannah hatte er nichts so Tiefes, so Schmerzhaftes erlebt. Nichts so Erschreckendes.

Der Wind wurde stärker, während Jared im Wald saß. Bäume schwankten, Blätter rauschten, die das Sonnenlicht dämpften. Und es wurde kälter.

Hierher waren sie gekommen. Reglos saß Jared da und dachte daran. Die beiden Jungs, die verschiedene Uniformen trugen, waren hergekommen. Jeder von ihnen war auf der Suche nach seinem Zuhause gewesen. Auf der Flucht vor dem Wahnsinn des Krieges, voller Sehnsucht nach dem Vertrauten. Nach dem verlorenen Sinn des Lebens. Nach ihrer Familie, nach den Menschen, die sie kannten und liebten.

Vielleicht war es das, worum sie gekämpft hatten. Um ihr Zuhause.

Jared wurde bewusst, wie dumm er gewesen war. Er schloss die Augen, als der Wind das Laub um ihn herum aufwirbelte. Die beiden jungen Soldaten hatten ihren Lebensweg nie frei wählen können. Doch das Schicksal, das die beiden zum Tode verurteilt hatte, hatte ihm Savannah und Bryan Morningstar geschickt. Und anstatt die beiden anzunehmen, hatte er alles in Frage gestellt. Anstatt sich zu freuen, hatte er gezweifelt.

Denn am meisten erschreckte ihn seine Liebe. Eine Liebe, die von ihm verlangte, die Frau, der sie galt, zu beschützen und in Ehren zu halten. Aber das Mädchen, das sie einmal gewesen war, konnte er nicht mehr beschützen. Gegen die grausamen und sinnlosen Schicksalsschläge, damals, als niemand ihr geholfen hatte. Sie hatte sie allein ertragen müssen, ohne ihn. Und wenn nötig, das wusste er, würde sie es wieder tun. Das gab ihm ein Gefühl der Ohnmacht und verletzte seinen Stolz. Na schön, er war also dumm. Aber so einfach würde sie ihn nicht loswerden.

Jared hörte ein Rascheln, öffnete die Augen und hätte sich nicht gewundert, wenn er einen jungen Südstaaten-Soldaten vor sich gesehen hätte, das Bajonett bereit, mit Angst in den Augen. Doch er sah Bryan, der mit gesenktem Kopf durch das Laub stapfte. Von dem Jungen ging eine tiefe Traurigkeit aus.

„Hallo, Kumpel, wie geht es dir?"

Bryan sah hoch. Ein Lächeln erhellte sein Gesicht. „Hi, Jared. Ich gehe spazieren. Mom hat schlechte Laune."

„Ich weiß." Jared klopfte neben sich auf den großen Stein. „Sie ist ganz schön sauer auf mich."

„Sie hat gesagt, dass du auch sauer bist."

„Ja, das war ich." Der Junge setzte sich zu ihm, und Jared legte den Arm um seine Schultern. „Aber das habe ich hinter mir."

„Sie nicht." Bryan verdrehte die Augen. „Sie hat mich hinausgeworfen."

„Im Ernst? Mich auch."

Bryan musste schmunzeln. Bestimmt hatte seine Mutter Jared nicht befohlen, draußen weiterzuspielen. „Wir könnten auf der Farm bleiben, bis sie sich beruhigt."

„Das könnten wir", erwiderte Jared nachdenklich. „Oder ich könnte zu ihr gehen und versuchen, die Sache wieder in Ordnung zu bringen."

„Könntest du das?" fragte Bryan hoffnungsvoll.

Jared sah den Jungen an und bemerkte erst jetzt, wie besorgt er dreinblickte. „Auf dich ist sie eigentlich gar nicht sauer, Bryan. Sie ist auf mich sauer, du bekommst nur etwas davon ab."

„Ja, das habe ich mir auch schon gedacht. Könntest du sie denn dazu bringen, dass sie nicht mehr sauer auf dich ist?"

„Das hoffe ich sehr. Wenn du etwas anstellst und sie mit dir schimpft, bleibt sie dann lange so?"

„Nöö. Sie kann es nicht, weil ..." Bryan wusste nicht, wie er es Jared erklären sollte. „Sie kann es einfach nicht. Aber sie hat noch nie einen Mann so lange um sich gehabt wie dich, so kann sie vielleicht auf dich länger böse bleiben."

„Sie hat noch nie ..." Jared verstummte. Es war nicht richtig, den Jungen auszufragen. „Vielleicht solltest du mir ein paar Tipps geben."

„Okay." Bryan spitzte die Lippen, während er überlegte. „Sie freut sich immer riesig über die Blumen, die du ihr mitbringst. Das hat noch keiner getan, nur ich.

Zu ihrem Geburtstag, einen kleinen Strauß. Sie hat fast geweint, als ich damit ankam."

„Keiner hat ihr Blumen mitgebracht", murmelte Jared. Er war nicht nur ein Trottel. Er war ein absoluter Riesentrottel.

„Nö", bestätigte Bryan und legte seine Scheu ab. „Außerdem ist noch keiner mit uns zu einem Baseball-Match gegangen oder Pizza essen, und das findet sie auch toll, weißt du."

Diesmal durfte Jared nachfragen, denn es betraf auch den Jungen. „Niemand hat euch zum Baseball oder zu einer Pizza eingeladen?"

„Nö. Ich meine, Mom und ich haben das gemacht, klar, aber nie mit einem Typen, der das alles organisiert hat und so." Bryan dachte darüber nach, wie sehr ihm das fehlen würde, als ihm eine Idee kam. „Oh, ja! Und wenn du mit ihr ausgehst, singt sie vorher immer unter der Dusche. Sie ist früher auch schon ausgegangen und so, aber sie hat nie gesungen, wenn sie sich zurechtgemacht hat. Vielleicht solltest du einfach wieder mit ihr ausgehen. Auf ein Date oder so. Mädchen finden das toll, weißt du."

Jared beschloss, dass es in Savannahs und Bryans Leben in Zukunft viele Baseball-Spiele, viele Pizzas, viele Dates und viele Blumen geben würde. „Ja, du hast Recht, das tun sie."

„Kennst du irgendwelche Liebesworte?"

„Wie bitte?"

„So wie in den Filmen", erklärte Bryan. „Du weißt doch, wie die Frau immer so komisch guckt, wenn der Typ diese Liebesworte sagt. Aber der Typ muss auch komisch gucken, sonst wirkt es nicht. Das könnte ihr gefallen, glaube ich."

„Ja, das glaube ich auch."

Bryan seufzte, als er es sich vorstellte. „Wahrscheinlich wäre es ziemlich peinlich."

„Nicht, wenn man sie ernst meint. Weißt du was, Bryan?" Jared rückte ein wenig von Bryan ab, um ihm ins Gesicht sehen zu können. „Ich schätze, ich sollte es dir sagen, weil du so lange bei euch der Mann im Haus warst. Ich liebe deine Mutter."

Bryan bekam plötzlich Herzklopfen und ein seltsames Gefühl im Bauch. Verlegen senkte er den Blick. „Ich habe mir schon gedacht, dass du sie magst."

„Nein, ich liebe sie. So wie in den Filmen. Ich werde sie fragen, ob sie mich heiraten will."

Bryan strahlte, als er Jared in die Augen sah. „Richtig heiraten, meinst du?"

„Sehr richtig sogar. Wie findest du das?"

Der Junge war noch nicht bereit, sich festzulegen. Obwohl er es mochte, wenn Jared den Arm um ihn legte. „Würdest du mit uns zusammenleben oder so?"

Bryan sah ihn erwartungsvoll an und hing an seinen Lippen, die die Antwort formten.

„Nicht oder so. Ich würde mit euch leben und ihr mit mir. Aber die Sache hat einen Haken."

Genau das hatte Bryan befürchtet. Er machte sich auf alles gefasst und sah Jared tapfer an. „Ja? Was?"

„Ich werde dich bitten, meinen Namen anzunehmen, Bryan. Und mich als deinen Vater anzunehmen. Ich will nämlich nicht nur deine Mutter, verstehst du? Ich will euch beide, also müsstet auch ihr beide mich wollen."

Bryan hatte das Gefühl, nicht mehr richtig Luft zu bekommen. So, als hätte gerade jemand auf seiner Brust gesessen. „Du willst mein Vater sein?"

„Ja, das will ich, sehr sogar. Ich weiß, du bist bis jetzt auch ohne Vater ganz gut zurechtgekommen, und vielleicht brauche ich dich mehr als du mich, aber ich glaube, ich könnte dir ein guter Vater sein."

Bryan wurde vor Glück fast schwindlig. „Du möchtest mein Vater sein?"

„Ja, das möchte ich", flüsterte Jared und wusste plötzlich, dass er noch nie etwas so Wahres ausgesprochen hatte. „Das möchte ich wirklich."

„Ich wäre dann Bryan MacKade?"

„Genau."

Der Junge zögerte mit der Antwort, und Jared war, als würde die Erde aufhören, sich zu drehen. Wenn der

Junge ihn jetzt zurückwies, würde es ihm das Herz brechen.

Aber Bryan wusste nur nicht, wie man solche Dinge zwischen Männern regelte. Er wusste, was er tun musste, wenn seine Mutter ihm etwas Wunderbares schenkte. Etwas, von dem er kaum zu träumen gewagt hatte. Etwas, das er sich trotzdem jeden Abend vor dem Einschlafen gewünscht hatte. Und dann überlegte er nicht mehr, sondern tat das, was er bei seiner Mutter auch immer tat.

Plötzlich hielt Jared einen kleinen glücklichen Jungen in den Armen.

In grenzenloser Erleichterung stieß er ruckartig den angehaltenen Atem aus. Du hast einen Sohn bekommen, dachte er fast trunken vor Glück.

„Das ist so cool", sagte Bryan, den Kopf an Jareds Brust. „Und ich dachte, du willst kein Kind von jemand anderem."

Zärtlich, denn plötzlich war ihm sehr zärtlich zu Mute, umfasste Jared das Kinn des Jungen und hob sein Gesicht an. „Du wirst nicht das Kind von jemand anderem sein, Bryan. Ich werde ganz offiziell dein Vater sein, aber das steht nur auf dem Papier. Was wirklich zählt, ist das, was zwischen dir und mir ist."

„Ich werde Bryan MacKade sein. Du bringst sie dazu, nicht wahr? Du überredest sie dazu?"

„Reden ist mein Beruf."

Darüber, dass sie ihren Zorn auf Jared an dem unschuldigen Bryan ausgelassen hatte, war Savannah so wütend, dass sie zwei Illustrationen ruinierte, bevor sie endgültig aufgab. Der Versuch, sich mit Arbeit abzulenken, war sinnlos. Dabei war sie so zufrieden mit sich gewesen, als sie die MacKade-Farm verlassen hatte. Und stolz darauf, dass sie es geschafft hatte, Jared vor seinen Brüdern eine Lektion zu erteilen, die er so schnell nicht vergessen würde.

Jetzt fühlte sie sich elend. Elendig wütend, elendig verzweifelt. Einfach elend. Am liebsten hätte sie nach etwas getreten, aber noch war sie nicht so weit, dass sie sich an den beiden Kätzchen abreagieren musste, die in der Küchenecke schliefen.

Sie wollte irgendetwas gegen die Wand werfen. Doch so sehr sie auch suchte, sie fand nichts, das wertvoll genug gewesen wäre, um ihr Befriedigung zu verschaffen.

Sie wollte schreien. Leider war niemand da, den sie hätte anschreien können.

Bis Jared hereinkam.

„Du hast nicht einmal mehr einen einzigen Manschettenknopf hier, MacKade. Das liegt alles vor deinem Haus!"

„Das ist mir nicht entgangen. Du hast eine ganz schöne Schau abgezogen, Savannah."

„Ich habe jede Sekunde genossen." Sie verschränkte die Arme vor der Brust. „Verklag mich doch."

„Vielleicht tue ich das sogar. Warum setzen wir uns nicht?"

„Warum gehst du nicht zur Hölle?" entgegnete sie. „Und ich hoffe, du bekommst die Tür in den Rücken, wenn du gehst."

„Setz dich", wiederholte er, gerade streng genug, gerade sachlich genug, um sie endgültig zum Explodieren zu bringen.

„Sag mir nicht, was ich in meinem eigenen Haus tun soll!" schrie sie. „Sag mir nie wieder, was ich tun soll, ist das klar? Ich bin es Leid, mich von dir zu irgendeiner unfähigen Hinterwäldlerin erklären zu lassen. Okay, ich habe vielleicht kein College-Diplom ... verdammt, ich habe noch nicht einmal einen Highschool-Abschluss, aber ich bin nicht dumm. Ich bin ganz gut zurechtgekommen, bevor du aufgetaucht bist. Und ich werde genauso gut zurechtkommen, wenn du verschwunden bist."

„Ich weiß." Jared nickte. „Genau das hat mich ja so beschäftigt. Und ich halte dich keineswegs für dumm, Savannah. Im Gegenteil. Ich glaube nicht, dass ich jemals einer klügeren Frau begegnet bin."

„Red mir nicht nach dem Mund, Jared. Ich weiß, was du über mich denkst, und das meiste davon ist sogar wahr."

„Ja, das stimmt“, erwiderte er ruhig. „Ich bin überzeugt, dass du genau das bist, wofür ich dich halte. Wenn du dich hinsetzt, kann ich dir erzählen, was du für mich bist.“

„Und ich werde sagen, was ich sagen muss“, gab sie zurück. „Du willst alles über mich wissen, ja? Na gut, ich erzähle dir alles, was es zu wissen gibt. Als Abschiedsgeschenk gewissermaßen, als Dank für unsere guten Zeiten. Setz dich“, befahl sie und zeigte auf den Sessel.

„Einverstanden. Aber ich bin nicht deshalb gekommen. Ich brauche nicht zu wissen, was …“

„Doch, du hast mich darum gebeten“, unterbrach sie ihn scharf. „Und du wirst es bekommen. Meine Mutter starb als junge Frau, aber erst nachdem sie meinen Vater und mich verlassen hatte. Sie ging nicht sehr weit weg, nur auf die andere Seite der Koppel, um es einmal so auszudrücken. Zu einem anderen Süßholz raspelnden Cowboy. Mein Vater hat es nie verwunden, er hat ihr nie verziehen, nie auch nur ein Haar breit nachgegeben. Schon gar nicht, was mich betraf. Er hat mich nie so geliebt, wie ich es mir von ihm wünschte. Er konnte es gar nicht. Selbst wenn er es versucht hätte, er konnte es nicht. Ich war ein wohl erzogenes kleines Mädchen. Ich hatte eine harte Kindheit, und es gefiel mir so. Verstehst du, was ich meine?“

„Savannah, bitte, setz dich endlich. Du brauchst mir das nicht zu erzählen.“

Zornig baute sie sich vor ihm auf. „Ich habe noch gar nicht richtig angefangen, also halt den Mund, und hör mir zu. Wir hatten nicht viel Geld. Aber das geht vielen Menschen so, und sie schaffen es irgendwie. Wir schafften es auch. Mein Vater ging gern Risiken ein und brach sich viele Knochen. Auf der Rodeo-Tour gibt es mehr als Pferdeäpfel und Schweiß. Es gibt auch jede Menge Verzweiflung. Aber, wie gesagt, wir kamen zurecht. Mein Leben wurde ein wenig interessanter, als ich einen Busen bekam. Die Männer starrten mich an, einige konnten ihre Hände nicht bei sich behalten. Aber die meisten kannten mich, seit ich klein war, also blieb mir viel erspart. Ich wusste, wann ich lächeln und wann ich die Ellbogen einsetzen musste. Unschuldig und naiv bin ich nie gewesen. Das darf man auch nicht sein, wenn man so aufwächst wie ich.“

Jared unterbrach Savannah nicht mehr, sondern saß still und sah sie an.

„Ich war sechzehn, als ich das erste Mal mit einem Mann schlief. Ich wusste, was passieren würde, aber ich ließ es geschehen, weil … weil er gut aussah, aufregend und charmant war, und natürlich versprach er mir, sich um alles zu kümmern. Niemand hatte …“

„Niemand hatte sich je zuvor um dich gekümmert“, flüsterte Jared.

„Richtig. Und ich war jung und dumm genug, ihm zu glauben. Aber ich wusste, was ich tat, wusste, welches Risiko ich einging. Also wurde ich schwanger. Er wollte weder mich noch das Baby. Mein Vater auch nicht. Für ihn war ich wie meine Mutter, billig, leicht zu haben. Er warf mich hinaus. Er war jähzornig. Vielleicht hätte er am Tag darauf schon anders gedacht. Aber ich war nicht billig, und ich war nicht leicht zu haben, und ich wollte das Baby. Niemand sollte mir das Baby wegnehmen. Niemand sollte mir einreden, dass ich mich zu schämen hätte. Sie haben es versucht. Die Leute von der Fürsorge, die Sheriffs, die Staatspolizisten. Sie wollten mich in ihr System zwängen, damit sie mir sagen konnten, was ich tun sollte, wie ich mein Kind aufziehen sollte, oder, noch besser für alle, dass ich es weggeben sollte. Aber das wäre nicht besser für mich gewesen und auch nicht für Bryan.“

„Nein. Das System hat Fehler, Savannah. Es ist überlastet. Aber es gibt sich Mühe.“

„Ich brauchte das System nicht“, entgegnete sie scharf. „Ich habe mir einen Job besorgt und hart gearbeitet. Ich habe die Tische bedient, die Drinks serviert, den Fußboden gewischt. Was für Arbeit es war, war mir egal, Hauptsache, sie wurde ganz gut bezahlt.

Bryan musste niemals hungern. Mein Sohn hatte immer etwas zu essen und ein Dach über dem Kopf. Er hatte immer mich. Er wusste, dass ich ihn liebe und dass er an erster Stelle steht."

„So wie du es bei deinen Eltern niemals tatest", sagte Jared leise.

„Ja, so wie ich es bei meinen Eltern niemals tat. Egal was es mich kostete, ich wollte ihm ein anständiges Leben bieten. Und wenn das bedeutete, dass ich mich ausziehen und vor einem Haufen gröhlender Idioten tanzen musste, dann habe ich es eben getan. Ich war nicht lange genug zur Schule gegangen und hatte auch keinen Beruf gelernt. Hätte ich Kunst studieren können …" Savannah verstummte und schüttelte heftig den Kopf.

„Wolltest du das?" fragte Jared ganz sachlich und ruhig, wie bei einer nervösen Zeugin vor Gericht. „Kunst studieren?"

„Es spielt doch keine Rolle."

„Doch, es spielt eine Rolle, Savannah", widersprach er ernst.

„Ich wollte Bryan bekommen, und ich wollte ihn behalten. Alles andere war zweitrangig. Du wolltest etwas über Männer wissen. Okay. Es gab einige. Wesentlich weniger, als du anzunehmen scheinst. Ich war nicht tot, nur in Not. Ich habe niemals Geld von ihnen genommen. Ich habe ein paar Mal Essen genommen, und vielleicht ist das kein großer Unterschied. Und, verdammt noch mal, ich schäme mich nicht dafür. Der einzige Grund, warum ich nie gestohlen habe, war, dass sie mir dann vielleicht Bryan weggenommen hätten. Aber ich hätte gestohlen, wenn ich gewusst hätte, dass ich damit durchkomme. Ich hatte keine Ahnung, dass sich meine Bilder verkaufen lassen, bis mich eines Tages eins der Mädchen im Klub ansprach. Sie fragte mich, ob ich eins für ihren Freund malen würde, und bot mir zwanzig Dollar. Da kam mir die Idee, mit Bryan nach New Orleans zu ziehen."

Savannah ging wie gehetzt auf und ab, während sie erzählte, so als wolle sie es möglichst schnell hinter sich bringen. Doch dann blieb sie plötzlich stehen und fuhr langsamer fort: „Das ist alles, mehr gibt es nicht. Jedenfalls fallen mir im Moment keine Einzelheiten ein." Sie drehte sich zu Jared um und sah ihn mit kühlem Blick an. „Kreuzverhör, Herr Anwalt?"

„Du hättest andere Wege einschlagen können."

„Natürlich."

„Sicherere", ergänzte er. „Einfachere ... ich meine, für dich einfachere."

„Vielleicht." Sie schwieg einen Augenblick. Als sie fortfuhr, klang ihre Stimme leise, aber fest. „Aber ich wollte keine sichereren. Ich wollte keine einfacheren."

„Was wolltest du, Savannah? Was willst du jetzt?"

„Wie gesagt, das spielt keine Rolle."

„Doch, das tut es." Jared stand auf, ging jedoch nicht zu ihr. „Für mich spielt es eine sehr große Rolle."

„Ich will ein Zuhause. Ich will irgendwo leben, wo die Leute mich nicht anschauen, als sei ich ein Stück Dreck. Wo die Leute, die sich für anständig halten, nicht hinter vorgehaltener Hand über mich tuscheln."

„Hier hast du das alles."

„Und ich werde es behalten."

Er musste seinen Stolz opfern, um die nächste Frage zu stellen, stellte aber erstaunt fest, dass es ihm gar nicht schwer fiel. „Willst du mich?"

Überrascht starrte Savannah ihn einen Moment an. „Das ist nicht der Punkt."

„Dann sollte ich es vielleicht anders formulieren." Er griff in die Tasche und holte die kleine Schachtel heraus, die er auf der Farm eingesteckt hatte. „Ich bin gekommen, um dir das hier zu geben."

Der Ring war schlicht und traditionell, ein einzelner Diamant in einer altmodischen, wunderhübschen Fassung. Wie verzaubert betrachtete Savannah ihn, bevor sie ganz langsam einen Schritt nach hinten machte.

„Er hat meiner Mutter gehört", sagte Jared, und nichts in seiner Stimme verriet, wie bloß seine Gefühle lagen. „Als Ältester habe ich ihn bekommen. Ich bitte dich, mich zu heiraten, Savannah."

Ihr stockte der Atem. „Hast du denn nichts von dem verstanden, was ich dir gerade erzählt habe?"

„Doch, ich habe alles verstanden, und ich bin dankbar, dass du es mir erzählt hast, auch wenn es unter diesen Umständen geschehen musste. Aber jetzt kann ich dir sagen, dass ich die Frau liebe, die du einmal warst, die du jetzt bist und die du in Zukunft sein wirst. Du bist die einzige Frau, die ich je geliebt habe, und es fasziniert mich, dass ich dich ebenso sehr bewundere, wie ich dich liebe."

Sie machte noch einen Schritt nach hinten, als würde Jared ihr mit einer Waffe und nicht mit einem Versprechen gegenüberstehen. „Ich begreife dich nicht, Jared. Ich begreife dich überhaupt nicht. Soll das hier irgendeine hinterhältige Rache dafür sein, dass ich deine Sachen ruiniert habe?"

„Savannah." Er war ganz ruhig. „Sieh mich an."

Sie tat es, und der Druck auf ihrem Herzen verdoppelte sich und trieb ihr Tränen in die Augen. „Oh, Gott ... du meinst es ernst."

„Du weinst ja." Er erbebte fast vor Erleichterung. „Dem Himmel sei Dank. Ich dachte schon, du würdest mir den Ring vor die Füße werfen."

„Ich dachte ... dass du ... dass ich nicht gut genug für dich bin."

Sein strahlendes Lächeln gefror ihm auf dem Gesicht. „Habe ich das verdient?“ flüsterte er. „Lieber Himmel, ich hoffe nicht. Eigentlich verstehe ich es ganz gut, meine Sache zu vertreten, aber diesmal habe ich wohl alles falsch gemacht. Ich hatte Angst, ja. Es fällt mir nicht leicht, das zuzugeben. Ich bin ein MacKade, und ein MacKade hat vor nichts Angst. Ich bin der älteste MacKade, und als solcher wird von mir erwartet, dass ich mit allem fertig werde. Aber mit dem, was ich für dich empfinde, wurde ich nicht fertig. Ich hatte Angst vor dem, was hinter dir lag, was du mir verschweigen würdest. Ich dachte, es würde mich innerlich zerreißen und all das zerstören, was ich mit dir und Bryan aufbauen wollte. Und irgendwie hatte ich auch Angst, eine Höllenangst, dass du mich ebenso wegwerfen könntest wie das Foto.“

„Bryan.“ Der Druck in ihrer Brust löste sich auf. „Du willst auch Bryan?“

„Muss ich dich erst auf den Knien anflehen, bevor du mir endlich glaubst?“

„Nein, das musst du nicht.“ Sie wischte sich die Tränen ab. „Das würde ich nicht ertragen. Ich befürchtete nur, dass … Es kam mir vor, als …“

„Als würde ich Bryan nicht wollen, weil ich nicht der leibliche Vater bin? Nein, das war es nicht. Vielleicht hat es eine Zeit lang eine Rolle gespielt. Manchmal behindert einen der eigene Stolz. Was mich am meisten bedrückt hat, war, dass ihr so sehr gelitten habt, dass ihr beide so hart ums Überleben kämpfen musstet. Ich kann es nicht mehr ändern, und das gibt mir ein Gefühl der Machtlosigkeit. Ich kann die Uhr nicht zurückdrehen, um euch zu helfen. Aber ich weiß, dass du es gar nicht wollen würdest. Schließlich hast du es ganz allein geschafft. Weißt du, ich hätte mich gern um euch beide gekümmert, aber du hättest meine Hilfe nicht gebraucht."

„Mit dir wird alles viel besser", flüsterte sie.

Ihre Worte rührten Jared zutiefst. Er trat vor und legte eine zitternde Hand an ihre Wange. „Das ist das Schönste, was du jemals zu mir gesagt hast. Es ist die zweite unglaubliche Sache, die mir heute passiert ist."

Sie rang sich ein kleines Lächeln ab. „Gab es denn noch eine?"

„Ja. Als ich vorhin im Wald mit Bryan sprach. Wir saßen auf dem Felsen, dort, wo die beiden jungen Soldaten aufeinander trafen."

„Es ist ein bewegender Ort."

„Ja. Aber ab heute ist er nicht mehr so traurig für mich. Bryan gab mir Ratschläge, wie ich dich dazu bringen könnte, nicht mehr … sauer auf mich zu sein. Er meinte, ich solle dir Blumen mitbringen und mit dir ausgehen, damit du unter der Dusche singen kannst, wenn du dich zurechtmachst."

Savannah lächelte verlegen. „Der Junge redet manchmal zu viel."

„Und dann soll ich mir noch irgendwelche Liebesworte einfallen lassen, wie im Film. Mädchen stehen auf so etwas, hat er mir gesagt."

„Dann werde ich die Mädchen wohl besser im Auge behalten müssen. Ich bin froh, dass du mit ihm gesprochen hast, Jared."

„Ich auch. Aber das ist noch nicht alles. Das Beste kommt noch. Ich habe ihm erzählt, dass ich dich heiraten und sein Vater sein will. Er hat mich umarmt", flüsterte Jared, noch immer überwältigt von dem Vertrauen, das der Junge ihm geschenkt hatte. „Es war ganz einfach. Er war äußerst zuversichtlich, dass ich dich überreden werde. Ich hoffe, ich werde ihn nicht enttäuschen."

Savannah schmiegte sich an ihn und legte den Kopf an seine Schulter. „Bevor ich deine Frage beantworte, sollte ich dich warnen. Ich halte nichts von ruhigen, zivilisierten Scheidungen. Wenn du versuchst, dich davonzumachen, werde ich dich umbringen müssen."

„Klingt fair. Vorausgesetzt, das gilt für uns beide." Jared rieb sein Gesicht an ihrem Haar und wusste, dass er zu Hause war. „Nun ja, vielleicht hält der Gedanke an morgendliche Übelkeit und zweiunddreißigstündige Wehen dich ja von einem zweiten Versuch ab."

Savannah schloss die Augen und drückte Jared an sich. Er bot ihr mehr Kinder. Er bot ihr eine Zukunft. „Unsinn, MacKade. Ich bin zäher, als du anzunehmen scheinst. Außerdem hätte ich diesmal jemanden, den ich im Kreißsaal verwünschen kann."

„Ich will bei dir sein und alles miterleben. Du wirst lernen müssen, mich zu brauchen."

„Zu spät", flüsterte sie. „Das tue ich doch längst."

„Nimm meinen Namen, Savannah. Nimm mich."

„Savannah MacKade." Noch einmal schloss sie die Augen und schmiegte sich an ihn. „Ich finde, der Name steht mir."

– ENDE –

Freuen Sie sich schon jetzt auf den dritten Band der MacKades: Sterne einer Sommernacht

LESEPROBE

Das Städtchen Antietam bot im Spätfrühling einen hübschen Anblick. Sheriff MacKade machte es Spaß, bei Sonnenschein durch die Straßen zu schlendern, ab und an stehen zu bleiben, um mit einem Bekannten ein Schwätzchen zu halten und die kleinen Veränderungen in Augenschein zu nehmen, die sich hier und da ergeben hatten.

Er liebte die Verantwortung, die man ihm übertragen hatte, und füllte sie voll aus.

Vor der Bank standen pinkfarbene Begonien in hoher Blüte, und die drei Autos am Drive-in-Schalter bedeuteten bereits fast einen Verkehrsstau.

Memorial Day stand kurz bevor, die Flaggen wehten bereits von den öffentlichen Gebäuden, und überall waren Leute dabei, geschäftig ihre Veranden zu schrubben oder neu anzustreichen in Erwartung des festlichen Ereignisses.

Auch Devin freute sich jedes Jahr auf den Memorial Day, selbst wenn dieser Tag für ihn jedes Mal einige logistische Probleme bezüglich der Verkehrsführung mit sich brachte. Schon jetzt sah er das Bild vor sich, das die Einwohner von Antietam bieten würden, ängstlich darum bemüht, einen guten Platz zu ergattern, schon Stunden vor Beginn der Parade, geduldig auf ihren mitgebrachten Klappstühlen am Straßenrand ausharrend, die Kühlboxen neben sich.

Doch was ihn am meisten erfreute, war die Begeisterung, mit der sich die Bürger der Stadt in die Vorbereitungen für dieses Wochenende warfen, wie viel Arbeit sie sich machten, um diesen festlichen Tag auch wirklich gebührend zu feiern.

Sein Vater hatte ihm von dem alten Mann erzählt, der, als er selbst noch ein kleiner Junge gewesen war, jedes Jahr am Memorial Day mit knarrenden Stiefeln in der Uniform der Konföderierten die Main Street hinuntermarschiert war – einer der letzten lebenden Augenzeugen des Bürgerkriegs.

Jetzt waren sie alle tot. Devins Blick wanderte hinüber zu dem Mahnmal auf dem großen Platz vor dem Rathaus. Tot, aber unvergessen. Zumindest in Kleinstädten wie dieser hier, an deren Mauern sich einst das Echo des Artilleriefeuers und der entsetzlichen Schreie der Verwundeten und Sterbenden gebrochen hatte.

Devin wandte sich ab, sah die Straße hinunter und seufzte. Mrs. Metz' Buick parkte wie üblich wieder einmal im Halteverbot. Verpasst du ihr einen Strafzettel? überlegte er, nahm dann jedoch wieder davon Abstand, weil er schon im Voraus wusste, wie die Sache ausgehen würde. Die streitbare Lady würde das Geld natürlich nicht wie jedermann überweisen, sondern es sich nicht nehmen lassen, es ihm höchstpersönlich zu überbringen, nur um damit drohen zu können, ihm bei nächster Gelegenheit eine Lektion zu erteilen. Devin schnaubte ungehalten und schaute auf die Tür zur Bibliothek. Zweifellos war Mrs. Metz dort, um mit Sarah Jane Poffenberger genüsslich den allerneuesten Tratsch durchzuhecheln.

Devin straffte die Schultern und ging mit elastischen Schritten die ausgetretenen Steinstufen nach oben.

Er fand sie in ein eingehendes Gespräch mit der Bibliothekarin vertieft. Neben ihrem speckigen Ellbogen türmte sich ein Bücherberg, und Devin zerbrach sich den Kopf, warum um Himmels willen eine Frau ihres Umfangs darauf bestand, schreiend bunte, groß geblümte Kleider zu tragen.

„Guten Tag, Mrs. Metz." In Erinnerung daran, dass er als Jugendlicher unzählige Male von Miss Sarah Jane auf die Straße gesetzt worden war, bemühte er sich, leise zu sprechen.

„Oh, welch eine Ehre! Unser Sheriff!“ Mit einem strahlenden Lächeln drehte sich Mrs. Metz zu ihm um, wobei sie mit ihrem Ellbogen den Bücherstapel umgestoßen hätte, wenn ihn nicht Sarah Janes Geistesgegenwart vor dem Umkippen bewahrt hätte. „Wie geht es Ihnen denn an diesem herrlichen Nachmittag?“

„Danke gut, Mrs. Metz. Tag, Miss Sarah Jane.“

„Hallo, Devin.“ Sarah Jane, das eisengraue Haar streng nach hinten frisiert, die gestärkte Bluse bis unters Kinn geschlossen, nickte ihm hoheitsvoll zu. „Sind Sie gekommen, um ‚The Red Badge of Courage‘ zurückzubringen?“

„Nein, Ma'am.“ Fast wäre er rot geworden. Er hatte dieses verdammte Buch vor zwanzig Jahren verschlampt, und nicht genug damit, dass er es hatte bezahlen müssen, war ihm zur Strafe für seine Nachlässigkeit auch noch einen Monat lang verboten worden, die Bibliothek zu betreten. Selbst jetzt noch – obwohl er längst erwachsen war und den Sheriffstern trug – wäre er vor Miss Sarah Janes strafendem Blick am liebsten sofort in den Boden versunken.

„Ein Buch ist ein Schatz“, belehrte sie ihn wie stets in altklugem Tonfall.

„Ja, Ma'am. Äh, Mrs. Metz ...“ Jetzt, mehr um von sich selbst abzulenken als um der Aufrechterhaltung der Straßenverkehrsordnung willen, wandte er sich

Mrs. Metz zu. „Ihr Wagen steht im Halteverbot. Schon wieder einmal."

„Ach tatsächlich?" fragte Mrs. Metz unschuldig. „Wirklich, Devin, das ist mir völlig schleierhaft, wie das wieder passieren konnte", flötete sie. „Ich hätte geschworen, dass ich diesmal ganz legal geparkt habe. Ich wollte mir nur rasch ein paar Bücher ausleihen. Bücher sind doch wirklich eine Gabe Gottes, habe ich nicht Recht, Sarah Jane?"

„Voll und ganz." Obwohl ihr Mund ernst blieb, funkelten Sarah Janes dunkle Augen amüsiert. Devin hatte Mühe, vor Ungeduld nicht aus der Haut zu fahren.

„Es ist aber nun mal so, Mrs. Metz, Sie wissen, Sie stehen im Halteverbot."

„Oh, mein Lieber, Sie werden mir doch jetzt nicht womöglich einen Strafzettel verpassen wollen?"

„Diesmal noch nicht", brummte Devin.

„Da fällt mir aber ein Stein vom Herzen. Mr. Metz wird nämlich immer sehr böse, wenn ich einen Strafzettel bekomme. Und ich bin ja auch erst ein oder zwei Minuten hier, stimmt's, Sarah Jane?"

„Keinesfalls länger als ein oder zwei Minuten", bestätigte Sarah Jane und blinzelte Devin zu.

„Wenn Sie Ihren Wagen dann jetzt vielleicht freundlicherweise wegfahren ..."

„Aber natürlich, mein Lieber. Ich eile. Sobald Sarah

Jane diese Bücher hier auf meiner Karteikarte ausgetragen hat. Ich wüsste gar nicht, was ich ohne meine Bücher machen sollte, wo Mr. Metz doch Tag und Nacht vor der Glotze sitzt. Trag sie aus, Sarah Jane, unterdessen kann uns Devin erzählen, was es bei seiner Familie Neues gibt."

Er wusste genau, wann man ihn aushorchen wollte, er war nicht umsonst Polizist. „Danke, gut."

„Also nein, wirklich, diese süßen Kleinen von Ihren beiden Brüdern. Ich muss sie mir unbedingt wieder einmal ansehen."

„Den Babys geht es auch sehr gut." Bei dem Gedanken wurde ihm warm ums Herz. „Sie wachsen und gedeihen prächtig."

„Oh ja, das haben Babys so an sich, stimmt's, Sarah Jane? Wachsen wie Unkraut, ohne dass man was dagegen machen kann. Jetzt haben Sie schon einen Neffen und eine Nichte."

„Zwei Neffen und eine Nichte", korrigierte Devin nun in Anbetracht der Tatsache, dass Savannah, Jareds Frau, ja bereits einen Sohn, Bryan, mit in die Ehe gebracht hatte.

„Ja, in der Tat. Und Sie? Haben Sie schon eine Vorstellung davon, wann Sie sich daranmachen wollen, auch eine Familie zu gründen?" Ihre Augen funkelten wissbegierig.

Devin blieb unerschütterlich. „Mir reicht es im Moment, Onkel zu sein."

Doch dann beschloss er, dem Verhör ein Ende zu machen. Bedenkenlos warf er seine Schwägerin der Wölfin zum Fraß vor. „Regan hat den kleinen Nate heute im Laden dabei. Ich habe vorhin kurz bei ihr reingeschaut."

„Ach wirklich?"

„Sie sagte etwas davon, dass Savannah mit Layla auch noch vorbeischauen will."

„Oh, mein Gott! Nun, dann …" Die Aussicht, gleich beide MacKade-Frauen samt ihren Babys auf einen Schlag zu Gesicht zu bekommen, schien Mrs. Metz regelrecht zu elektrisieren. „Beeil dich, Sarah Jane. Ich habe noch eine Menge Besorgungen zu machen."

„Du kannst sofort los. Hier." Sarah Jane überreichte Mrs. Metz einen Leinenbeutel, der prallvoll war mit Büchern. Kaum hatte sich die Tür hinter der wissensdurstigen Mrs. Metz geschlossen, warf Sarah Jane Devin ein verschwörerisches Lächeln zu. „Schlau eingefädelt, Devin, wirklich. Wie immer."

„Wenn Regan herausfindet, dass ich sie ihr auf den Hals gehetzt habe, zieht sie mir das Fell über die Ohren." Er grinste. „Aber man tut, was man kann. War nett, Sie wieder mal gesehen zu haben, Miss Sarah Jane."

„Und wenn Sie die Ausgabe von ‚The Red Badge of

Courage‘ vielleicht doch noch finden sollten, bringen Sie sie vorbei, Devin MacKade. Bücher sind nicht zum Verschlampen da.“

Er zuckte zusammen, dann öffnete er schnell die Tür. „Ja, Ma’am.“

Trotz ihrer Leibesfülle war Mrs. Metz offensichtlich noch immer recht wendig. Als Devin auf die Straße trat, hatte sie ihren Wagen bereits aus der Parklücke hinausmanövriert und fädelte sich gerade in den dünnen Verkehrsstrom ein. Nachdem er sich beglückwünscht hatte, seine Sache gut gemacht zu haben, beschloss er, auf einen Sprung im MacKade-Inn vorbeizuschauen.

Einfach nur, um sicherzugehen, dass alles in Ordnung ist, sagte er sich, während er in Richtung Büro trabte, um seinen Wagen zu holen. Schließlich gehörte das Hotel seinem Bruder Rafe, und es war seine, Devins, Pflicht, ein Auge darauf zu haben.

Die Tatsache, dass Cassie das Bed-and-Breakfast-Hotel führte und in der Wohnung im zweiten Stock mit ihren beiden Kindern lebte, hatte damit nicht das Geringste zu tun.

Er machte nur seinen Job.

Was natürlich nichts weiter als eine fromme Lüge war. Devin kam nicht umhin, sich das einzugestehen, während er hinter das Steuer seines Wagens kletterte.

Er hatte jetzt eben Lust, sie zu sehen. Einmal

am Tag musste es sein, selbst wenn es noch so sehr schmerzte und er gezwungen war, größte Vorsicht dabei walten zu lassen. Ja, Vorsicht. Er begegnete ihr tatsächlich jetzt, nachdem sie endlich von ihrem Mann, diesem Dreckskerl, der sie über Jahre hinweg schwer misshandelt hatte, geschieden war, noch viel behutsamer als früher.

Joe Dolin hat endlich bekommen, was er verdient hat, dachte Devin mit grimmiger Zufriedenheit, während er dem Ortsausgang entgegenfuhr. Joe saß hinter Gittern, und dort würde er zum Glück auch noch einige Zeit bleiben müssen.

Als Sheriff und Freund, als der Mann, der sie schon fast sein ganzes Leben lang liebte, hatte Devin die Pflicht nachzusehen, ob es Cassie und ihren Kindern auch wirklich gut ging.

Und heute würde er sie vielleicht zum Lächeln bringen, möglicherweise sogar zu einem Lächeln, das ihre großen grauen Augen auch wirklich erreichte.

Das Barlow-Haus lag auf einer kleinen Anhöhe vor der Stadt. Es hatte einst einem reichen Mann gehört. Während des Bürgerkriegs tobte auf den Feldern und in den Wäldern darum herum eine blutige Schlacht, und auf der Treppe im Foyer des Hauses war ein junger Soldat verblutet, niedergestreckt von der Hand des grausamen Hausherrn. Seine Ehefrau, so erzählte man sich, hatte sich anschließend über die ruchlose Tat ihres Mannes zu Tode gegrämt.

Nachdem seine einstigen Bewohner tot waren, verfiel das Haus nach und nach. Viele Jahrzehnte lang stand es leer, bis auf die Geister der Verstorbenen, die nicht zur Ruhe kommen wollten.

Bis Rafe MacKade nach Antietam zurückgekehrt war und sich darum gekümmert hatte.

Es war das Haus, das Rafe und Regan zusammengebracht hatte. Voller Hingabe hatten sich die beiden vor zwei Jahren in die Renovierung gestürzt, und das Ergebnis konnte sich sehen lassen.

Wo einst Unkraut und Dornengestrüpp wucherten, befand sich jetzt ein saftig grüner Rasen mit bunt blühenden Blumenbeeten. Auch Devin hatte beim Anlegen des Gartens geholfen; wenn es darum ging, Träume zu verwirklichen, hielten die MacKade-Brüder immer eisern zusammen.

Hinter dem Haus lagen die verwunschenen Wälder und daran angrenzend die MacKade-Farm sowie das Land, auf dem Jared für sich und seine Familie ein großes Blockhaus errichtet hatte.

Ohne sich bemerkbar zu machen, betrat Devin das Haus. In der Auffahrt stand nur Cassies Wagen, was bedeutete, dass die Übernachtungsgäste bereits abgereist und neue noch nicht eingetroffen waren.

Er blieb einen Moment in dem weitläufigen Foyer mit seinem spiegelblanken Parkettboden, den schönen alten Teppichen und der Treppe, auf der es spukte, stehen. Auf den antiken Tischen und Kommoden standen Vasen mit frischen Blumen – das war etwas, worauf Cassie stets mit größter Sorgfalt achtete.

Devin war sich nicht sicher, wo er sie finden würde – entweder war sie im Garten, in der Küche oder in ihrer Wohnung im zweiten Stock. Also machte er sich auf die Suche.

Es war wirklich schwer vorstellbar, dass dieses Haus noch vor weniger als zwei Jahren voller Staub und Spinnweben gewesen sein sollte und der Verputz von den Wänden bröckelte. Jetzt erstrahlten die Holzböden in hellem Glanz, die Wände waren sauber und ordentlich tapeziert, und in dem blank polierten, mit kunstvollen Holzschnitzereien versehenen Treppengeländer konnte man sich fast spiegeln.

Rafe und Regan hatten ihre ganze Kraft und Fantasie in das Haus gesteckt, und nachdem es fertig war, hatten sie mit der Renovierung eines eigenen außerhalb der Stadt begonnen, in dem sie mittlerweile lebten.

Ein wenig beneidete Devin seinen Bruder. Rafe hatte eine Frau, die er liebte und mit der ihn eine gleichberechtigte Partnerschaft verband, ein Haus, seit kurzem auch noch ein Baby und das Inn.

Shane hatte die Farm. Rein formal betrachtet gehörte sie allen vier Brüdern, aber Shane bewirtschaftete sie und hing mit Leib und Seele an ihr.

Jared hatte Savannah, die Kinder und ebenfalls ein eigenes Haus.

Und er selbst? Nun, wenn man so wollte, hatte er die Stadt. Und außerdem ein Feldbett im Hinterzimmer des Sheriffbüros.

Die Küche war leer. An den blau gekachelten Wänden hingen blitzende Küchengeräte und Pfannen, auf dem Tisch stand eine Schale mit frischen, selbst gebackenen Keksen sowie eine große Schüssel aus Steingut, aus der ihn frisches Obst anlachte.

Und dann sah er sie. Sie war draußen im Garten hinter dem Haus, bekleidet mit einer weißen Bluse, die sie in ihre marineblauen Slacks gesteckt hatte, und nahm blütenweiße Laken von der Wäscheleine.

Bei ihrem Anblick ging ihm fast das Herz über. Sie sieht glücklich aus, dachte er, ohne den Blick von ihr zu wenden. Ihre Mundwinkel waren ein wenig nach oben gebogen, und ihre großen grauen Augen wirkten verträumt. Der leichte Frühlingswind spielte mit ihren blonden Locken.

Sie war hübsch und strahlte Wärme, Tüchtigkeit und Effizienz aus. Erst vor kurzem hatte sie wieder angefangen, Schmuck zu tragen. Allerdings keine Ringe.

Vor einem Jahr war ihre Scheidung rechtskräftig geworden, und Devin wusste auf den Tag genau, wann sie ihren Ehering abgelegt hatte.

Aber sie trug kleine goldene Kreolen in den Ohren und einen Hauch von Lippenstift. Kurz nach ihrer Heirat hatte sie aufgehört, sich zu schminken, auch daran erinnerte sich Devin nur allzu gut.

Ebenso lebhaft war ihm das Bild im Gedächtnis geblieben, das sie bot, als er zum ersten Mal über die Schwelle des Hauses trat, das sie mit Joe zusammen bewohnte. Nachbarn hatten sich über den Lärm beschwert und ihn gebeten, für Ruhe zu sorgen. Mit Entsetzen sah er die Blutergüsse in ihrem Gesicht und die panische Angst, die in ihren Augen stand. Doch ihm waren die Hände gebunden, da sie ihm immer wieder mit bebender Stimme und totenbleichem Gesicht versicherte, dass alles in Ordnung sei.

Oh ja, er erinnerte sich noch sehr genau. Und es war nicht bei diesem einen Mal geblieben. Die Nachbarn beschwerten sich immer wieder, er fuhr hin und musste unverrichteter Dinge wieder abziehen. Wenn er daran zurückdachte, spürte er noch heute die ohnmächtige Wut in sich aufsteigen, die ihn damals fast um den Verstand gebracht hatte. Er war gezwungen gewesen, tatenlos zuzusehen, wie dieser Dreckskerl von Joe der Frau, die er, Devin, liebte, das Leben zur Hölle machte. Und jedes Mal, wenn er Cassie darauf ansprach, schüttelte sie nur stumm den Kopf und behauptete, dass alles in Ordnung wäre. Immer wieder versuchte er an sie heranzukommen, ihr Alternativen zu ihrem augenblicklichen Leben und einen Ausweg aus ihrer Misere aufzuzeigen, doch sie hielt ihrem Ehemann unverbrüchlich die Treue.

Bis sie sich eines Tages in sein Büro schleppte – zu Tode verängstigt und völlig am Ende, übersät mit Blutergüssen und mit Würgemalen am Hals –, um Anzeige gegen ihren Ehemann zu erstatten.

Er tat das, was er als Sheriff für sie tun konnte, doch das war in seinen Augen viel zu wenig, und so bot er ihr wenigstens seine Freundschaft an.

Als er jetzt durch die Hintertür in den Garten trat, lag ein ungezwungenes Lächeln auf seinem Gesicht. „Hi, Cass, wie geht es dir?"

Sie wirbelte herum, die schönen grauen Augen vor Beunruhigung verdunkelt. Er hatte sich mittlerweile an ihre Reaktion gewöhnt, obwohl es ihn ungeheuer schmerzte, dass sie in ihm zuerst den Sheriff sah – eine Autoritätsperson –, bevor ihr klar wurde, dass es sich bei ihm auch um einen alten Freund handelte. Immerhin dauerte es nicht mehr ganz so lange wie früher, bis sich ein Lächeln auf ihrem hübschen Gesicht ausbreitete und die Anspannung wegwischte.

„Hallo, Devin." Ruhig, weil sie sich zur Ruhe gemahnte, befestigte sie eine Wäscheklammer an der Leine und begann ein Laken zusammenzulegen.

„Kann ich dir helfen?"

Noch ehe sie ablehnen konnte, fing er an, die Klammern von der Leine zu pflücken. Würde es ihr wohl jemals gelingen, sich daran zu gewöhnen, dass ein Mann solche Arbeiten verrichtete? Vor allem so ein Mann. Er war so … beeindruckend. Breite Schultern, große Hände, lange Beine. Und sah umwerfend aus, natürlich. Wie alle MacKades.

Devin strahlte eine ungeheure Männlichkeit aus, doch was diese Männlichkeit letztendlich ausmachte, vermochte sie nicht zu sagen. Selbst jetzt, als er fachmännisch ein Laken zusammenfaltete und in den Wäschekorb legte, war er ein ganzer Mann. Anders als seine Deputies trug er keine khakigelbe Uniform, sondern einfach nur Jeans und ein verwaschenes blassblaues Hemd, dessen Ärmel er lässig bis zu den Ellbogen hochgekrempelt hatte. Seine Unterarme waren muskulös, und sie hatte allen Grund, die Körperkraft eines Mannes zu fürchten. Doch trotz seiner großen Hände und seiner breiten Schultern war er ihr niemals anders als sanft begegnet.

Er lächelte sie freundlich an, während sie verzweifelt nach einem Gesprächsstoff suchte. Eine Unterhaltung mit ihm würde ihr sicher leichter fallen, wenn er nicht so ein … bestimmtes Auftreten hätte. Wenn er weniger lebendig wäre. Sein Haar war schwarz wie die Nacht und kringelte sich um seinen Hemdkragen. Seine Augen waren moosgrün. Sein Gesicht war so gut geschnitten, dass man diese Tatsache unmöglich übersehen konnte, sein Mund energisch, und die kleinen Grübchen in den Wangen, die sich nicht nur beim Lachen, sondern selbst beim Sprechen bildeten, zogen konstante Aufmerksamkeit auf sich.

Und auch der Duft, den er ausströmte, war überaus männlich. Nach unparfümierter Seife und Moschus. Devin hatte sich ihr gegenüber stets freundlich und aufmerksam verhalten, doch immer, wenn sie mit ihm allein war, wurde sie nervös wie eine Katze, die sich einer Bulldogge gegenübersieht.

„Wäre schade, die Sachen an einem so schönen Tag wie heute in den Trockner zu werfen."

„Was?" Sie blinzelte und verwünschte ihre Unsicherheit. „Oh ja, natürlich. Wenn das Wetter danach ist, hänge ich die Wäsche immer raus, sie duftet dann so herrlich. In den nächsten Tagen wird es hoch hergehen hier. Fürs Memorial-Day-Wochenende sind wir so gut wie ausgebucht."

„Du wirst alle Hände voll zu tun haben."

Nora Roberts

Die Donovans 1
Die gefährliche Verlockung

Ein Blick in die Zukunft verrät der schönen Magierin Morgana: Auf sie wartet eine glückliche Zukunft mit ihrem Traummann Nash – wenn sie ihn vom mächtigen Zauber ihrer Liebe überzeugen kann ...

Band-Nr. 25170
6,95 € (D)
ISBN: 3-89941-228-1

Nora Roberts

Die Donovans 2
Die Spur des Kidnappers

Mit seinen hellseherischen Fähigkeiten versucht Sebastian Donovan, ein gekidnapptes Baby zu finden – und erobert dabei das Herz der Privatdetektivin Mel Sutherland ...

Band-Nr. 25177
6,95 € (D)
ISBN: 3-89941-235-4

Carly Phillips
Mitternachtsspiele
Band-Nr. 25179
6,95 € (D)
ISBN: 3-89941-237-0

Carly Phillips
Verliebt, skandalös und sexy
Band-Nr. 25137
6,95 € (D)
ISBN: 3-89941-176-5

Jennifer Crusie
Manche mögen's richtig heiß
Band-Nr. 25155
6,95 € (D)
ISBN: 3-89941-194-3

Lori Foster
Frauen mögen's sexy
Band-Nr. 25145
6,95 € (D)
ISBN: 3-89941-184-6

Nora Roberts

Dreams of Love 1
Rebeccas Traum
Hörbuch

Band-Nr. 45003
3 CD's nur 9,95 € (D)
ISBN: 3-89941-219-2

Nora Roberts

Dreams of Love 2
Nicholas Geheimnis
Hörbuch

Band-Nr. 45005
3 CD's nur 9,95 € (D)
ISBN: 3-89941-221-4

Nora Roberts

Dreams of Love 3
Solange die Welt sich dreht
Hörbuch

Band-Nr. 45007
3 CD's nur 9,95 € (D)
ISBN: 3-89941-223-0